KB253216

눈매 新무협 판타지 소설
FANTASTIC ORIENTAL HEROES

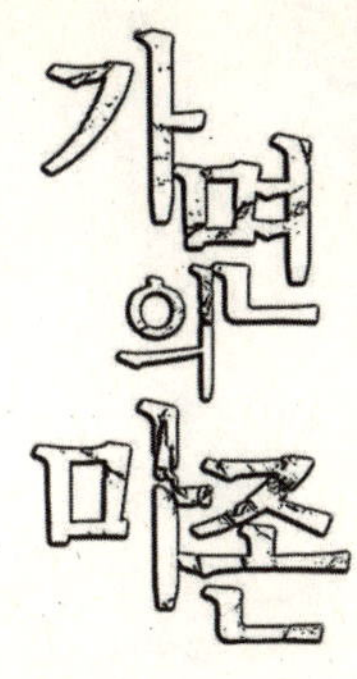

가면의 마존 7

눈매 新무협 판타지 소설

초판 1쇄 찍은 날 § 2013년 12월 2일
초판 1쇄 펴낸 날 § 2013년 12월 9일

지은이 § 눈매
펴낸이 § 서경석

편집부장 § 권태완
편집책임 § 박은정
디자인 § 이거일

펴낸곳 § 도서출판 청어람
등록번호 § 제1081-1-89호
등록일자 § 1999. 5. 31
어람번호 § 제2-2432호

주소 § 경기도 부천시 원미구 심곡2동 163-2 서경B/D 3F (우) 420-822
전화 § 032-656-4452 팩스 § 032-656-4453
http://www.chungeoram.com
E-mail § chungeorambook@daum.net

ⓒ 눈매, 2013

ISBN 978-89-251-3594-6 04810
ISBN 978-89-251-3324-9 (세트)

눈매 新무협 판타지 소설
FANTASTIC ORIENTAL HEROES
가면의 미촌
7
[완결]
도서출판 청어람

目次

제1장	전장	7
제2장	밝혀지는 배후	31
제3장	진퇴양난	55
제4장	계산 착오	77
제5장	딱 그 정도의 원망	105
제6장	배신자의 최후	131
제7장	정도맹	147
제8장	내기	167
제9장	뒤집을 시간	187
제10장	귀환	207
제11장	타고 남은 마음	227
제12장	무너진 권세	247
제13장	대의	277
제14장	늘 그 자리에	309

第一章
전장.

"우와아아!"

노도와 같은 함성이 휘몰아쳐 간다.

사방이 높은 언덕으로 둘러싸인 곳.

마치 천신의 발자국이 찍힌 듯 움푹 파인 분지.

이곳은 무인들의 전쟁터다.

무공에 있어서 '정도(正道)'라 주장하는 자들과 마(魔)의 힘을 신봉하는 자들의 싸움.

언제부턴가 목청껏 소리치던 명분은 잊은 지 오래다.

그저 관성에 떠밀려 칼을 부리고 활을 쏜다.

원한과 증오만을 품고 적의로 들끓는 곳!

꽈아아앙!

폭음과 함께 흙먼지가 피어올랐다.

피와 살점이 튀어 오르고 절단된 신체의 일부가 아무렇게나 날아갔다.

"으헉!"

무심결에 걸음을 내딛던 무인이 발에 걸린 무언가를 내려다보고는 기겁을 했다.

후다닥 뒷걸음질을 친 젊은 무인.

발에 걸린 것은 얼굴이었다.

광기에 찬 얼굴. 죽어서도 부릅뜬 두 눈.

입맹 동기였다.

정의를 실현하자며 굳게 손을 맞잡고 결의를 다졌던 동기. 그의 머리가 몸통을 잃은 채 발아래 나뒹굴고 있었다.

"으아아아아!"

젊은 무인이 광분에 찬 괴성을 내질렀다.

두 눈은 무한한 공포와 증오를 담고 있었다. 광기가 광기를 낳고, 살의가 살의를 낳는 아수라장.

젊은 무인이 내달렸다.

정의를 잃은 복수의 칼이 마구잡이로 적진을 누볐다.

손끝을 타고 전해지는 섬뜩한 감각.

그러던 어느 순간,

슈아아악!

서컥!

젊은 무인은 하얀 빛줄기가 자신을 향해 날아온다고 생각했다. 곧이어 목이 뜨뜻하다고 느꼈다.

'어라?'

세상이 갑자기 기울었다.

하늘이 보이더니 다시 땅이 솟구쳤다.

털썩! 쿵!

머리를 잃은 그의 몸통이 앞으로 고꾸라졌고, 무인의 머리통
은 바닥을 굴렀다. 그때 누군가의 발이 그 머리를 무참히 짓밟
았다.

콰직!

한때 원대한 포부를 가지고 입맹했던 젊은 무인.

그는 결국 그렇게 아무도 모르게 죽어갔다.

"이것이 전쟁이다."

언덕 위에서 무감한 표정으로 분지를 내려다보는 한 사람.

그가 나직이 뇌까렸다.

해가 저물고 어두운 밤이 찾아왔지만 분지에서 일어나는 처
절한 싸움은 분명히 볼 수 있었다.

분지의 창공에 가득한 공명등불 때문이다.

동과 서로 나눠진 정마의 진영.

동쪽엔 정도맹의 진영이 횃불을 환하게 밝혀놓았고, 서쪽엔
혈마교가 진을 구축하고 있었다.

그리고 그사이에 움푹 파인 분지에서는 여전히 처절한 싸움
이 벌어지고 있었다.

오늘로 대치한 지 보름째.

전투가 벌어지는 허공. 즉, 분지의 창공에는 공명등불이 무수
히 퍼져 있었다.

　양쪽 진영에서 전투 상황을 자세히 알아보기 위해 공명등불
에 은잠사를 연결해 분지 위로 띄웠기 때문이다.
　무수히 많은 공명등불이 환하게 조명을 밝히고 있는 셈. 때문
에 해가 저문 지 한참이 지난 시각인데도 전쟁터는 대낮처럼 밝
았다.
　처음에는 공명등불이 이처럼 많지 않았다.
　해가 저물면 한 치 앞도 구분하기 힘들 정도로 어두웠다.
　한데 어느 날 암흑 같은 분지에 공명등불 몇 개가 둥실 떠 있
는 것이 아닌가?
　그것을 발견한 혈마교 무인들은 얼른 화살을 쏘아 등불을 꺼
버리고 이 사실을 상부에 보고했다.
　이에 현직 총군사인 설주는 공명등불이 정도맹에서 띄운 것
이라고 추측했다.

　"놈들은 공명등불을 이용해 야밤에 일어나는 본교의 움직임을
살피려고 했던 것 같습니다. 기습을 대비하려는 것이겠지요. 우리
도 공명등불을 띄워 적의 움직임을 미리 파악할 수 있다면 도움이
될 것입니다. 만약 은잠사를 연결해 공명등불의 위치까지 조정할
수 있다면 더욱 좋겠지요."

　그렇게 해서 혈마교에서도 공명등불을 사용하기에 이른 것이
다. 설주는 화살을 맞아도 쉽게 꺼지지 않는 특수한 등불을 만
들기 위해 일선에서 물러난 장로인 용풍규까지 불러들였다.
　용풍규가 만든 특수한 공명등불을 이용해 혈마교 진영에서는

무수히 많은 공명등불을 띄워 분지의 허공으로 보냈다. 덕분에 한동안 분지에서 일어나는 싸움은 혈마교에게 유리하게 흘렀다.

하지만 정도맹이라고 가만있을까?

정도맹 역시 엄청난 수의 공명등불을 제작해 분지로 띄운 것이다.

이렇게 되니 이제는 공명등불이 그저 야간의 조명 역할을 할 뿐이었다.

분지의 창공에 빽빽하게 뜬 공명등불.

보기에는 아름답지만 그 아래에서는 지옥보다 더 참혹한 광경이 펼쳐지고 있었다.

"이게 전쟁이야."

분지를 내려다보던 남자가 다시 중얼거렸다.

앳된 얼굴의 남자.

그는 바로 적파였다.

그의 눈에 아주 잠깐 비감한 빛이 스쳤다.

하지만 몸을 돌린 그의 표정은 여전히 장난기를 머금은 표정으로 돌아와 있었다.

적파는 혈마교의 진영을 한 번 둘러보았다.

곳곳에서 일렁이는 횃불과 크고 작은 막사들. 삼삼오오 모여서 수다를 떠는 무인들과 수련을 하거나 대련 중인 무인들.

잠시 주변을 훑어본 그가 휘적휘적 걸음을 옮겼다.

그는 비교적 커다란 막사로 다가갔다.

"무슨 일이십니까?"

막사의 입구를 지키고 선 무인 두 명이 적파를 막아섰다. 적파가 생글생글 웃으며 대꾸했다.

"불러서 온 거야. 비켜줄래?"

무인들은 등줄기가 서늘해졌다.

철귀대주 적파.

그는 이렇듯 장난스럽게 웃으며 사람을 죽이는 것으로 유명한 자였다.

그때 안에서 목소리가 들렸다.

"안으로 들여라."

무인들이 일언반구도 없이 양쪽으로 물러났다.

적파는 그런 무인들의 어깨를 가볍게 툭 두드려 주고는 안으로 들어갔다.

막사 안은 비교적 깔끔했다.

한쪽에 침상이 놓여 있었고, 그 곁에 커다란 탁자가 있었다. 탁자에는 우물, 폐가 등 세밀한 것까지 표기한 이곳 분지의 지도가 넓게 펼쳐져 있었다. 지도 위에는 깃발을 꽂은 말이 각각 놓여 있었다.

이 지도만 보아도 현재 펼쳐지는 전투 상황을 나름 정확히 알 수 있었다.

그리고 그 곁에 또 작은 탁자가 놓여 있었는데, 그곳에는 눈에 익은 두 명이 앉아 있었다. 여인처럼 곱게 생긴 남자와 나이가 지긋한 사내.

바로 총군사 설주와 아비궁주였다.

적파가 예의 그 장난기 가득한 미소를 지으며 물었다.

"부르셨습니까?"

"이리 와서 앉지."

아비궁주가 턱짓으로 의자를 가리켰다.

적파는 미소로 고개를 끄덕이며 자리에 앉았다.

"무슨 용무이신지요?"

"자네도 현재 정황을 잘 알고 있을 테지?"

"어느 정도는요."

아비궁주는 여전히 미소로 대답하는 적파가 왠지 마음에 들지 않았다. 사태의 심각성에 비해 적파는 늘 여유만만이었다.

하지만 적파의 성격이 원래 그렇다는 것을 이미 알고 있었기에 더는 마음 쓰지 않았다.

그가 헛기침을 하고는 말을 이었다.

"커험. 해서 말인데 자네 생각에는 이대로 싸움이 진행될 경우 어떤 결과가 예상되는가?"

"둘 중 하나가 끝장을 보겠지요. 하지만 남은 하나도 많은 손실이 있을 것 같습니다."

"바로 그 문제를 두고 총군사님과 대화중이었네."

아비궁주의 말이 끝나자 설주가 자리에서 일어나더니 지도가 펼쳐진 탁자로 걸어갔다.

아비궁주와 적파의 시선이 자연히 그를 따라갔다.

설주가 입을 열었다.

"적 대주의 말대로 이 싸움은 길어져 봐야 좋을 것이 없소. 적 대주, 내가 그대를 왜 불렀는지 알겠소?"

적대주의 눈빛이 잠깐 예리해졌다.

그가 다시 해맑게 웃으며 대답했다.

"본대의 기동력이 필요하군요?"

"맞소. 철귀대의 기동력을 이용해 정도맹 진영의 후미를 칠 생각이오. 정보에 의하면 정도맹을 진두지휘하는 위천우가 이곳에 있소."

설주가 깃발 하나를 지도 위에 꽂았다.

정도맹의 진영에서도 제법 동쪽으로 치우친 곳이었다. 즉, 이곳에서 찾아가기에는 가장 먼 곳이기도 했다.

이쯤 적파는 설주가 무슨 말을 꺼낼지 대충 짐작할 수 있었다. 그리고 그의 예상이 정확히 맞아 들어갔다.

"끝없는 소모전을 종식시킬 방법은 단 하나. 적의 머리부터 치는 것."

"별동대를 만들 생각이시군요."

"그렇소. 그 별동대는 철귀대가 주축이 될 것이오. 적 대주, 위천우를 죽일 수 있겠소?"

설주가 의미심장한 미소를 지으며 적파를 바라보았다.

적파가 잠시 설주를 바라보다 생글생글 웃으며 자리에서 일어났다.

그가 지도가 펼쳐진 곳으로 걸어가서 섰다.

적파는 말 하나를 잡고 지도를 크게 돌아갔다.

"만약 우리가 위천우를 죽이려면 이렇게 돌아가야겠군요."

"맞소. 분지를 한참 돌아서 가야 하지."

"정도맹 쪽에서도 별동대를 만들어 치려고 하지 않을까요?"

"현재 정도맹은 그럴 만한 여유가 없소. 맹주가 계속해서 증원군을 보내고 있지만 현재는 유성지단과 인근의 정도 문파들이 규합하여 대처하고 있는 상황. 분지의 싸움만으로도 총력을 기울여야 하기에 별동대를 만들 만한 상황이 못 되지."

과연 설주는 천목각을 이용해 많은 정보를 확보하고 있었다.

"하면 정도맹에서 이쪽의 움직임을 알아챌 확률은 없습니까? 만약 그들이 눈치라도 챈다면 철귀대는 전멸도 감수해야 할 텐데요."

적파는 최악의 경우를 가정하고 말하면서도 웃었다.

설주가 부드러운 미소를 지으며 대꾸했다.

"해서 이번 작전은 여기 있는 사람만 알고 있소. 아비궁주님과 나, 그리고 당신. 이외에는 아무도 모르고 있소."

"오오, 비밀 작전이란 말이군요?"

"그렇소."

"뭔가 신나는군요."

적파가 아이처럼 활짝 웃었다.

"어떻소? 이번 임무를 맡을 수 있겠소?"

설주의 얼굴에서 웃음기가 지워졌다. 그만큼 중요한 작전이었다.

철없이 웃기만 하던 적파도 웃음을 거두고는 대꾸했다.

"거절할 수 있습니까?"

설주가 잠시 멈칫했다. 그가 아는 적파는 이런 임무를 거절할 성격이 아니었다. 오히려 반기며 좋아할 거라고 여겼다. 한데 이런 신중함을 보이다니.

'하긴, 철귀대의 존멸이 걸린 문제일 테니.'

설주가 고개를 끄덕였다.

"물론이오. 나 역시 철귀대에게 무리한 임무를 맡기는 것일지도 모른단 생각을 하고 있소. 만약 무리라고 판단되면 부담 없이 말하시오. 이건 우리만의 비밀회의일 뿐, 명령은 아니오."

"후후."

적파가 웃음을 흘렸다.

아비궁주와 설주가 그를 가만히 지켜보았다.

적파가 활짝 웃으며 말했다.

"임무를 맡도록 하겠습니다. 대신 한 가지 조건을 붙여도 되겠습니까?"

"무엇인가?"

아비궁주가 물었다.

적파가 그를 돌아보며 대꾸했다.

"멸마신검 위천우를 치는 것은 말처럼 쉬운 일은 아닐 겁니다. 기습이나 암살을 시도한다고 해도 그의 능력을 생각한다면 철귀대만으로는 버겁습니다."

"하면?"

"별동대에 타격대를 하나 더 붙여주시죠."

아비궁주가 설주를 돌아보았고, 설주는 가만히 턱을 괴고 생각에 잠겼다.

그가 한참 후에 고개를 들고 물었다.

"좋소. 원하는 타격대가 있는 것 같은데?"

"이번에 결성된 암영대의 능력이 뛰어나다 들었습니다. 그들

과 함께 작전을 이행한다면 성공률이 비약적으로 상승할 것이
라 생각합니다."
 말을 마친 적파가 하얀 이를 드러내며 웃었다.
 설주와 아비궁주가 서로 시선을 마주했다.
 암영대의 배치 권한은 현재 아비궁주에게 있었다. 물론 총군
사인 설주가 일방적인 명령을 내릴 수도 있었지만, 그는 무언의
시선으로 아비궁주의 의향을 묻는 것이었다.
 아비궁주가 말없이 고개를 끄덕였다.
 설주가 적파를 보았다.
 "좋소. 암영대와 철귀대가 함께 이번 임무를 맡아주시오. 암
영대주에게는 따로 일러두겠소."
 "의견을 받아들여주서서 감사합니다. 그럼 저는 이만."
 적파가 싱긋 웃으며 몸을 돌렸다.
 막사를 나온 적파는 다시 분지가 내려다보이는 절벽으로 다
가갔다.
 셀 수 없이 많이 뜬 공명등불.
 '원래 저렇게 많았던가?
 시선을 돌려보니 곳곳에 자리를 잡고 손을 허우적거리는 무
인들이 있었다.
 그들이 바로 은잠사에 공력을 불어넣어 공명등불의 위치를
조절하는 자들이었다.
 적파는 다시 걸음을 옮겼다.
 곳곳에서 대련을 하며 기합성을 터뜨리는 무인들.
 "이엽!"

챙! 챙!

금속성이 불꽃과 함께 터진다.

적파는 그들을 지나가며 그날의 일을 떠올렸다.

＊　　　＊　　　＊

"이여업!"

챙! 챙!

적파와 탁문강이 동시에 야월을 향해 쇄도했다.

하지만 그들은 검을 휘두른 순간, 마치 만년한철이라도 내려친 기분이었다.

분명 검이 야월의 몸에 닿았다고 생각했는데, 손을 타고 찌릿하게 전해져오는 감각은 절대로 살을 베었을 때의 그것이 아니었다.

"크읏!"

"윽!"

적파와 탁문강이 뒤로 훌쩍 물러났다.

야월의 머리카락이 올올이 솟아오르는 것을 보고 두 사람은 누가 먼저랄 것도 없이 선공을 취했다. 허공에 뜬 야월의 검이 꿈쩍도 하지 못할 정도로 빨랐다. 아니, 빨랐다고 생각했다.

한데 아니었다.

야월은 일부러 손을 쓰지 않은 것이다.

그만큼 적파와 탁문강에게 절망감을 심어주기 위해서.

그 효과는 분명했다.

적어도 지금 이 순간 적파와 탁문강은 단 한 줌의 희망도 볼 수 없었다.

두 사람은 이곳에서 뼈를 묻어야 할 것이라 직감했다.

찰나,

쒜에에엑!

허공에 뜬 염마검이 빛의 속도로 두 사람을 향해 날아들었다.

정확히 말하자면 두 사람은 염마검의 움직임을 볼 수 없었다.

그저 허공에서 뭔가 번쩍하더니 가슴팍에 선혈이 생기고 피가 솟구쳤다.

"크악!"

뒤늦은 고통에 두 사람은 각자 혈을 점해 지혈했다.

만약 상처가 조금만 더 깊었다면 목숨이 위태로울 정도로 치명상이 됐으리라.

야월이 저벅저벅 걸어왔다.

"이익……!"

탁문강이 뒷걸음질을 치며 어금니를 콱 깨물었다.

마치 거대한 산을 앞에 둔 느낌.

만약 한 사람이 싸우는 동안, 다른 한 사람이 달아난다면?

그나마 그것이 가장 가능성이 높지 않을까?

두 명이 협공을 해도 절대 이길 수 없는 상대다.

하나라도 살아 돌아가서 이 사실을 알린다면?

여기까지 생각이 미친 탁문강은 곧바로 행동으로 옮겼다.

[적파! 네놈이 가서 모든 상황을 알려라!]

[부주님은 어쩌시려고 그럽니까?]

[내가 막아보지.]

[만만한 자가 아닙니다.]

[이미 알고 있다. 나불거릴 시간 있으면 도망이나 쳐!]

[그럼 무운을.]

[잠깐.]

적파가 멈칫하고는 탁문강을 보았다.

탁문강의 전음이 이어졌다.

[아수환단을 이용해라.]

[아수환단까지…….]

[네놈도 알 텐데. 이 괴물은 아수환단을 쓰지 않고서는 막기도, 달아나기도 힘들다는 것을.]

언제나 장난기 많던 적파의 얼굴에 비장함이 스쳤다.

아수환단을 쓰란 말은 달아나도 살 생각은 버리란 뜻과 마찬가지.

적파가 보일 듯 말 듯 고개를 끄덕였다.

[알겠습니다.]

[반드시 살아남아라.]

탁문강이 대도를 고쳐 쥐며 마지막 전음을 흘렸다.

그때 야월의 목소리가 두 사람 사이를 불쑥 파고들었다.

"달아나려고?"

적파와 탁문강의 표정이 해쓱해졌다.

야월이 피식 웃었다.

"달아날 수 있을 거라고 생각하나?"

"이익! 뛰엇!"

퍽!

탁문강이 바닥을 박차고 야월을 향해 쇄도했다.

찰나, 적파는 엄지로 자신의 가슴과 배를 연이어 찍었다. 동시에 그가 바닥을 박차고 날아갔다.

"으아아아압!"

괴성에 가까운 기합성을 터뜨린 적파.

그는 무서운 속도로 질주하면서 빠르게 변하고 있었다. 그의 두 눈은 흰자위의 핏줄이 도드라져 벌겋게 충혈 됐다.

한편 야월을 향해 쇄도한 탁문강은 명치와 목 아래를 엄지로 찔렀다. 순간 구부정한 그의 등이 곧게 펴지며 전신의 근육이 부풀어 올랐다.

꽈앙!

야월이 서 있던 자리를 대도가 내려쳤다.

검강에 두드려 맞은 지면이 협곡처럼 깊이 파였다.

탁문강이 눈을 부라렸다.

"쥐새끼!"

타앗!

그는 귀신처럼 찢어진 눈으로 야월을 향해 다시 날아올랐다. 곧장 야월에게 쇄도하던 탁문강이 다시 대도를 횡으로 휘둘렀다.

쒜에에엑!

새하얀 빛이 반월을 그리며 야월을 향해 쇄도했다.

야월의 눈빛이 서늘하게 식는 순간, 하늘로 떠올랐던 염마검이 무섭게 회전하며 그대로 바닥으로 내리꽂혔다.

따앙!

탁문강의 도신을 염마검의 검봉이 그대로 내리찍은 것이다.

"크으으으악!"

대도를 든 탁문강은 감전이라도 당한 사람처럼 떨었다. 속이
뒤틀리고 온 근육이 갈가리 찢어져 나가는 기분.

"쿠웨엑!"

피를 토하는 탁문강.

그 순간 야월이 손을 불쑥 내뻗어 상대의 목을 콱 움켜잡고
밀어붙였다.

슈우우우우웅! 콰앙!

마치 포탄처럼 날아간 두 사람은 커다란 나무 기둥에 처박히
면서 자욱한 먼지를 일으켰다. 나뭇잎이 우수수 떨어지면서 그
들을 완전히 덮었다.

야월은 다른 한 손으로 탁문강의 안면을 강타했다.

빠악!

"끄억!"

야월의 주먹질에 탁문강의 얼굴이 처참하게 일그러졌다.

"크으… 이이익!"

탁문강이 이를 악물고 오른손에 든 대도를 휘둘렀다.

쒜이이잉!

하지만 도날을 스친 것은 허전한 공기뿐.

어느새 뒤로 튕겨 나듯 물러난 야월.

도기가 지나친 순간, 야월의 곁에 둥실 떠 있던 염마검이 다
시 한 번 무섭게 쇄도했다.

슈아아아악! 푸욱!

"끄흐아악!"

탁문강이 입을 쩍 벌리고 비명을 내질렀다.

염마검이 그의 옆구리를 꿰뚫은 채 그대로 나무기둥에 꽂힌 것이다.

"빌어… 먹을!"

탁문강이 손을 뻗어 염마검의 손잡이를 움켜쥐었다.

하지만 염마검은 꿈쩍도 하지 않았다.

뜨끈뜨끈한 쇠붙이가 옆구리에 박힌 채 움직이지 않는 상황.

야월이 천천히 탁문강에게 다가갔다.

"말했지. 쉽게 죽이지 않겠다고."

"카악! 퉤엣!"

탁문강이 피 섞인 침을 야월의 얼굴에 뱉었다.

그가 핏물이 베인 이를 훤히 드러내며 킬킬거렸다.

"혈마……! 킬킬킬! 대단하군. 대단해. 헉, 헉. 이런 괴물이 됐을 줄이야. 킬킬! 그런데 이거 어쩌나? 우린 훨씬 더 대단한 괴물을 키우는 중인데? 킬킬킬!"

"그게 뭐가 됐든 없애버리면 그만이지."

"킬킬킬. 자신만만하군. 하지만 기억해라. 헉, 헉. 우리 대업이 이루어지면… 하늘도 어쩌지 못한다는걸!"

콱!

야월의 손이 다시 탁문강의 목을 조았다.

탁문강이 기이한 표정으로 입꼬리를 치켜 올리며 비웃었다.

"키키킥! 왜? 죽이고 싶나?"

“아니. 네놈은 천천히 고통스럽게 죽어야지.”

“흥! 어림없는 소리!”

순간 탁문강이 뭔가를 와그작 깨물었다.

야월이 두 눈을 부릅떴다. 동시에 그가 호신강기를 극한으로 끌어올렸다.

그런데…….

아무 일도 일어나지 않는다?

지난번 방소걸과 마찬가지로 어마어마한 폭발이 일어날 것이라 여겼다.

한데 이번엔 달랐다.

아무 일도 일어나지 않았다.

탁문강이 탁한 웃음을 흘리며 야월을 보았다.

“키키키킥! 혈마! 여기까지다!”

말을 마친 그가 입안에 든 것을 꿀꺽 삼켰다.

다음 순간,

츠츠츠츠츳!

“크읍!”

야월의 손이 탁문강의 목에 딱 달라붙어 떨어지지 않았다. 뿐만 아니라 야월의 내공이 탁문강의 몸으로 무서운 속도로 빨려 들어가고 있었다.

“키키키키킥! 혈마! 혈마! 죽어라!”

탁문강이 광기에 사로잡힌 듯 고함을 내질렀다.

그러는 동안에도 야월의 내공은 무섭게 빨려 나가고 있었다.

탁문강은 넘쳐나는 내공을 어쩌지 못한 듯 혈색이 붉으락푸

르락 변했다.

탁문강이 삼켜 버린 것이 뭐가 됐든 야월의 공력을 빨아들이는 것만은 틀림없었다.

"하압!"

야월이 기합성을 터뜨리자 탁문강의 옆구리에 박혔던 염마검이 쑥 뽑혀 나왔다. 곧이어 염마검이 탁문강의 전신을 난자하기 시작했다.

쉭! 쉭쉭쉭쉭!

"크키키키킥! 어림없다!"

탁문강이 눈을 부릅뜬 채 광소를 터뜨렸다.

그의 말대로 염마검은 그에게 어떤 상처도 입히지 못했다. 이미 엄청난 양의 내공을 흡입한 탁문강은 야월의 공력을 이용해 호신강기를 두르고 있었던 것이다.

'도대체 어떻게?'

야월은 두 눈을 부릅뜨고는 손을 떼어내려고 했다.

하지만 아무리 힘을 써도 손이 떨어지지 않았다. 손을 떼기 위해 공력을 사용하면 오히려 그만큼 많은 양의 공력이 탁문강에게 빨려들어 갈 뿐이었다.

"크히히히힉! 모조리 먹어치워 주지! 혈마! 기억해라! 네놈을 죽인 건 바로 이 탁문강이라는걸!"

"크읏!"

혈마의 미간에 주름이 생겼다.

이제는 전신의 힘이 빠져나가는 것이 느껴질 정도로 공력의 손실이 컸다.

그때 야월의 뒤통수를 때리듯 떠오른 한 가지 생각.

'모든 걸 빨아들이는 거라면⋯⋯!'

야월은 마음을 가라앉히고 운기를 시작했다.

탁문강이 야월의 변화를 눈치채고 비웃음을 터뜨렸다.

"크히히힉! 이제 와서 발악한들 소용없다! 네놈이 아무리⋯ 응? 뭐, 뭐야! 이건!"

탁문강은 자신의 몸을 통해 흘러들어오는 것이 평범한 공력과 다르다는 것을 깨달았다.

"이, 이 무슨⋯⋯!"

그의 목 부위가 녹빛으로 물들기 시작했다. 이내 혈관을 타고 거무죽죽한 빛깔이 번져나갔다.

'독, 독공?'

탁문강이 경악한 표정으로 야월을 바라보았다.

야월이 싸늘하게 웃었다.

"어디 이것도 처먹어 봐."

"크으으으윽! 끄아아악!"

탁문강의 얼굴 피부가 흐물흐물 흘러내리기 시작했다. 목 주변으로는 기포가 생기기도 했다.

갑작스러운 독기에 탁문강의 몸이 꿈틀꿈틀 변화가 생겼다.

야월은 최대한 독기를 쏟아부었다.

평범한 내기와 독기가 동시에 탁문강의 몸으로 강물처럼 흘러들어갔다.

"끄아아아악!"

탁문강이 고개를 마구 저으며 비명을 내질렀다.

오장육부가 뒤집어지고 전신의 혈맥이 가닥가닥 끊어지는 것 같은 통증.

"쿠웨에엑!"

이윽고 한 움큼의 피를 토했다.

한데 토해진 피는 붉은색과 녹색이 뒤섞여 있었다. 바닥에 깔린 잎들이 치이익 소리를 내며 타들어갔다.

탁문강의 몸은 이제 불덩이처럼 뜨거웠다.

"크헉! 안, 안 돼……! 안 돼에에에!"

처절한 비명을 끝으로 그의 얼굴은 완전한 녹색으로 물들었다. 그의 동공은 온통 시뻘겋게 물들어 버렸다.

다음 순간,

퍼억!

그의 얼굴이 터져 나갔다. 그와 동시에,

쫘앙!

온몸이 커다란 폭음과 함께 터져 나갔다. 야월은 그 기운에 떠밀려 그대로 날아가 버렸다. 이미 많은 내기를 소진한 상황이었기에 호신강기를 펼칠 여력도 남아 있지 않았다.

쿠당탕탕!

바닥을 한참이나 나뒹군 야월은 실눈을 뜨고 허공을 바라보았다.

그의 시선이 머문 곳에 어마어마한 양의 공력이 뭉쳐 돌풍처럼 휘몰아치고 있었다. 탁문강의 기운과 야월의 기운이 한꺼번에 뭉친 것이다.

다음 순간, 돌개바람처럼 휘몰아치던 공력의 덩어리가 야월을 향해 그대로 덮쳤다.

"허억!"

야월의 몸이 허공으로 둥실 떠올랐다.

눈 깜빡할 사이에 공력은 야월의 전신에 흡수되었다.

털썩!

바닥으로 떨어진 야월.

"으음……!"

갑작스러운 신체 변화에 야월이 나직이 신음을 흘렸다. 야월은 누운 채로 몸속에 스며든 기운을 느끼며 내공을 다스려갔다.

내기를 일주천시키자 그나마 몸이 가벼워지는 것을 느낄 수 있었다.

야월은 그 자리에서 가부좌를 틀고 앉아서 운기행공을 시작했다.

第二章
밝혀지는 배후

적파는 뒤도 돌아보지 않고 달렸다.

등 뒤에서 후끈한 기운이 몰아쳐 와도, 처절한 비명 소리가 터져 나와도 일절 돌아보지 않았다.

그는 오로지 달리는 것에만 모든 힘을 쏟았다.

태어나서 지금까지 누군가에게 등을 보인 채 이처럼 달아난 적은 처음이었다.

자존심이 무너질 대로 무너졌지만 어쩔 수 없었다.

객기를 부리다간 대업을 망칠 수가 있다.

팟!

적파는 나무기둥을 박차고 쏜살처럼 튀어 나갔다. 그런데,

탱!

"크읏!"

발목이 뭔가에 휘감긴 듯 적파를 잡아끌었다.

휘리리릭!

적파가 몸을 휘돌리며 중심을 잡고 바닥으로 내려섰다. 그때,

"지금이닷!"

어디선가 늙수레한 목소리가 터지더니 이내 인영들이 어지럽게 움직이기 시작했다.

쉬이이잇! 쉬이잇!

적파를 가운데에 두고 수많은 사람이 주위를 빠르게 오갔다. 적파는 그들 중 한 사람을 바로 알아보았다.

"웅천!"

그의 외침에도 웅천은 아무런 대꾸도 하지 않았다. 그저 빠르게 적파의 주위를 내달릴 뿐이었다.

아무런 공격도 하지 않은 채 도대체 뭘 하는 건지 알 수가 없었다.

하지만 다음 순간 적파는 적들의 의도를 눈치챌 수 있었다.

"그랬군!"

적파가 얼른 검을 뽑아 들며 허공을 향해 내려쳤다.

하지만 검은 마치 보이지 않는 거미줄에 걸린 것처럼 튕겨 나가더니 허공에 둥실 떠서 멈췄다.

적파가 얼른 몸을 날려 검을 잡으려고 했지만 몸이 말을 듣지 않았다.

검은 인영들이 적파를 가운데에 두고 흑잠사를 이용해 그를 옭아맨 것이다.

흑잠사는 은잠사를 특별히 가공한 것으로, 은잠사에 비해 조

금 두껍지만 훨씬 질긴 것이었다. 때문에 보통의 칼부림으로는 흑잠사를 한 줄을 잘라내기도 어려웠다.

보이지 않는 흑잠사에 꽁꽁 묶인 채 속박 당한 적파.

그는 양팔을 활짝 펼친 채 싸늘한 시선으로 주위를 훑었다.

"클클클. 겨우 붙잡아 뒀군."

늙수레한 목소리.

적파는 자신 앞으로 다가오는 상대를 금방 알아볼 수 있었다.

"사천홍!"

"건방지게 본좌의 이름을 함부로 나불거리지 마라."

"후후. 그랬군. 사천홍이 교주의 개가 됐군."

"닥쳐라!"

빠악!

사천홍이 주먹을 휘둘러 적파의 얼굴을 후려쳤다.

하지만 적파는 여전히 생글생글 웃는 표정을 지우지 않았다.

사천홍 곁으로 눈에 익은 자들이 다가와서 섰다.

구비검과 추검수였다.

그리고 웅천과 소진풍, 전횡도 사천홍과 나란히 섰다.

이들 외에도 숲 속 곳곳에 지금쯤 비혈대원들과 수라십이조가 잠복해 있으리라.

그들은 흑잠사를 이용해 적파의 몸을 완전히 구속하고 있었다.

적파는 이곳에서 벗어날 방법이 없다는 것을 직감했다.

거미줄에 완벽하게 걸려든 것이다.

사천홍이 적파에게 다가가 히죽 웃었다.

“클클. 알고 있느냐? 우리가 네놈을 어떻게 할 건지? 네 몸을 천천히 갈라서 그 몸이 어떻게 생겨먹었는지 찬찬히 구경할 게다. 그리고 뼈와 근육을 잘게 썰어서 관찰하겠지. 클클클. 재미있지 않겠냐?”

“하하하. 재미있긴 할 것 같은데 정말 그렇게 할 수 있을까?”

“클클클. 지금 이 지경이 되고도 객기를 부리는군. 네놈이 혈을 짚지 못하도록 흑잠사를 이용해 옭아맸지. 이런 상황에서 네놈이 무리를 했다간… 흑잠사에 의해 네 몸은 갈가리 찢어질 게다.”

“하하하! 그건 정말 재미있을 것 같은데?”

“음?”

사천홍이 이맛살을 구기며 적파를 보았다.

적파가 싸늘한 미소를 지으며 말했다.

“어차피 찢어질 몸이라면 그쪽이 더 낫겠어!”

“뭣이?”

순간 적파가 손에 힘을 팍 주었다. 순식간에 그의 힘줄이 불거지며 근육이 부풀어 올랐다.

“흐아아아압!”

기합성을 내지르는 것과 동시에 팔을 움직이는 적파.

흑잠사가 팽팽하게 잡아당겨지며 적파의 손목을 강하게 구속했다.

사천홍이 눈살을 구겼다.

“그만둬라. 안 그러면 네놈 손목이 끊어질 게다.”

“바라던 바야!”

흑잠사가 적파의 손목을 점점 파고들었다.

츄팟!

피가 튀어 올랐다.

사천홍이 핏물을 피해 뒤로 훌쩍 물러났다. 다음 순간,

"흐아아아아압!"

적파가 기합성을 내지르며 팔을 휘둘렀다.

써걱!

"저 미친……!"

손목이 완전히 절단 된 적파. 그가 절단된 손목을 그대로 이마로 가져가 쳤다.

퍽!

사천홍이 몸을 날리며 소리쳤다.

"피햇!"

주위의 모든 사람이 사천홍과 마찬가지로 몸을 날렸다. 순간 적파의 몸이 벌겋게 달아오르더니 부르르 떨기 시작했다. 뒤미처,

꽈아아아아앙!

어마어마한 폭음과 함께 적파의 몸이 터져 나갔다.

찰나, 어디선가 나타난 야월이 염마검을 바닥에 내리꽂으며 호신강기를 극한으로 끌어올렸다.

후우우우우웅!

어마어마한 기파가 사방을 휩쓸고 지나갔다. 다행히 사천홍을 비롯한 사람들은 야월의 등 뒤쪽에서 위기를 모면할 수 있었다.

강한 바람에 굳건히 맞선 야월이 깊은 숨을 내쉬었다.

"후우우."

그의 전신에서 열기가 후끈후끈 올라왔다.

방소걸의 몸이 터졌을 때와 마찬가지였다.

반경 십여 장이 초토화됐다.

적파의 시체는 흔적도 찾아볼 수 없었다.

야월이 나직이 중얼거렸다.

"결국 이번에도 생포는 못했군."

"니미럴! 꼼짝없이 죽는 줄 알았네. 왜 이리 늦었소?"

사천홍이 투덜거리며 다가왔다.

"귀라부주가 있었어."

"귀라부주? 호오, 그럼 요놈이 천하오사와 손을 잡았다?"

"그런 것 같군."

"하면 귀라부주는 어찌 됐소?"

야월이 고개를 저었다.

생포하지 못했다는 뜻.

귀라부주 탁문강 역시 독기에 전신이 녹아서 허물어진 후였다. 아무런 증거도 발견할 수 없었다.

다만 배후에 천하오사가 존재한다는 것만은 확실히 알아냈다.

야월이 웅천을 돌아보았다.

"당분간 이번 일이 밝혀지지 않는 게 좋겠군."

그의 말뜻을 알아들은 웅천이 고개를 끄덕였다. 그는 이미 완전한 적파의 모습으로 변해 있었다.

적파의 모습을 한 웅천이 물었다.

"귀라부주는 어떻게 하죠?"

생글생글 웃으며 물어오는 표정이 꼭 적파와 닮았다. 야월이 사천홍을 보았다.

"할 수 있겠어? 역시 힘들겠지?"

사천홍이 발끈했다.

"흥! 나는 무공에 타고난 몸이외다. 그깟 은혼귀령술쯤이야 식은 죽 먹기지!"

사실 그의 은혼귀령술은 완벽하다고 보기 힘들었다.

하지만 야월이 무시하듯 물어오자 오기가 발동한 것이었다.

물론 이는 야월의 계산된 행동이었다. 일부러 사천홍을 자극시켜 어떻게든 임무를 해내게 만들려는 생각이었던 것이다. 그리고 결과적으로 사천홍은 그 간단한 속셈에 걸려든 것이다.

야월이 고개를 끄덕였다.

"좋아. 그럼 사 궁주가 탁문강을 맡아."

"좋소."

"웅천은 적파를 맡도록 해."

"그러죠. 재미있겠군요."

웅천이 생글생글 웃으며 답했다.

야월이 다시 사천홍을 돌아보았다.

"무슨 일이 있어도 무리하지 마. 신중을 기하도록."

"걱정 마시오."

사천홍이 무뚝뚝한 표정으로 대꾸했다.

야월이 혼잣말처럼 중얼거렸다.

“이제 아수환단에 대해서는 귀마에게 모든 기대를 걸어야겠군. 사 궁주는 최대한 천하오사의 계획이 뭔지 알아낼 수 있도록 해. 다만……”

“알겠다니까. 무리하지 않겠소.”

“좋아. 웅천은 앞으로 철귀대가 임무를 맡게 되면 가능한 암영대와 연계하도록.”

“알겠습니다.”

웅천이 활짝 웃으며 답했다.

*　　　*　　　*

“대주님?”

생각에 잠긴 웅천의 머릿속으로 남자의 목소리가 불쑥 침범했다.

웅천이 고개를 들어보니 날카로운 인상의 사내가 자신을 내려다보고 있었다.

철귀대 일조장 한신.

적파의 오른팔이나 마찬가지인 사내.

그의 표정을 보니 벌써 여러 번 자신을 부른 모양이었다. 웅천이 정신을 수습하고 물었다.

“무슨 일이지?”

“무슨… 고민이라도 있으십니까?”

“고민? 하하하. 내가 그런 걸 할 인간으로 보여?”

적파, 아니, 웅천이 짐짓 밝게 웃으며 반문했다.

잠시 이상한 눈초리로 웅천을 바라보던 한신이 곧 웃음을 지으며 답했다.

"워낙 대답이 없으셔서."

"잠시 지난 일을 생각하고 있었어."

"재미있는 일이라도 생각하셨나 봅니다."

"웅. 아주 재미있는 일이지. 그런데 무슨 일로 날 불렀지?"

"아, 암영대주가 찾아왔습니다."

"그랬군. 안으로 모시도록. 한신은 나가봐도 돼."

"예, 그럼."

한신이 깍듯이 예를 차리고 돌아섰다.

그러다 갑자기 그가 몸을 돌리고는 웅천을 불렀다.

"대주님."

"음?"

"전에 말씀하신 건 어떻게 처리할까요?"

"전에……? 뭘 말하는 거지?"

"아, 지난번에 제게 맡기신 물건 말입니다."

웅천은 순간 당황할 수밖에 없었다.

그도 그럴 것이 은혼귀령술을 펼쳐 적파로 위장하였더라도 그의 기억까지 떠올릴 수 있는 것은 아니었다.

한신은 여전히 적파를 보며 서 있었다.

결국 웅천이 대충 둘러댔다.

"자네 판단에 맡기지. 알아서 처리해."

"그래도 되겠습니까?"

"물론. 자네를 믿으니까."

"알겠습니다. 그럼."

한신이 다시 인사를 하고는 몸을 돌렸다.

그런데 몸을 돌린 그의 표정은 어딘지 비장함이 감돌고 있었다. 물론 그 표정은 아무도 볼 수 없었다.

한신이 나가고 나자 야월이 막사 안으로 들어섰다.

"시간을 방해한 것은 아닌지 모르겠소."

야월이 예를 차리며 말하자, 적파가 해맑은 웃음을 지으며 손사래를 쳤다.

"하하하. 아닙니다. 그저 망상 중이었습니다. 한데 암영대주께서 무슨 일로?"

"중요한 일이니 주위를 물리는 것이 어떻소?"

"아, 그러지요. 모두 물러나도록!"

웅천의 명령에 곧 인근의 기척이 완전히 지워졌다.

야월이 느끼지 못할 정도이니 안심해도 됐다.

하지만 야월은 신중을 기했다.

[임무를 맡았더군.]

야월이 흘린 전음에 웅천이 고개를 끄덕이며 대꾸했다.

[네, 멸마신검을 치라는 내용이었습니다.]

[확인했어.]

[설 군사와 아비궁주를 만나고 오시는 길이시군요.]

야월이 고개를 끄덕였다.

그가 자리에 앉으며 화재를 돌렸다.

[그보다 사 궁주가 움직이기 시작했어.]

[천하오사에서 움직임이 있었습니까?]

[사 궁주 측에서 온 연락에 의하면 천하오사가 내일 비밀 회동을 할 모양이야. 마침 이곳에서 멀지 않은 폐사라더군.]

[어쩐지 천하오사가 정마대전의 주위를 겉돌고 있는 느낌이군요.]

[초 군사와 악수라도 같은 말을 하더군. 그들이 꾸미는 일이 무엇이든 정마대전과 무관하지 않을 것 같다고.]

[그렇겠지요. 아무래도 정마대전을 치르게 되면 정도맹이든 혈마교든 상당한 손실을 입게 될 테니까요.]

웅천의 대구에 야월은 대답 없이 가만히 침음을 흘렸다.

물론 웅천의 말은 틀림이 없었다.

정마대전을 치르는 이상 두 조직은 상당한 피해를 입게 될 것이다. 그 결과가 승리든 패배든.

하지만 초비향과 악수라는 그런 간단한 원리를 말한 것이 아니었다. 두 사람은 천하오사가 정마대전을 그렇게 간단하게 이용하는 것이 아닐 것이라 짐작했다.

"뭔가 더 큰 것을 노리고 있는 게 틀림없어요. 단순히 정마대전으로 인해 두 조직이 피해를 입는 정도만 바라는 게 아니라는 말이죠. 그 이상의 뭔가를 꾸미고 있어요. 그게 사부님과 저의 같은 생각이에요."

초비향의 말이었다.

물론 그것이 무엇인지는 아무도 알 수 없는 노릇.

[사 궁주가 이번 일을 잘 해낸다면 뭔가 또 나오겠지.]

[직접 가지 않으실 겁니까?]

[이번만큼은 사 궁주에게 맡겨야 할 것 같아. 일단 우리는 멸마신검을 치러 가야 하는 임무도 있으니.]

[그렇군요. 혹시라도 사 궁주께서 제대로 하지 못하면…….]

[그건 그때 가서 생각하자고. 그래도 혹시 모르니 수라십이조는 남겨둘 생각이야.]

[그렇군요.]

두 사람의 은밀한 대화는 그 뒤로 조금 더 이어졌다.

*　　*　　*

다음 날.

숲 속에 자리 잡은 낡은 폐사.

불규칙하게 이어진 돌계단을 밟아 오르는 노인.

그는 바로 탁문강으로 변장한 사천홍이었다.

"카악! 퉤엣!"

사천홍이 가래침을 뱉었다.

그의 표정은 불만이 가득했다.

사실 탁문강은 등이 구부정한 노인인데, 사천홍은 그것이 몹시 답답했던 것이다. 항상 등을 꼿꼿하게 펴고 살았던 그는 탁문강의 모습이 여간 불편한 것이 아니었다.

"니미럴! 이럴 줄 알았으면 하지 않는 건데."

혼잣말을 중얼거리며 돌계단을 오른 사천홍이 낡은 문짝을 밀었다.

삐걱거리는 소리를 내지르며 문이 열렸다.

그가 막 문지방을 넘어 들어서는데, 바로 옆에서 껄껄 웃는 소리가 들렸다.

“허허허, 뭘 하지 않는단 말이오?”

사천홍은 내심 놀랄 수밖에 없었다.

자신이 폐사 안으로 들어오는 동안 아무런 기척도 느끼지 못했다.

그런데 이렇게 가까이 서 있을 줄이야.

‘천하오사가 이 정도일 줄이야.’

사천홍은 자신에게 말을 걸어온 자가 누군지 바로 알 수 있었다.

적하성(赤霞城)의 성주 상재율(尙在律)이었다.

사천홍이 얼른 머리를 굴려 그럴싸한 답을 내놓았다.

“며칠 전에 일이 있었소.”

“아, 그 일 말이군. 그렇잖아도 전해 들은 바가 있소. 어찌 됐소?”

“아주 시시한 자였소. 내가 굳이 가지 않아도 적파 혼자 충분히 상대할 수 있었지.”

사천홍이 투덜거리자 상재율은 그제야 이해했다는 듯 고개를 끄덕였다.

“허허, 그래서 그때 나선 것을 두고 후회하는 중이었구려?”

“그렇소이다.”

“하긴. 닭을 잡는데 소 잡는 칼을 썼으니…….”

상재율이 껄껄 웃었다.

“자, 들어갑시다. 나도 이제 막 도착해서 근방을 둘러보고 있었소이다.”

“일찍 오셨구려.”

사천홍의 대꾸에 상재율이 빙그레 웃었다.

“원래 늙으면 할 일이 없잖소.”

“홍! 혼자만 늙는 것처럼 말하시는군.”

“허허허! 그런가? 허허허!”

상재율이 재미있다는 듯 웃었다.

사천홍은 내심 가슴을 쓸어내렸다.

사실 은혼귀령술을 이용해 탁문강으로 변하긴 했지만, 웅천만큼 완벽하진 못했다. 또한 탁문강으로 완전히 변하기 위해서는 평소 그의 행동을 면밀히 관찰했어야 했다.

하지만 사천홍이 탁문강을 본 것은 대략 오 년도 더 지난 일.

평생 살면서 그가 탁문강을 본 건 겨우 세 번이 전부였다.

때문에 자칫 탁문강을 제대로 연기하지 못해 정체가 탄로 날까 봐 절치부심했던 것이다.

다행히도 상재율은 별다른 의심을 품지 않는 듯했다.

공교롭게도 탁문강의 평소 성격이 사천홍과 비슷한 부분이 있었던 것이다.

상재율이 걸음을 옮기며 물었다.

“그래, 그놈은 누구였소?”

“누구 말이오?”

“우리를 캐고 다니던 녀석 말이오.”

“아, 웅천이라는 아이였소. 적파가 아끼던 수하였소.”

"멍청한 녀석. 바로 곁에서 눈을 흘기는 줄도 모르고 있었다
니. 쯧쯧."

"그러게 말이외다. 좀체 녀석에게 일을 믿고 맡길 수가 있어
야지."

"허허, 그래도 이번에 그놈을 잡았으니 거리낄 것은 없게 됐
구려. 그 웅천이라는 자의 배후는?"

"처음 본 자였소. 현재 혈마교 총군사로 있는 설주의 명을 받
는 인물 같았소."

"과연 설주가 눈치를 챘던 거로군. 놈들은 우리에 대해 얼마
나 알고 있었소?"

"아수환단에 대해서 조사하는 모양이외다. 하지만 그 외에는
아는 것이 없더군."

"그나마 다행이구려."

"아무튼 그 두 놈의 모가지를 썰어버렸으니 앞으로 비밀이
새어 나갈 일은 없을 거외다."

사천홍의 호언장담에 상재율이 껄껄 웃었다.

"물론이오. 탁 부주께서 직접 나섰으니 오죽하겠소? 허허."

"그나저나 일찍 왔더니 할 일이 없군."

사천홍이 주위를 둘러보며 투덜거렸다.

두 사람은 이제 다 쓰러져 가는 대웅전 안으로 들어와 자리를
잡고 앉았다.

사실 그는 상재율과 함께 있는 것이 부담스러웠다. 함께 있는
시간이 길수록 자신의 허점이 드러날지도 모를 일.

아직 다른 사람들이 도착하려면 일각은 더 기다려야 할 터였다.

'이자는 왜 이렇게 일찍 온 거야?'

내심 불만이었지만 그걸 입 밖으로 낼 수도 없는 노릇.

사천홍이 걸음을 옮기며 말했다.

"이런 곳에 폐사가 있을 줄이야. 가만히 앉아 기다리는 것도 심심하니 근방을 좀 둘러보겠소."

"흐음? 이곳에서 회동을 가진 게 처음도 아니지 않소?"

상재율이 고개를 갸웃거리며 물었다.

'이런! 이미 왔던 곳인 모양이군.'

사천홍이 얼른 안색을 고치며 대꾸했다.

"그때도 이런 곳에 사찰이 있다는 게 신기했었지. 다만 지금 시간이 남으니 한 번 둘러보고 싶어서 그렇소."

"허허, 하긴 지난번에는 오래 머물지도 못했으니 그렇겠구려. 괜찮으시다면 난 여기서 기다리겠소이다."

'제발 그래라.'

사천홍이 속생각을 삼키며 대꾸했다.

"그럼 둘러보고 오리다."

말을 남긴 사천홍이 마치 도망치다시피 그곳에서 벗어났다.

'니미럴! 차라리 소매 걷어붙이고 한판 붙는 게 낫지. 이거야 원. 조마조마해서……'

사천홍이 투덜거리며 걸음을 옮겼다.

그는 뒷마당과 안마당을 거닐다가 사찰의 경계를 따라 걸음을 옮겼다. 딱히 할 일도 없어 담벼락 위로 몸을 날려 걷고 있는데, 마침 저 아래에서 헐레벌떡 달려오는 사내가 보였다.

한눈에 보기에도 천하오사의 수장은 아니었다.

한참 그를 눈여겨 보던 사천홍은 그가 누군지 기억해냈다.

'저놈은 한신이 아닌가?'

사천홍의 이맛살이 찌푸려졌다.

그가 얼른 주위를 둘러보았다.

상재율은 여전히 대웅전에 있는 것인지 기척도 느껴지지 않았고, 헐레벌떡 달려오는 한신 주위에도 인기척은 없었다.

'저놈이 이번 회동에 참가한다는 말은 없었는데? 무슨 일로……?'

사천홍이 눈을 가늘게 뜨다가 훌쩍 몸을 날렸다.

한편 한신은 낡은 폐사의 정문에 이르러서야 겨우 두 무릎을 짚고 숨을 돌렸다.

밤새도록 이곳까지 달려온 그였다.

그의 두 눈은 모종의 의지로 빛나고 있었다.

그가 막 문을 열고 들어섰을 때였다.

그의 앞을 시커먼 그림자가 막아섰다. 곧이어 대도가 그의 목을 겨누었다.

"허업!"

"웬 놈이냐?"

나직이 물어오는 노인.

한신은 시선을 돌려 자신에게 대도를 겨눈 자를 보았다.

그는 바로 탁문강으로 변한 사천홍이었다.

한신이 마른침을 꿀꺽 삼키고는 대답했다.

"철, 철귀대 일조장 한신입니다!"

사천홍이 눈살을 찌푸리고 반문했다.

“한신?”

“그, 그렇습니다!”

그제야 사천홍이 대도를 거두고는 물었다.

“네놈이 여긴 어쩐 일이냐?”

한신이 넙죽 엎드리며 대답했다.

“이곳에서 회동이 있다는 소식을 접하고 왔습니다.”

“네놈이 올 곳이 아닐 텐데?”

“죄, 죄송합니다! 하지만 긴히 전해 드릴 말씀이 있어서…….”

“전할 말이?”

“그, 그렇습니다! 저는 적파 대주를 모시고 있습니다. 한데 요즘 적 대주의 신상에 문제가 있는 듯하여!”

사천홍의 눈살이 구겨졌다.

그가 얼른 주위를 훑어보고는 말을 이었다.

“우선 따라오너라.”

“예!”

사천홍은 한신을 데리고 으슥한 곳으로 걸음을 옮겼다. 다른 이의 눈에 잘 띄지 않는 곳에 다다르자 한신이 고개를 갸웃거렸다.

하지만 차마 입을 열지는 못하고 사천홍을 가만히 따르기만 했다.

사천홍이 몸을 돌려 한신을 보았다.

“말해봐. 무슨 일이냐?”

한신이 뭔가 이상한 낌새를 채고는 가만히 눈치를 살폈다.

"모, 모두 함께 계실 때 보고하는 것이 좋다고 생각······."

"네놈 생각을 물은 게 아니다. 노부가 지금 묻지 않느냐? 무슨 일로 여기에 온 것이냐?"

"하, 하지만······."

"놈, 그럴 줄 알았다."

"예?"

차앙!

사천홍이 다시 대도를 뽑아 들고 한신의 목을 겨누었다.

"흡!"

한신이 두 눈을 부릅뜨고 그 자리에 얼어붙었다.

그가 간신히 목소리를 쥐어짰다.

"왜, 왜 이러십니까? 부주님!"

"놈! 네놈은 우리를 염탐하려던 것이 아니냐?"

"예?"

"보고할 일이 있다는 말은 거짓이렷다? 네놈의 원래 목적은 우릴 염탐하려는 것이 아니더냐? 그렇잖아도 요즘 우리의 정보가 밖으로 새어 나간다는 느낌을 받았지. 킬킬. 바로 네놈이 그 원흉이었군!"

"아, 아닙니다! 믿어주십시오! 저는 절대 아닙니다!"

"닥쳐라! 네놈이 기어이 우리 회동에 끼어들려는 것 자체가 그 증거다! 감히 네까짓 것이 끼어들어?"

"속, 속하의 무례함을 용서하십시오. 저는 단지······."

"단지 무엇이냐?"

"신중을 기하기 위해 드린 말씀이었습니다. 속하가 무례했다면 부디 용서를……!"

"흐음."

사천홍이 실눈을 뜨다가 다시 대도를 거두어들였다.

한신은 그대로 다리에 힘이 풀려 주저앉을 뻔했다. 짧은 시간 동안 몇 번이나 목이 날아갈 뻔했는지 모를 지경.

사천홍이 쌀쌀한 목소리로 물었다.

"그래서 보고할 것이 무엇이냐?"

"그것이… 적 대주님이 요즘 이상하십니다."

"적 대주가 이상하다니?"

"그게… 말로 표현하기 굉장히 힘들지만… 뭔가 적 대주가 적 대주가 아닌 느낌이랄까……."

"그게 무슨 개 풀 뜯어먹는 소리냐? 적 대주가 적 대주가 아니라니?"

사천홍이 핀잔을 주면서도 내심 뜨끔했다.

웅천이라면 은혼귀령술에 있어서 누구보다 뛰어난 자였다. 이런 하찮은 놈이 눈치챌 수 있을 정도로 허술하게 변장했을 리가 없었다.

한데도 한신이 눈치를 챘다.

그렇다면 둘 중 하나다.

웅천의 몸 상태가 완전히 회복되지 않았거나, 한신과 적파만 알고 있는 어떤 사실을 웅천이 놓쳤거나.

어쩌면 둘 다 해당할지도 몰랐다.

웅천은 지난번 적파에게 제압을 당하면서 내상을 입은 바 있었다. 또한 적파와 한신의 관계는 웅천이 직접 본 일이 거의 없

으므로 은혼귀령술만으로 덮을 수 없는 뭔가가 있을지도 모를
일이었다.

아무튼 한신은 웅천에게서 이상한 점을 발견한 것이리라.

'빌어먹을. 일이 꼬이는군.'

사천홍이 어금니를 깨물었다.

한신이 말을 계속했다.

"딱히 설명 드리기 힘들지만, 현재 적 대주님은 어쩐지 예전
같지 않으십니다."

"그래서 네놈 감만 믿고 적파를 우리 손으로 제거하란 말이
냐?"

사천홍이 짜증스럽게 묻자 한신이 손사래를 쳤다.

"아닙니다. 하지만 몇 가지 증거는 있습니다."

"증거?"

"예."

"틀림없느냐?"

"그렇습니다."

한신이 눈에 힘을 주며 대꾸했다.

낭패였다.

이 정도로 확신한다면 자신이 덮어두고 넘어갈 수 있는 문제
가 아니었다.

'이놈을 여기서 처리하지 않으면 안 되겠군.'

사천홍은 내심 마음을 굳히고 입을 열었다.

"과연. 그래서 네놈은 우리에게 그 일을 보고하려고 생각한
단 말이지?"

"예!"

"킬킬킬. 그렇군. 수고했다. 네놈의 관찰력 덕분에 일이 꼬이지 않게 됐군."

새삼 칭찬을 듣자 한신의 입가에도 미소가 돌았다.

하지만 사천홍은 그 순간 모든 공력을 자신의 손에 집중시키고 있었다.

이윽고 그가 대도를 휘둘러 한신의 머리를 쪼개려는 찰나,

"무슨 일이오?"

귀에 익은 목소리가 등 뒤에서 들렸다.

사천홍이 일시에 공력을 거두고 뒤를 돌아보자 상재율이 사람 좋은 미소를 지으며 서 있었다.

상재율이 껄껄 웃으며 물었다.

"무슨 일이오? 그자는 누구요?"

第三章
진퇴양난

사천홍은 뭐 씹은 표정이 되고 말았다.

하필 결정적인 순간에 상재율이 나타날 줄이야.

그보다 더 속이 상한 것은 따로 있었다.

상재율이 등 뒤로 다가올 때까지 자신은 아무런 기척도 느끼지 못한 것이다. 아무리 천하오사의 문주들이 고강한 실력을 가졌다고 하더라도 이처럼 차이가 날 정도는 아니었다.

적어도 자신의 본 실력이라면 그들과 자웅을 겨룰 정도는 됐다.

한데 벌써 두 번째나 상대의 기척을 알아채지 못했다.

물론 상대가 강한 것도 이유겠지만, 또 다른 이유는 자신에게 있었다.

바로 은혼귀령술.

은혼귀령술을 사용하는 와중에는 자신의 모든 능력이 한 단계 떨어지는 것이 분명했다.

때문에 상재율의 기척을 좀처럼 눈치채지 못한 것이다.

한신이 넙죽 엎드리며 답했다.

"속하, 적파 대주님을 모시고 있는 한신이라고 합니다."

"흐음. 적파라면… 철귀대 조장인가?"

"그렇습니다!"

"한데 무슨 일로 네놈이 여기에 온 것이냐?"

"긴히 드릴 말씀이 있습니다."

"무엇인고?"

상재율의 질문에 한신이 대답했다. 사천홍에게 했던 말과 같은 내용이었다.

이야기를 들은 상재율이 눈살을 찌푸리며 물었다.

"해서 네놈의 생각은 적파가 배신이라도 했단 말이냐?"

"정확한 것을 알 수 없습니다만, 아무래도 다른 자가 적 대주님으로 위장한 것이 아닐지 의심스럽습니다."

그때 사천홍이 불쑥 나서며 호통을 쳤다.

"흥! 말도 안 되는 소리다! 나는 지난번 적파와 함께 적을 물리친 적이 있다. 그런데 적파가 다른 사람이라니!"

"물론 아닐 수도 있습니다. 다만 보고 드려야 할 것 같아서……."

"닥쳐라! 네놈은 상관을 믿지 못하고 내부 분열을 일으키게 만들려고 하는 것이냐?"

사천홍이 거듭 호통을 치자 한신은 겁을 먹고 입을 다물어버렸다.

상재율이 손을 들어 사천홍을 제지하고 나섰다.

"허허, 탁 부주께서는 진정하시오. 어디 들어나 봅시다. 그래, 네놈이 그리 주장하는 까닭은 무엇이냐?"

"우선 그분의 말투가 미묘하게 변했습니다. 평소 적 대주님은 장난기 있는 말투지만, 저를 대할 때만큼은 언제나 진중하셨지요."

"단지 그 이유로?"

"또 하나 있습니다. 혹시나 해서 제가 어제 적 대주님을 슬쩍 떠보았습니다. 적 대주님에게 제게 맡긴 물건을 어떻게 할지 물어보았습니다. 물론 적 대주님은 제게 아무런 물건도 맡긴 적이 없습니다. 한데 적 대주님은 저보고 알아서 처리하라고 하시더군요."

사천홍이 나섰다.

"흥! 고작 그런 이유로 네 상관을 의심하느냐? 어이가 없군. 오히려 너 같은 놈을 믿을 만한 수하라고 둔 적파에게 화가 날 지경이다."

상재율 역시 사천홍의 생각과 크게 다르지 않았다.

단지 그러한 이유로 적파를 의심하기에는 무리가 있었다.

그렇다고 한신의 생각을 기우로 치부하지도 않았다. 오랜 시간 동안 적파를 상관으로 모신 충복이라면 다른 사람은 모를 자신만의 감이 있으리라.

상재율이 물었다.

"또 수상한 점이 있느냐?"

"수상한 것까지는 아니지만 요즘 들어 적 대주님이 자주 만나는 자가 있습니다."

"자주 만나는 자라면… 혈마교 내에서 말인가?"

"그렇습니다."

순간 사천홍의 눈이 커졌다.

'설마 이놈이 암영대주라고 말하려는 것은 아니겠지?

만약 놈의 입에서 암영대주라는 말이 튀어나오기라도 하면 일은 꼬일 터. 차라리 자신의 정체가 밝혀지더라도 야월의 존재는 숨기는 것이 낫다고 판단했다.

상재율이 재차 물었다.

"하면 그 상대가 적 대주와 내통한다고 보느냐?"

"솔직히 말씀드리자면… 그렇습니다."

"흐음. 그게 누군가?"

사천홍이 마른 침을 삼켰다.

이윽고 한신의 입이 열렸다.

"이번에 새로 구성된 조직이 있습니다. 그중에서도……."

"노옴! 닥쳐라!"

사천홍이 노호성을 터뜨리며 대도를 휘둘렀다.

쒜에에엑!

대도는 그대로 한신의 머리통을 양단 낼 기세로 떨어졌다.

쩌엉!

육중한 소리와 함께 사천홍의 대도가 허공에 멈췄다. 그의 대도를 막은 것은 다름 아닌 상재율의 검이었다. 만약 상재율이 조금만 늦게 나섰어도 한신의 머리는 지금쯤 두 갈래로 갈라져

뇌수를 쏟아내고 있으리라.

상재율이 사천홍을 돌아보았다.

"탁 부주! 이게 무슨 짓이오?"

"비키시오! 내 더 이상 이놈의 이간질을 들어줄 수가 없소!"

"이간질인지 아닌지는 두고 봐야 할 일 아니겠소?"

"난 얼마 전까지만 해도 적파와 함께 싸웠소. 그런 적파가 우리를 배신했다는 건 믿을 수가 없소!"

"적파가 배신한 게 아니라, 누군가에게 당했을지도 모르지 않소?"

"적파가 누구에게 당하겠소? 아수환단까지 있는 마당에!"

"흐음. 그렇다고 하더라도……."

사천홍이 시선을 돌려 한신을 향해 소리쳤다.

"놈! 분명히 말해보아라! 적파가 너와 하루 이상 떨어져 지낸 적이 있었더냐?"

"그, 그것은……."

"날 똑바로 보고 대답해라!"

"없, 없습니다."

"하면 적파가 언제 어디서 어떻게 당했단 소리냐? 어디서 말 같지도 않은 추측을 들고 와서 이간질을 시키려는 것이냐?"

"속, 속하는 그저……."

"시끄럽다! 네놈의 하찮은 생각 때문에 분열을 일으키는구나!"

사천홍이 다시 한 번 소리치며 대도를 휘둘렀다.

이쯤 되자 상재율도 뭔가 이상한 낌새를 챌 수밖에 없었다.

"탁 부주! 아까부터 지나치시오! 우선 이자의 이야기를 듣고
나서……!"

하지만 사천홍은 그가 떠들고 있는 사이에 잽싸게 한신을 향
해 쇄도했다. 사천홍의 대도가 이번에야말로 한신을 양단할 기
세로 떨어져 내렸다.

"허억!"

이제는 상재율도 나서서 막지 못할 지경.

상재율이 소리쳤다.

"누구냐? 적파와 내통하는 자가!"

"그, 그것은… 암… 으아아아악!"

콰작!

한신은 결국 말을 마저 이을 수 없었다.

그는 머리끝부터 가랑이까지 그대로 양단된 채 쓰러지고 말
았다.

사천홍이 씨근거리며 욕지기를 뱉었다.

"빌어먹을 놈. 어디서 이간질이야, 이간질이."

그가 중얼거리며 돌아서는데,

"멈추시오."

싸늘하게 들려오는 목소리.

사천홍이 고개를 들자, 상재율이 검을 겨눈 채 서 있었다.

사천홍이 눈썹을 성큼 치켜 올렸다.

"뭐요? 이놈의 이간질에 결국 놀아난 게요?"

"글쎄올시다. 나도 모르겠소. 다만 하나 묻겠소."

"뭘 말이오?"

“탁 문주. 창평호에서 술 한 잔 마실 때 기억하시오?”

“글쎄… 기억이 나는 것도 같고… 안 나는 것도 같고…….”

“후후후. 정녕 기억이 나지 않는단 말이오? 그날 그대는 한 여인을 죽이지 않았소?”

사천홍이 눈살을 구겼다.

실제로 탁문강이 여인을 쳐 죽인 것인지, 아니면 상대가 자신을 떠보려고 하는 말인지 감을 잡을 수가 없었다.

확률은 반반.

그래도 없는 기억을 만들어내는 것보단, 실제 했던 기억을 잊었다고 하는 편이 안전하리라.

사천홍이 고개를 저었다.

“무슨 말을 하는지 모르겠군. 기억이 나지 않소이다. 그걸 내가 꼭 기억해야만하오?”

“허허허, 그렇소? 꼭 기억해야 하는 건 아니지.”

상재율이 너털웃음을 터뜨리더니 검을 거두었다.

“미안하오. 내 잠시 그대를 의심했소이다. 사실 기억하지 못하는 게 당연하지. 우리가 창평호에서 술을 마신 적도 없으니 말이오.”

“킬킬킬. 역시 그랬군. 아무리 생각해도 기억이 나지 않더라니.”

“하지만 이번엔 너무한 처사가 아니오? 이 아이의 말을 끝까지 들어보는 것도 나쁘지 않았을 터인데.”

“내가 제일 싫어하는 게 이간질하는 거요.”

“하여튼 탁 부주께서는 성미가 너무 급하오. 그러니 매번 회동이 끝나면 술도 마다하고 먼저 일어나는 것이겠지. 오늘은 우리끼리 술 한 잔이라도 합시다.”

“킬킬. 거 좋지.”

“탁 부주.”

“왜 그러시오?”

“당신… 누구요?”

순간 사천홍이 그 자리에 얼어붙었다.

“무슨 소릴… 하는 거요?”

사천홍이 천천히 공력을 끌어올리며 반문했다.

상재율이 고개를 갸웃거렸다.

“아무리 생각해도 모르겠단 말이야. 당신이 누군지. 짐작조차 가지 않아.”

“그 뭔 개소리…….”

“허허허. 보아하니 아주 허접한 애송이 같지는 않고. 당신 정말 누구요?”

사천홍의 안색이 눈에 띄게 굳어졌다.

더 이상의 발뺌은 통하지 않을 듯했다.

사천홍이 툴툴 웃었다.

“킬킬킬. 언제부터 눈치챘지?”

“흐음. 글쎄올시다. 확신을 가진 건 저 아이를 죽인 순간부터겠지. 이상하다 여긴 건 처음 본 순간부터이고.”

“처음 본 순간?”

“그렇소이다.”

상재율이 여유만만한 미소까지 지으며 답했다.

'쳇, 이렇게 먹히지 않았나? 교주한테 또 한 소리 듣겠군.'

사천홍이 내심 혀를 차고는 대도를 고쳐 쥐었다.

그래도 어느 정도 은혼귀령술을 완성시켰다고 생각했다. 한데 처음 본 순간부터 의심을 했다니!

그러고 보면 한신을 쳐 죽인 건 정말 잘한 일이지 않나?

사천홍은 후끈한 기운을 느끼고는 뒤로 한 걸음 물러섰다. 상재율에게서 뿜어져 나오는 순후한 기운. 간접적으로나마 그의 공력이 얕지 않음을 알 수 있었다.

키가 훤칠한 상재율이 사천홍을 깔아보며 물었다.

"마지막으로 묻겠소. 당신 누구요?"

"클클클. 어리석은 질문이로고. 그리 쉽게 밝힐 것 같으면 본좌가 이딴 모습을 하고 있을까?"

"허허허! 과연 우문현답이로고!"

슈우우우욱! 콰앙!

상재율이 말을 내뱉는 것과 동시에 검을 휘둘렀다. 순간 시퍼런 검강이 사천홍이 서 있던 자리를 강타했다. 바닥의 파편이 사방으로 튀어 올랐다.

뒤로 껑충 물러섰던 사천홍이 순식간에 반격에 나섰다.

"어림없다!"

쒜에에엑!

대도가 허공을 가르며 떨어졌다.

쩌엉!

대도와 장검이 부딪치며 기의 파랑이 일어났다.

후우우웅!

거친 바람이 사방으로 불어갔다.

낡은 지붕의 기왓장이 후두둑 떨어지고, 담벼락의 흙더미가 스르륵 무너져 내렸다.

사천홍은 찰나지간 왼손을 뻗어내며 상대의 복부를 노렸다.

퍼엉!

그의 장력이 상재율의 복부에 명중했다.

하지만 이미 호신강기를 최대한 끌어올린 상재율은 뒤로 서너 걸음 물러났을 뿐, 별다른 내상을 입진 않았다.

사천홍이 어금니를 질끈 씹었다.

'역시… 은혼귀령술을 펼친 상태에서는…….'

원래 사천홍은 천하오사의 문주들 중 단 두 사람을 제외하면 모두 이길 자신이 있었다.

상재율도 그중 한 사람이었다.

한데 지금은 아니다.

상대는 자신이 알던 상재율이 아니었다.

무슨 기연을 얻은 것인지 그는 원래 자신이 알던 것보다 훨씬 강해진 모습이었다.

거기에 은혼귀령술까지 펼치고 있으니 상대하기가 더욱 버거웠다.

그뿐만이 아니다.

자신의 정체를 철저히 은폐하기 위해서는 독문무공을 사용할 수도 없었다.

전력을 다해도 결과를 예측하기 힘든 상황.

사천홍이 슬금슬금 걸음을 물렸다.

상재율의 눈꼬리가 휘었다.

"허허, 달아나시려고?"

"클클. 작전상 후퇴라는 말이 있지."

"그 작전… 통할 것 같소?"

"물론!"

사천홍이 몸을 날렸다.

한데 그는 달아나는 쪽이 아니라 상재율을 향해 정면으로 쇄도하는 쪽을 선택했다.

파파팡!

장력이 터지고, 발길질과 함께 기의 폭발이 일어났다. 뒤미처 대도의 강기까지!

응축된 기가 폭발할 때마다 요란한 소리가 울렸다.

광폭도(狂爆刀).

손과 발, 그리고 도가 함께 어우러지며 공방을 펼치는 독특한 도법이다.

이는 사천홍이 젊은 시절 한 사파의 고수를 만나 어깨너머로 익힌 것으로 지금껏 누구에게도 보인 적이 없는 무공이었다. 즉, 광폭도를 사용한다고 해서 어느 누구도 자신의 정체를 알아볼 수는 없었다.

제법 쓸 만한 무공이라는 생각에 만약의 경우를 대비해 익힌 것인데 오늘날 요긴하게 쓰인 것이다.

상재율은 난생처음 보는 기이한 무공에 잠시 당황하며 뒷걸음질을 쳤다.

사실 광폭도는 요란한 겉모습에 비해 실속은 약한 무공이었

다. 그러다 보니 허허실실로 사용하기에는 이보다 적격도 없었
다.

　광폭도로 혼을 빼놓은 사천홍이 얼른 쾌도를 내질렀다.

　쒜에에엑!

　광폭도 전체가 허초였다면, 지금 이 한 수는 실초였다.

　살기를 가득 머금은 공격이 이어지자 상재율은 얼른 내력을
끌어올려 검을 내려치며 물러났다.

　까앙!

　청명한 금속성이 고막을 뚫을 듯이 울렸다.

　찰나, 사천홍이 땅을 걷어찼다.

　파악!

　뿌연 모래 먼지가 순간 자욱하게 날아올랐다. 뒤미처 사천홍
은 바닥을 박차고 반대 방향으로 날아올랐다.

　뒤늦게 사천홍이 몸을 빼낸 것을 확인한 상재율이 호통을 치
며 뒤쫓았다.

　"벌써 끝내면 섭하지!"

　사천홍은 뒤도 돌아보지 않고 경공을 펼쳤다.

　은혼귀령술이 싸울 때는 불편했지만 달아날 때만큼은 도움이
됐다.

　은혼귀령술을 펼친 상태에서 사천홍의 경공은 상재율이 상대
할 수 있는 것이 아니었다. 그야말로 사천홍은 동에 번쩍 서에
번쩍이었다.

　마치 어두운 밤에 모기를 쫓는 느낌이랄까?

　어느 순간 눈에 띄어 쫓아가면 사천홍은 다시 어둠에 가려져

보이지 않았다.

그렇게 두 사람의 거리가 조금씩 벌어졌다.

쏴아아아.

바람에 나뭇잎이 흩날렸다.

오솔길 옆의 커다란 나무는 속세의 시끄러움과는 무관한 듯 느긋한 모습으로 서 있었다.

그런데 가만히 살펴보면 나무의 색깔이 조금 이상했다.

주위의 다른 나무와 달리 그 나무만큼은 기둥이 짙은 고동색이었다.

그리고 그 색은 점점 짙어지고 있었다.

아예 검은 색이 되었을 무렵, 놀랍게도 나무 기둥에서 그림자가 뚝 떨어져 나오듯 한 사람이 튀어나왔다. 바로 은혼귀령술로 은신을 펼치고 있던 사천홍이었다.

그는 눈을 뒤룩뒤룩 굴려 주위를 살피고는 잽싸게 몸을 날렸다.

그가 다람쥐처럼 나무를 타고 올라 꼭대기에 멈췄다. 그리고 마치 원숭이처럼 매달려 산 중턱을 바라보았다.

"휴우!"

그가 가까스로 한숨을 내쉬었다.

자신을 뒤쫓던 상재율은 보이지 않았다.

아마 지금쯤 어디선가 자신을 놓친 것이 분해 땅을 치며 열을 내고 있으리라.

사천홍은 바닥으로 훌쩍 뛰어내렸다.

마음 같아서는 원래 자신의 모습으로 돌아오고 싶었지만, 만약의 경우를 생각해서 우선은 탁문강의 모습을 유지했다. 아무런 소득도 없이 돌아가게 됐지만 그 나름대로 할 말은 있었다.

적어도 야월의 정체가 까발려지는 것은 막았으니까.

만약 자신이 손을 쓰지 않았다면 야월의 정체가 놈들에게 밝혀졌을 터.

다행히 한신은 암영대라는 말을 꺼내지 못했다.

그저 새로 생긴 조직이라는 말까지만 했을 뿐이다.

정마대전이 발발하면서 혈마교는 최근 조직을 많이 만들었다. 때문에 그 정도의 사실만으로는 천하오사라도 야월을 추측하기 힘들 것이었다.

사천홍은 오솔길을 따라 내려가면서도 연신 뒤를 돌아보았다. 혹시나 추격하는 자가 없는지 살펴보려는 것이었다.

한데 문제는 뒤가 아니라 앞이었다.

언덕 하나를 막 넘어 내려가려는데 마침 두 사람이 올라오는 것이 아닌가?

'이런 빌어 처먹을!'

두 사람을 본 사천홍은 표정이 딱딱하게 굳어버렸다.

하마터면 욕지기가 입 밖으로 거침없이 튀어나올 뻔했다.

언덕을 올라오는 두 사람.

한 명은 선풍도골의 풍채를 지닌 노인이었고, 다른 한 명은 지팡이를 짚은 노파였다.

바로 천하오사 중 북천련주 악의명과 혈사곡주(血死谷主) 양호영(楊護英)이었다.

‘하필……!’

사천홍이 재빨리 걷던 길을 되돌아갔다.

하지만 이미 그 두 사람은 사천홍을 발견한 후였다.

“탁 부주 아니시오?”

악의명의 목소리가 쩌렁쩌렁 울렸다.

결국 사천홍이 걸음을 멈추고 두 사람을 보며 활짝 웃었다.

“킬킬킬! 이거 두 분이 늦으셨소이다.”

“허허, 그러게 말이오. 한데 탁 부주께서는 평소와 달리 일찍 오셨소이다?”

악의명이 짓궂은 표정을 지으며 말했다.

사천홍이 웃으며 대꾸했다.

“가끔은 이런 날도 있어야 하지 않겠소?”

“허허, 그런데 지금 내려오던 길인 것 같던데?”

“아, 잠시 볼일을 보고 오려고 했으나, 두 분이 이렇게 오시니 다시 올라가려고 했소이다.”

“무슨 볼일이오? 급한 용무가 있다면 다녀와도 좋소이다.”

사천홍의 귀가 번쩍 뜨였다.

“정말 괜찮겠소?”

“허허허, 물론이외다. 우리가 좀 늦었으니 탁 부주께도 배려를 해야 하지 않겠소?”

“사정을 봐준다면야 고맙긴 하지만.”

“그럼 어서 다녀오시오.”

“킬킬. 고맙소! 내 얼른 다녀오겠소.”

사천홍은 뜻하지 않는 배려에 내심 쾌재를 불렀다.

그가 두 사람을 지나쳐 오솔길을 따라 내려갔다. 그런데 두 사람의 시야에서 채 사라지기도 전이었다.

"흐음. 저건……."

악의명이 눈살을 구기며 먼 산을 바라보며 중얼거렸다.

사천홍이 뒤를 힐끔거리자 마치 하얀 새 한 마리가 훨훨 날아 산을 내려오는 것처럼 보였다. 그것은 새가 아니라 사람이었다. 바로 사천홍을 놓친 상재율이었다.

사천홍이 눈을 크게 뜨고는 얼른 걸음을 놀렸다.

하지만 양호영의 날카로운 목소리가 그의 발길을 붙들었다.

"잠깐."

사천홍이 그녀의 말을 무시한 채 계속 걸음을 옮기자, 곧장 날카로운 외침이 이어졌다.

"탁 부주께서는 잠시 멈추시오!"

'니미럴!'

결국 사천홍이 걸음을 멈추고 뒤를 보았다.

"왜 그러시오? 양 곡주."

"상 성주께서 저리 급히 서두르는 걸 보니 탁 부주께 전한 말이라도 있는 듯하오."

"킬킬. 그럴 리가. 이미 상 성주와는 충분히 이야기를 나누고 왔소이다. 아마 두 분을 반기느라 저리 서둘러 내려오는 것일 거요."

"상 성주가? 훗, 그럴 리가. 아마 내 말이 틀림없을 거요. 기다려보시오. 분명 상 성주는 당신에게 할 말이 있는 거요. 언제 내 말이 틀린 적 있소?"

사천홍의 표정이 더욱 굳어졌다.

'빌어먹을 할망구! 날 좀 가만히 내버려 두란 말이다!'

사천홍이 치밀어 오르는 욕지기를 꾸역꾸역 삼키고는 말을 이었다.

"그렇다고 해도 내 먼저 볼일을 보고 와서 듣는 게 좋겠소."

"거참 이상하군."

순간 양호영의 말투가 서늘하게 식었다.

사천홍이 마른 침을 꿀꺽 삼키고는 물었다.

"뭐가 말이오?"

"상 성주가 곧 도착할 텐데 그 잠시도 기다리지 못할 만큼 급한 용무요?"

"그렇소."

"한데 어째서 아깐 도로 올라가려고 했소?"

"그건……."

사천홍은 말문이 막혔다.

애초에 그는 섬세한 성격이 아니었다. 일평생 살면서 말을 안 하면 안 했지, 거짓말을 꾸며낸 경험은 거의 없었다.

자꾸 꼬여만 가는 상황에 사천홍은 욕지기가 올라왔다. 게다가 어쩐지 양호영은 자신의 내면을 벌써 의심하는 눈초리를 보내고 있지 않은가?

"이런 제기랄, 내가 먼저 용무를 좀 보겠다는데 거참 말들이 많군! 어떻게 하든 내 맘 아니오?"

홧김에 버럭 소리친 사천홍.

다음 순간 '아차' 하는 생각과 동시에 후회가 물밀듯이 밀려왔다.

한데 뜻밖에도 그런 반응이 먹혀들었다.

"흘흘. 그놈의 성미는 여전하군. 뭐 다녀오시든지."

양호영이 피식 웃으며 발길을 돌리기 시작했다.

홧김에 역정을 낸 것인데 오히려 그 모습이 평소 탁문강과 많이 닮았던 것이다.

사천홍은 그제야 안도의 한숨을 내쉬고 걸음을 옮겼다. 한데 겨우 두 걸음을 옮겼을 때,

"…우시오!"

아스라한 목소리가 사천홍의 귓가에 닿았다.

다음 순간 더 또렷한 목소리가 이어졌다. 상재율의 목소리였다.

"그자를 멈춰 세우시오!"

"씨부럴!"

사천홍이 욕지기를 뱉고는 바닥을 박찼다.

뒤미처 등을 두드리는 상재율의 목소리.

"저놈은 탁 부주가 아니외다! 놈을 잡아야 하오!"

그제야 악의명이 사천홍을 돌아보며 호통을 쳤다.

"놈! 섰거라!"

사천홍은 재빨리 은혼귀령술을 극한으로 끌어올려 경공을 펼쳤다.

하지만 상대는 천하오사 중 두 명.

그것도 평소 사천홍보다도 한 수 위인 악의명과 양호영이 아닌가?

쒜에엑! 쒜엑!

허공을 가르며 비수가 날아들었다.

사천홍이 몸을 뒤틀며 대도를 들어 막았다.

따당!

비수가 튕겨 나가면서 사천홍이 더욱 속도를 냈다. 그의 모습이 어둠 속에 잠겼다가 나타나길 반복했다. 은혼귀령술의 영향이다.

사천홍은 직선으로 내달리지 않았다. 상대를 최대한 교란시키기 위해서는 갈지자 형태로 달리는 것이 좋았다. 그 방법이 은혼귀령술의 효과를 최대한 끌어올릴 수 있었다.

"쥐새끼 같은 놈!"

악의명이 호통과 함께 검을 뽑아 들었다.

순간 후끈한 기운이 그의 손으로 집중됐다. 찰나, 악의명이 기합성을 터뜨리며 검을 횡으로 베었다.

"하압!"

쏴아아아악!

붉은 강기가 반월을 그리며 숲을 쓸어갔다.

"저 미친……!"

사천홍이 얼른 몸을 뒤틀어 대도를 돌려 막아 세웠다.

어마어마한 강기가 그를 덮치면서 대도가 쩌적 금이 가기 시작했다.

째캉!

결국 대도가 산산이 부서지고 말았다.

"칫!"

사천홍이 혀를 차고는 다시 경공을 펼쳤다.

그때 다시 그의 등을 노리고 날아드는 암기들.

쒜에에엑! 쒜에엑!

"씨부러얼!"

사천홍이 이를 악물며 몸을 비틀었다.

그러나 암기 두 자루를 모두 피하는 건 불가능했다.

푹! 푹!

기분 나쁜 소리와 함께 두 자루의 암기가 그의 등과 옆구리에 깊이 박혔다.

그러나 사천홍은 아파할 겨를도 없이 이를 악물고 내달렸다.

第四章
계산 착오

"헉, 헉!"

사천홍은 거친 숨을 몰아쉬며 멈춰 섰다.

앞에는 급류가 흐르는 계곡이었다.

걸레처럼 너덜너덜 찢어지고 떨어진 옷자락, 팔뚝을 타고 뚝 뚝 흘러내리는 피. 그야말로 사천홍의 몰골은 눈 뜨고 봐주기 힘들 지경이었다.

은혼귀령술을 펼치면서 여기까지 도망쳤지만, 이제는 슬슬 한계에 다다르고 있었다. 마음먹고 뛰어든다면 계곡은 건널 수 있겠지만 은혼귀령술을 유지하긴 힘들 터였다.

더욱이 계곡을 건넌다고 해도 더 이상 달아날 공력이 없다면 아무런 소용도 없지 않은가?

그가 잠시 망설이는 사이, 바로 뒤에 한 인영이 내려섰다.

“후후후. 용케도 여기까지 왔군.”

서늘한 웃음소리의 주인은 바로 악의명.

뒤미처 양호영과 상재율이 도착했다.

세 사람의 눈에 살기가 번뜩였다.

양호영이 카랑카랑한 목소리로 외쳤다.

“이제 그만 껍데기를 벗고 낯짝을 드러내보시지!”

“킬킬킬! 본좌가 그리 호락호락할 것 같은가?”

사천홍이 마지막 남은 자존심을 다해 비웃었다.

양호영은 이맛살을 한껏 찌푸렸다.

아무리 생각해 보아도 상대가 누군지 짐작조차 가지 않았다. 적어도 이 정도 버틸 정도면 천하오사의 문주들과 엇비슷한 실력을 가졌다는 뜻인데…….

스릉.

악의명이 칼을 뽑아 들었다.

붉은 기운의 강기가 은은하게 맺힌 지옥수라도.

“후후. 정 그렇게 나온다면 직접 가죽을 벗길 수밖에.”

악의명의 목소리에 은근한 노기가 서려 있었다.

그의 칼을 본 사천홍의 눈빛이 살짝 흔들렸다. 그가 여린 신음처럼 말을 흘렸다.

“끄음. 지옥수라도…….”

“호오. 물건을 알아보는 안목도 있고. 도대체 누군지 궁금하군.”

“킬킬킬. 궁금하다 죽어버려라!”

“후후. 그 패기만큼은 인정해주지!”

말을 마친 악의명이 땅을 박차고 튀어 나갔다. 그 찰나,

쒜에에에에엑!

허공을 가르는 매서운 소리가 사천홍의 등 뒤에서 이어졌다. 다음 순간 악의명은 자신을 향해 무서운 속도로 날아오는 뭔가를 발견했다.

'철시!'

그것이 단단한 철시라는 것을 확인한 악의명은 재빨리 지옥수라도를 내려쳤다.

콰앙!

요란하게 울리는 폭음.

동시에 주변이 녹색 안개로 자욱하게 피어올랐다.

깜짝 놀란 악의명과 일행들이 뒤로 훌쩍 물러났다. 혹시라도 연기에 독기라도 스며 있을까 봐 염려한 탓이다.

"독이 아니오!"

양호영이 얼른 소리치고 안개 속으로 들어갔다.

만약 독이라면 사천홍도 위험했다.

물론 적들이 사천홍도 함께 제거할 생각이었을지도 모른다. 하지만 그랬다면 철시는 굳이 악의명을 노리고 날아들지 않았을 것이다.

악의명과 상재율이 뒤이어 안개 속으로 들어갔지만 한치 앞도 구분하기 힘들었다.

그 짧은 시간에 사천홍은 몸을 빼낸 것인지 인기척도 느껴지지 않았다.

상재율이 녹색 안개로 가득한 주변을 둘러보며 말했다.

“폭약이 터진 직후 여러 명의 인기척을 느꼈소.”

악의명이 고개를 끄덕였다.

그 역시 느꼈다.

즉, 사천홍을 도우러 온 자들이 한둘이 아니라는 뜻이다. 분명 자신들을 캐는 자들이 조직적으로 움직인다는 뜻.

사천홍을 도우러 온 자들이 바로 수라십이조라는 사실을 그들로서는 꿈에도 알 수 없었다.

녹색 안개가 거의 걷힐 때쯤, 그들은 사천홍이 서 있던 자리를 보았다.

아직도 마르지 않은 피가 점점이 떨어져 있었다.

양호영이 소매를 걷어붙였다.

“멀리 못 갔을 것이오. 쫓읍시다.”

하지만 악의명이 고개를 저었다.

“관둡시다.”

“어째서?”

양호영이 못마땅한 표정으로 눈썹을 성큼 치켜 올렸다.

“놈들이 조직적으로 움직이고 있소. 더 이상 들어가면 오히려 차질이 생길지도 모르지. 저자 역시 우리에게서 건진 것은 없으니 오늘은 비긴 걸로 합시다.”

“끄음.”

양호영이 마지못해 몸을 돌렸다.

악의명이 상재율을 향해 물었다.

“도대체 어찌 된 일이오?”

상재율이 그사이에 있었던 일을 모두 말해주었다. 자신이 의심을 품고 나서 사천홍이 한신을 일격에 죽인 일까지.

　모든 이야기를 전해들은 악의명이 미간에 주름을 새기며 중
얼거렸다.

　"그 말은… 적파와 탁 부주가 당했다는 말인가?"

　"아무래도 그런 것 같소."

　그러자 양호영이 믿을 수 없다는 표정으로 말했다.

　"그 둘이 동시에 당했다면… 적의 수준이 생각 이상이라는
말이 아니겠소? 만약 혈마교의 짓이라면 적어도 팔열궁주가 전
부 덤벼들어야 가능한 일이오. 아니면 오원주가 모두 나서던
가."

　"그랬다면 이쪽에서도 알았을 터."

　"그러니 혈마교는 아닐 테고. 설마 정도맹?"

　양호영의 말에 상재율이 곰곰이 생각에 잠긴 채 말했다.

　"그 역시 가능성이 있소. 저자는 계속 스스로를 '본좌' 라고
했는데, 어쩌면 우리를 속이기 위한 것일지도 모르지."

　"하지만 저렇게 감쪽같이 모습을 바꿀 수 있는 무공은 처음
보았소. 어지간해서는 그 기운으로 알아차리게 마련이거늘. 미
세한 기운까지 탁 부주와 꼭 닮았더이다. 정도맹에 그런 무공이
있소이까?"

　상재율이 고개를 설레설레 저었다.

　"그것참 모를 일이로고. 놈의 정체를 밝혔어야 하는 건데."

　세 사람은 한참이나 말이 없었다.

　갑자기 나타난 괴인.

　그로 인해서 좋지 않은 소식이 두 개나 생겼다.

적파는 그렇다 쳐도 탁문강이 당했다는 사실은 좀처럼 믿기 어려웠다.

특히 양호영이 받은 충격은 큰 듯했다. 그녀가 넋이 나간 것처럼 중얼거렸다.

"탁 부주가 당하다니… 어찌 그런……."

잠시 후 악의명이 고개를 들었다.

"자자, 잊읍시다."

"잊다니요?"

양호영이 눈썹을 성큼 치켜 올렸다.

악의명이 차분한 목소리로 말을 이었다.

"원래 계획이라는 건 틀어지게 마련 아니겠소. 우리가 처음 이 계획을 세울 때만 해도 가능성이 희박하다고 하지 않았소?"

"하지만 천하오사 중 하나가 당했소이다."

"큰일에는 희생이 따르는 법. 이번에는 좀 뼈아프지만 어찌 겠소? 우리가 여기서 고민한들 죽은 탁 부주가 살아 돌아오는 것도 아니고."

양호영의 표정이 팍 일그러졌다.

"속도 편하시구려."

"흐음. 혹시 양 곡주께서는 탁 부주에게 다른 정을 품기라도 한 것이오? 그러고 보니 한때 사이가 좋았다던 소문도 있던 데……."

"뭐요? 말이 지나치군! 그대가 아무리 우리에게 베푼 것이 있 다고는 하나 이런 식으로 날 능멸한다면……!"

"아아, 농이었소. 기분 상하셨다면 미안하오."

“끄음……!”

양호영은 껄껄 웃는 악의명을 노려보기만 했다.

상재율이 조심스럽게 걱정을 보탰다.

“하나 이제 혈마교의 동태를 알아볼 수 없으니 조금은 답답하게 됐소.”

“후후후. 괜찮소. 어차피 이제 한 걸음 남았소. 혈마교가 어찌 나오든 우리에겐 큰 영향을 주지 못할 것이오. 그리고 저자의 배후에 누가 있든 이제 와서 우리를 방해할 수는 없을 것이오.”

악의명에 말에 아무도 토를 달지 않았다.

내심 그의 말을 인정하기 때문이다.

그렇다.

이제 한 걸음. 단 일보다.

지금까지 기다린 것에 비하면 겨우 한 걸음이다.

그 한 걸음도 자연히 내딛어질 것이다. 이미 들어 올린 발이다. 내딛지 않고는 버틸 수 없는 걸음.

시간이 지나면 자연히 전진하게 될 걸음이다.

악의명이 눈을 가늘게 뜨고 말을 이었다.

“어찌 우리 존재를 눈치챘는지 모르겠으나… 이젠 너무 늦은 게지. 후후후.”

그의 웃음에는 자신감이 가득 차 있었다.

그리고 그 자신감을 비웃는 사람은 아무도 없었다.

악의명이 몸을 돌리며 말했다.

“우선 놈들이 우리에게 귀한 정보를 제공했으니 손을 쓰긴

해야겠지. 먼저 귀라부에 이 사실을 알려야겠소. 귀라부주로 변한 자가 또 설레발을 칠 것 같지는 않지만, 우선은 알려둬야겠지. 양 곡주께 부탁드려도 되겠소?"

악의명이 양호영을 돌아보며 부드럽게 미소지었다.

양호영이 다소 불만 어린 투로 대답했다.

"내 아이를 보내도록 하겠소."

"고맙소."

악의명이 고개를 끄덕이고는 이번엔 상재율을 보았다.

"숙주 중에 쓸 만한 것이 있소?"

"어느 쪽 말씀이오?"

"어느 쪽이든 좋을 것 같소."

"흐음. 시험 삼아 써보려면 호호파궁주 신곡도 좋을 것 같소이다."

"허허, 마침 잘됐군. 그럼 그것으로 합시다. 균형도 맞출 겸."

"알겠소. 지시해놓겠소."

"후후. 이제 한 걸음이오. 모두 즐거운 마음으로 기다립시다."

악의명이 서늘한 미소를 지었다.

*　　　*　　　*

피를 흘리며 신음하는 자들, 상처를 지혈하고 침을 놓으며 열심히 치료하는 의원들, 식은땀을 흘리며 운기행공으로 부상을 다스리는 무인들.

그나마 사지육신이 멀쩡하면 다행이었다.

어떤 이는 떨어져 나간 왼팔을 오른손으로 들고 있었고, 어떤 이는 무릎 아래가 완전히 잘려 나가 고통에 찬 비명을 질러댔다. 깊은 내상으로 인해 내장이 진탕된 무인들도 한둘이 아니었다.

그야말로 전쟁터에서 병사들이 머무는 진영을 방불케 하는 곳.

유소옥은 부상자들 사이를 빠르게 지나며 걸음을 놀렸다.

'이런 싸움… 도대체 언제까지 해야 하지?'

요즘 들어 정마대전에 회의감을 느끼는 그녀였다.

한때 청옥검이라는 별호로 불리며 혈마인들이라면 눈에 불을 켜고 숙청하던 시절도 있었다. 그때 그녀는 두려울 것이 없었고, 거리낄 것이 없었다.

절대악을 숙청하다가 죽어간 동료들을 의로운 죽음이라 치하했다.

한데 지금은 잘 모르겠다.

정말 그들이 절대악에 맞서 싸운 것인지.

단지 사상이 조금 다르고, 방식이 조금 다르다고 해서 세외로 몰아세운 것은 아닌지.

혈마교에 사로잡혀도 봤고, 정도맹의 유성지단에서 지내도 봤다.

그녀가 느낀 것은 한 가지였다.

사람 사는 곳… 다 비슷하더라는 것이다.

혈마교에서도 의리에 목숨을 거는 자들이 있고, 정도맹에서도 명분만 앞세운 위선자들이 많았다.

도대체 무엇이 정이고 무엇이 사란 말인가?

항간에는 이런 말도 떠돌았다.

비교적 평화로운 시기에 입지가 좁아진 정도맹주가 이번 전쟁을 반기고 있다는 소문.

만약 과거의 그녀였다면 그런 말을 하는 자들을 혈마교의 개라고 욕했을 것이다.

하지만 냉정하게 생각해 보면 어느 정도 일리가 있는 말이었다.

지난 몇 년 동안 정도맹에서는 온건파의 목소리가 높았다. 때문에 혈마교와도 평화를 유지했다.

하지만 이번에 호수마을 학살 사건이 벌어지면서 모든 관계가 뒤틀어진 것이다. 정도맹의 조사단은 호수마을 학살 사건을 명백한 혈마교 소행이라고 판단 내렸다.

예전 같았으면 유소옥 역시 그 판단을 맹신했을 것이다.

하지만 지금은 아니다.

그녀는 유성지단 일선에서 행동하고 있다. 그녀는 누구보다 잘 알고 있었다.

혈마교가 호수마을 학살 사건에 개입했다는 증거는 불충분하다는 것을.

하지만 지금 그런 언행을 했다가는 변절자로 낙인찍힐 터.

입을 다물어야 했다.

강경파는 물 만난 고기가 됐다.

지난 세월 온건파의 정책 때문에 이런 사태가 벌어졌다며 그들은 한 목소리를 냈다. 그들은 혈마교가 원래 천하의 악질들이며 개선의 여지가 절대 없다고 소리쳤다. 오히려 혈마교가 세를 부풀리는 데 지난 세월 온건파가 일조했다고 주장했다.

결국 그들의 위세에 온건파의 입지가 다시 좁아졌다.

그리고 전쟁이 벌어진 것이다.

어쩌면 정도맹주가 유성지단을 만든 것도 화해를 위한 것이 아닌, 분쟁을 위한 것인지도 모른다는 소문도 암암리에 돌았다.

결국 정도맹의 존립을 위해서는 혈마교가 절대악이 되어야 하니까.

"후우……."

유소옥이 걸음을 멈추고 긴 한숨을 내쉬었다.

요즘 들어 너무 생각이 많아진 걸까?

예전 같았으면 단순하게 생각하고 즉흥적으로 행동했을 텐데.

그녀가 멈춰 선 곳은 멸마신검 위천우가 머무는 막사 앞이었다.

"무슨 일이십니까?"

막사의 입구를 지키는 무인이 딱딱한 어조로 물어왔다.

"지단주님을 만나러 왔다. 아 협으로부터 은자각으로 연락이 왔다고 일러."

"잠시만 기다리십시오."

무인이 막사 안으로 들어가더니 잠시 후에 돌아 나왔다.

"들어가 보십시오."

유소옥이 그의 곁을 지나 막사 안으로 들어갔다.

"오랜만에 얼굴을 보는 것 같소."

위천우가 탁자에서 일어나며 유소옥을 맞이했다. 그의 눈빛은 어딘지 유소옥을 가소롭게 여기는 듯했다.

'그래, 늘 저런 눈빛이지. 아마 내가 혈마교주에게 더럽혀졌다고 생각할지도 모르지.'

유소옥은 내심 기분이 나빴지만 겉으로는 내색하지 않았다.

어째서 이런 자가 자신을 구했다고 생각했을까?

그리고 혈마교에서 자신을 구해준 자는 왜 스스로 멸마신검 위천우라고 거짓말을 했을까?

그녀는 문득 한 사람이 떠올랐다.

아규.

얼마 전 언니에게 들은 이야기가 있었다.

언니 유미령이 무혼색마 약추정에게 몹쓸 짓을 당할 뻔했을 때, 아규가 달려와 구해주었다고 했다. 그뿐만 아니라 약추정은 유소옥의 순결을 증명했다. 이 모든 것이 아규에 의한 것이었다.

"내 생각에 널 구했다는 사람은 위 지단주가 아니라 아 대협일 것 같구나. 그가 왜 거짓말을 했는지 알 수는 없지만 느낌이 그래."

유미령의 말이었다.

그녀는 언제나 직감이 잘 맞는 편이었다. 무공은 소질이 없었지만 여자로서의 감은 늘 유소옥보다 나은 편이었다.

그러고 보면 아규의 눈빛이 굉장히 익숙했다는 생각이 들었다.

어디선가 본 적이 있는 듯한 느낌.

그 후로 유소옥은 자주 아규를 떠올렸다.

"이리 앉으시오."

위천우의 목소리가 상념을 깼다.

그녀는 냉소를 짓는 위천우를 보고 다가갔다.

위천우의 혈마교인들에 대한 증오심은 그녀가 생각한 것 이상이었다. 그는 오로지 혈마교 무인들을 섬멸하기 위해 이 세상에 태어난 것 같았다. 뿐만 아니라 혈마교와 조금이라도 연관된 자는 모두 혐오했다.

때문에 그는 유소옥을 늘 곱지 않은 시선으로 보았다. 그의 시선에는 항상 멸시와 비웃음이 담겨 있었다.

'혈마존에게 몸을 바친 천박한 여자.'

그의 눈빛은 그렇게 말하고 있었다.

그럼에도 그녀가 은자각주에 눌러앉을 수 있었던 것은 온건파의 힘을 얻었기에 가능했다.

"한동안 바빴습니다."

유소옥이 탁자에 앉으며 대꾸했다.

위천우가 고개를 끄덕였다.

"하긴. 그랬겠지. 하루하루 조용할 날이 없는 곳이니까. 한데 이렇게 날 직접 찾아온 이유는? 설마 보고 싶어서 온 것은 아닐 테고. 괜히 몸이 근질거려서 오신 것은 더욱 아닐 텐데. 아, 혹

시라도 오해 마시오. 막사에 오래 앉아서 일하다 보면 몸이 근
질거릴 수 있으니 한 말이니까. 후후.”

위천우가 유소옥을 아래위로 훑어보며 질 나쁜 농담을 던졌
다.

유소옥은 꾹 눌러 참으며 용건을 말했다.

“혈마교의 암영대주에게서 연락이 왔습니다.”

“암영대주? 그게… 누구지? 아, 아 협을 말하는 것이군.”

“네.”

“그러고 보니 아 협도 오랜만에 소식을 듣는군. 그동안 잘 지
냈다고 하오?”

위천우의 질문을 가볍게 무시하며 유소옥이 말을 이었다.

“현재 무인들을 이끌고 이곳으로 오는 중이라고 합니다.”

“이곳으로? 무슨 용무로? 집단 투항이라도 하려는 건 아닐 테
고.”

“혈마교에서 명령이 떨어졌다고 합니다.”

“어떤?”

“별동대를 이끌고 정도맹의 후미를 쳐서 멸마신검을 처치하
라는.”

“음? 핫! 하하하하하핫!”

위천우가 박장대소를 터뜨렸다.

한참을 웃은 그가 물었다.

“하필이면 그걸 아 협에게 시켰단 말이오?”

“원래 철귀대에게 내려진 임무였다고 합니다. 한데 철귀대주
가 암영대와 함께 갈 것을 요청했다고 하는군요.”

“호오, 그럼 그 새파란 애송이도 이번에 같이 온다는 소리겠
군?”

“그렇습니다.”

“하하하하! 멍청한 녀석. 아 협이 우리 사람이라는 것도 모르
고 하필 암영대와 함께 오겠다고 했단 말인가? 크크큭.”

위천우가 재미있다는 듯 웃음을 흘렸다.

유소옥이 그를 물끄러미 보다 물었다.

“어떻게 대처하시겠습니까?”

“흐음. 글쎄. 그건 내가 알아서 하겠소. 수고하셨소. 오랜만
에 정말 재미있는 정보를 얻었소이다.”

“그를 맞이하러 가시겠습니까?”

“글쎄… 적파라는 그 버르장머리 없는 꼬마를 놀라게 해주는
것도 재미있겠군. 한데 그건 왜 자꾸 물어보시오? 각주의 임무
는 이제 끝난 것으로 아는데?”

“부탁드릴 것이 있습니다.”

“부탁?”

위천우가 눈썹을 치켜 올리며 유소옥을 보았다.

“무슨 부탁?”

“아 대협을 만나러 가신다면 저도 함께 가고 싶습니다.”

“흐음? 유 각주가 왜… 아, 혹시 아 대협에게 정을…….”

“더 이상 그런 식으로 말씀하신다면 저도 참지 않겠습니다.”

유소옥이 두 눈을 부릅뜨고 말했다.

그녀의 목소리에서 꽉 억눌린 울분이 느껴졌다.

갑작스러운 반응에 위천우도 당황했는지 잠시 말문을 닫았다.

그가 곧 나직이 웃음을 흘리며 대꾸했다.

"후후. 기분 나빴다면 사과드리겠소. 좋소. 함께 갑시다. 유 각주님의 무공 실력도 막사 안에서 썩히기엔 아까운 것이 사실이지."

"고려해 주셔서 감사합니다. 더 할 말씀이 없으시다면 저는 이만."

유소옥이 냉랭한 표정으로 인사를 하고는 몸을 돌렸다.

그녀가 막 막사를 벗어나기 전에 위천우의 목소리가 등에 닿았다.

"준비해 두고 계시오. 이쪽에서도 계획이 세워지면 유 각주님을 부르겠소."

유소옥은 가볍게 고개를 끄덕인 후 막사를 나갔다.

*　　　*　　　*

철거덕. 철거덕.

숲길을 따라 일단의 무리가 오르고 있었다.

그들은 모두 흑철기갑을 두른 준마를 타고 있었는데, 검은 투구 사이로 드러난 눈이 살벌하게 빛나고 있었다.

마치 황제의 정예군처럼 온몸을 철기갑으로 두른 그들은 바로 혈마교의 철귀대였다. 사실 이처럼 중무장한 무인들은 은밀한 침투 작전에 어울리지 않았다. 오히려 너른 평지에서 마음껏 말을 몰고 활개를 치며 싸워야 제 실력을 온전히 발휘할 수 있는 법이다.

하지만 이번 임무가 워낙 중대한데다 거의 모든 타격대가 분지에서 전투 중이기에 어쩔 수 없는 결정이기도 했다.

스르르르.

바람이 한차례 숲을 휩쓸며 지나갔다.

하지만 이는 단순한 바람이 아니었다.

검은 바람.

머리부터 발끝까지 어둠에 잠긴 인영들이 철귀대를 에워싸듯 바람처럼 지나가는 소리다.

바로 암영대다.

대략 일각 정도를 더 올라갔을까?

숲이 끝나고 너른 평지가 나타났다. 평지 한쪽에는 이미 암영대원들이 모여 있었다.

적파로 변한 웅천이 손을 들자 철귀대 일조장 한신이 목청을 높였다.

"모두 멈춰라!"

사실 그는 한신으로 변한 다른 무인이었다. 한신을 대체할 만한 인물 중 믿을 수 있는 자를 수마당에서 골라 철귀대 일조장에 앉힌 것이다. 물론 그렇게까지 하는 동안 초비향이 여러모로 손을 썼다. 또한 그 사실을 아는 자는 웅천과 야월밖에 없었다.

어쨌거나 한신의 지시에 따라 철귀대원들이 일제히 열을 맞춰 멈춰 섰다.

웅천이 참모로 동행한 백선을 향해 말을 몰았다.

"철귀대는 이곳에 주둔시키겠습니다."

백선이 고개를 끄덕였다.

"좋소. 하지만 적 대주는 우리와 함께 가주시오."

"물론이죠."

웅천이 활짝 웃었다. 여전히 장난기 가득한 적파의 모습 그대로였다.

작전은 간단했다.

암영대가 입수한 정보에 의하면 적은 오 리 정도 떨어진 곳에 진을 치고 있었다.

우선 암영대원만을 이끌고 야월과 적파가 그곳을 기습한다. 만약 상황이 여의치 않으면 이곳까지 후퇴하고, 매복한 철귀대가 합세해서 쫓아온 적들을 섬멸하는 것이다. 물론 가장 좋은 것은 암영대의 암습만으로 모든 상황이 종결되는 것이었다.

이 모든 것은 백선이 세운 작전이었다.

하지만 그는 꿈에도 모르고 있었다.

애초에 정보가 잘못되었을 뿐만 아니라, 이 작전에 전혀 새로운 음모가 있다는 사실을. 앞으로 펼쳐질 상황은 그의 생각과 전혀 다르게 흘러갈 것이라는 것을.

야월과 웅천, 백선.

이 세 사람 중 유일하게 그 혼자만이 모르고 있었다.

마침 야월이 두 사람에게 다가와 말했다.

"가시죠."

횃불이 바람결에 춤을 추었다.

그에 맞춰 늘어진 그림자들 역시 어지럽게 춤을 추었다.

막사 주위는 고요했다.

이따금씩 번을 서는 무인들의 코고는 소리만 들렸다. 후각이 조금 뛰어난 자라면 막사 전체에 은근하게 베여 있는 술 냄새도 맡을 수 있으리라.

실제로 막사와 막사 사이에는 깨진 술독이 가득했고, 비틀거리며 걸어가는 무인들도 이따금씩 보였다.

그리고 맹수의 그것처럼 날카로운 눈빛으로 이 모든 광경을 훑어보는 자들.

나뭇잎 사이에서 번뜩이는 안광.

이내 그 눈꼬리가 초승달처럼 휘었다.

"후후후. 도무지 긴장감이라곤 보이지도 않는군."

백선이 나직하게 웃었다.

그는 눈에 띄는 백발을 가리기 위해 검은 두건을 쓰고 있었다.

웅천이 다소 김빠진 목소리로 말했다.

"지금 친다면 세 살 박이 아이도 저놈들 다 죽이겠군요."

"후후후. 아무리 일선에서 빠져 안전한 곳에 있다지만 이렇게 기강이 헤이해서야."

백선이 고개를 설레설레 저었다.

과연 적파의 말대로 지금 적들은 그저 사냥감에 지나지 않았다. 술 냄새가 진동하는 적진을 쳐들어가는 것은 식은 죽 먹기보다 쉬운 일.

일이 이렇게 쉽게 풀릴 줄이야 누가 알았으랴.

혹시나 함정이 아닐까 의심스러워 두 시진 동안 지켜보았다.

하지만 기우였다.

적들은 정말 방심하고 있었다.

두 시진 동안 인근에 매복한 자들이 없는지 살폈지만, 역시 그림자 하나 보이지 않았다.

완벽한 조건.

더 이상 망설일 필요는 없었다.

"칩시다."

백선의 입이 떨어졌다.

야월과 웅천이 서로를 보며 고개를 끄덕였다.

야월이 손을 들어 수신호를 보냈다. 다음 순간 암영대의 무인들이 귀신같은 움직임으로 적진으로 스며들기 시작했다.

야월과 백선, 그리고 웅천도 적진을 향해 몸을 날렸다.

'뭔가 잘못됐어!'

백선이 입술을 쿡 씹었다.

너무 쉽다는 생각은 했다.

하지만 더 이상 망설일 수도 없다고 생각했다.

돌다리도 두드려 보고 건너야 하지만, 너무 두드리기만 하면 결국 돌다리에 금이 가고 무너지게 마련이다.

해서 돌다리가 무너지기 전에 건너는 쪽을 선택했다.

한데 잘못된 판단이었다.

더 두드려 봤어야 했다.

세 번째 막사를 찢고 들어갔을 때 그는 직감했다.

'확실해! 잘못됐어!'

아무도 없었다.

막사가 텅텅 비어 있었다.

그의 시선이 자연스럽게 가장 큰 막사로 향했다. 적은 인원부터 쥐도 새도 모르게 처리하면서 적당한 때에 가장 큰 막사를 치려고 했다.

한데…….

"하하하하하!"

우렁찬 웃음소리가 진영을 가득 메웠다.

암영대원들의 발걸음이 멈칫했다.

'역시……!'

불길한 예감이 적중한 것이다.

촤악!

가장 큰 막사가 사방으로 찢어져 나갔다.

그곳에서 무수히 많은 무인이 우르르 쏟아져 나왔다.

순식간에 정도맹의 무인들이 암영대원들을 포위했다.

백선의 얼굴이 사색으로 변했다.

'어째서? 어떻게?'

도무지 이해할 수 없는 일.

간자가 있을지도 몰라서 모든 작전을 비밀로 했다. 이번 작전을 아는 사람은 극소수. 곽 궁주와 자신, 그리고 총군사와 철귀대주, 마지막으로 암영대주가 전부였다.

겨우 다섯 사람이다.

그 외의 수하들에게는 일절 알리지 않았다.

때문에 암영대원들과 철귀대원들은 이 근방에 도착할 때까지도 정확히 어떤 목적을 가지고 움직이는지 알지 못했다.

한데 멸마신검이 이 모든 것을 알고 있었다.

'도대체 어떻게!'

혈마교에서도 단 다섯 사람만 알고 있던 이 극비 사항을 정도 맹의 멸마신검이 어찌 꿰뚫고 있었단 말인가?

'설마 다섯 사람 중 간자가?'

그렇다면 도대체 누가?

백선이 황급히 주변을 둘러보았다.

날카로운 눈으로 적을 훑어보는 적파, 입을 굳게 다물고 냉랭한 표정으로 멸마신검을 쏘아보는 아규. 두 사람의 겉모습만 보아서는 무슨 생각을 하는지 알 수가 없었다.

한 가지 이상한 점은 있었다.

'어째서 아무도 움직이지 않는 거지?'

이런 상황이라면 어떻게든 포위망을 뚫고 철귀대가 주둔한 곳까지 내달려야 하지 않은가?

한데 적들이 신속하게 포위하는 동안 암영대주도 철귀대주도 움직이지 않았다. 그들 실력이라면 충분히 반응을 하고도 남았을 터인데!

그때 백선의 귀에 믿을 수 없는 이야기가 흘러들었다.

"후후후. 오랜만이오. 아 협. 그간 잘 지내셨소?"

"덕분에 무탈합니다."

아규, 아니, 야월이 여린 웃음을 지으며 대답했다.

백선은 그저 멍한 표정으로 야월과 위천우를 번갈아보았다.

'이게 무슨… 저 두 사람이 어떻게?'

위천우가 껄껄 웃으며 말했다.

“이렇게 다시 보게 되니 무척이나 반갑구려. 덕분에 이렇게 좋은 일도 생기고. 정말 그간 고생이 많으셨소. 난 아 협이 이렇게 해낼 줄 기대하고 있었지. 하하하!”

“준비가 잘 되어 있으신 걸 보니 제 연락이 닿긴 했군요.”

“물론이오. 아참, 그렇잖아도 은자각주도 이곳에 함께 와 있소.”

“은자각주가요?”

야월이 뜻밖이라는 표정으로 되물었다.

그때 찢어진 막사 안에서 여인 한 명이 걸어 나왔다.

“고생이 많으셨습니다, 아 대협.”

유소옥이 야월을 보며 미소로 인사를 건넸다.

뜻밖의 등장에 야월이 잠시 당황했지만 곧 미소를 머금고 답례했다.

“다시 보게 돼서 반갑소.”

유소옥이 가볍게 고개를 끄덕였다.

그녀는 내심 감동에 젖었다.

‘틀림없어. 아 대협이구나. 저 눈빛. 왜 그동안 몰라봤을까? 그날 날 구해준 사람이 바로 아 대협이었어!’

아직 사실을 확인한 것은 아니지만 그녀는 확신할 수 있었다. 모든 일을 다시 정리하게 되자 야월을 바라보는 그녀의 눈길은 이루 말할 수 없이 부드러웠다.

그런데 뒤이은 야월의 목소리는 그 자리에 있는 모두를 놀라게 만들었다.

“위 대협. 이번 정마대전을 멈출 생각은 없으시오?”

“음?”

위천우가 고개를 갸웃거리고 야월을 보았다.

“그게 무슨 소리요? 물론 멈출 생각은 있소. 혈마교를 이 중원에서 지우기만 하면 전쟁은 멈출 것이오.”

“그게 아니라 지금 나는 이대로 무인들을 철수시키고 혈마교와 휴전할 것을 권하는 것이오.”

“지금 무슨 말을…….”

“만약 위 대협께서 그리한다면 더 이상 무고한 희생은 발생하지 않을 것이오. 물론 혈마교 역시 더 이상 정도맹을 도발하지 않을 것이오. 철수하는 무인들을 쫓지도 않을 것이오. 그 부분은 내가 책임지겠소.”

위천우의 이마에 깊은 주름이 새겨졌다.

“아 대협. 지금 무슨 말을 하는 것이오? 내가 지금 잘못들은 것이겠지? 그렇소?”

“아니오. 들은 그대로요.”

“도무지 이해가 안 되는군. 지금 나보고 혈마교에게 항복하란 소리요?”

“항복이 아니라 그저 이 소모전을 중단해달라는 말이외다.”

“그러니까! 그게 그 말 아니오!”

위천우가 버럭 소리쳤다.

후우우우웅!

순간 매서운 기운이 그의 전신을 휘감아 돌았다. 위천우의 두 눈에는 은근한 노기가 빛나고 있었다.

“가만, 그러고 보니…….”

위천우가 멈칫하더니 혈마교 무인들을 천천히 훑어보았다.
그가 싸늘한 목소리로 중얼거렸다.

"과연… 과연 그렇군. 이상하다 했지."

第五章
딱 그 정도의 원망

"그래. 이상하다 싶었지."

위천우의 목소리가 한겨울 골짜기를 흐르는 한수만큼이나 차갑게 식었다.

그가 차디찬 눈초리로 철귀대주를 쏘아보았다.

여린 미소를 머금은 철귀대주.

일전에도 본 적이 있었지만 늘 장난기 있어 보이는 앳된 얼굴이다.

하지만 그의 능력만큼은 무시할 수 없는 수준이라고 알려져 있었다.

그런데 지금. 그는 너무 태연하다. 아무리 생각 없이 사는 애송이라지만, 이 정도면 상황파악이 어느 정도 될 터였다. 사방을 포위당했음에도 전혀 당황하지 않은 모습.

이렇게 진행될 것이라는 것을 미리 알지 않고서야 저런 반응
이 나올까?

위천우가 싸늘한 웃음을 흘렸다.

"후후후. 그사이에 매수가 된 건가? 암영대주로 지내다 보니
혈마교에서 꽤나 잘해준 모양이군."

"하하하. 그럴 리가."

야월이 웃음을 터뜨렸다.

위천우의 미간이 구겨졌다.

"그럼 뭐냐?"

스르릉.

위천우가 천천히 검을 뽑아 들었다. 그와 동시에 지금까지 포
위한 정도맹의 무인들이 서서히 자세를 고쳐 잡았다.

조금 전까지만 해도 그들은 살기를 품지 않았다. 미세한 투기
만 느껴질 뿐이었다.

하지만 지금은 다르다.

불어오는 바람에도 싸늘한 예기가 실려 있다.

숨 한 번 내쉬는 것조차 조심스러운 순간.

정도맹의 무인들은 여차하면 목숨을 내던지고 혈마교를 덮칠
준비가 되어 있었다.

야월의 입이 천천히 열렸다.

"미안하지만 난 처음부터 정도맹의 인간이 아니었소."

"그야 그렇지. 네놈은 뜬금없이 나타났지."

위천우가 눈을 가늘게 뜨고는 대꾸했다.

그는 처음부터 야월을 전적으로 신뢰하지는 않았다. 물론 혈

마교의 타격대를 섬멸하고 정도맹을 도운 사실이 있는 만큼 호
감은 있었다.

하지만 아규 일행의 정체에 대해서는 항상 반신반의하고 있
었다.

때문에 지금 그의 심정도 당황스럽기보다는 올 것이 왔다는
정도였다.

반면 이 상황이 누구보다 이해되지 않는 사람이 있었으
니…….

야월 옆에서 눈만 멀뚱멀뚱 뜬 채 사태를 지켜보는 백선이었
다.

그는 도대체 지금 무슨 상황이 벌어지고 있는지 이해할 수가
없었다.

처음에는 암영대주가 적에게 매수됐거나, 혈마교에 잠입한
간자일 것이라 추측했다. 한데 대화를 듣다 보니 또 그건 아니
지 않나?

그때 낭랑한 목소리가 불쑥 끼어들었다.

"잠깐만요!"

모두의 시선이 소리 난 방향으로 돌아갔다.

그곳엔 유소옥이 혼란스러운 표정으로 서 있었다. 그녀는 입
술을 질끈 깨물었다.

묻지 않으려고 했다.

나중에 모든 상황이 정리되고 조용해지면 그때 조심스럽게
물어보려고 했다.

한데 상황이 전혀 엉뚱하게 흘러가는 것을 보고 마음을 바꿨

다. 지금 물어보지 않으면 영원히 물어볼 기회가 없을 것 같았
다.

그녀가 한 걸음 나서며 물었다.

"혹시… 제가 혈마교에 사로잡혔을 때… 절……."

그때 숲 한쪽에서 청아한 목소리가 들렸다.

"맞아요. 바로 그분입니다."

모두가 바라본 곳에 선녀처럼 아름다운 여인이 사뿐사뿐 걸
어오고 있었다. 정도맹의 무인들은 저도 모르게 길을 열었다.
물론 이 자리에 있는 모두가 그녀를 알아보았다.

바로 혈마교의 전임 총군사 초비향.

뜻밖의 인물이 갑자기 나타나자 모두 어리둥절한 기분이었
다. 단, 야월과 웅천만을 제외하고.

위천우가 발끈해서 소리쳤다.

"도대체 네놈의 정체가 뭐냐?"

그러자 초비향이 걸어온 방향에서 우렁찬 호통 소리가 이어
졌다.

"뚫린 주둥이라고 함부로 놀리지 마라!"

그 소리가 어찌나 큰지 땅이 흔들리고 나뭇잎이 우수수 흩날
렸다. 또 숲 속 어딘가에서 노닐던 새들이 후드득 날아올랐다.

목소리의 주인을 확인한 정도맹 무인들이 기겁을 하며 우르
르 물러났다.

피풍의를 두르고 나타난 한 무리의 무인들.

그들은 바로 비혈대와 추검수였다.

정도맹의 무인들은 갑자기 비혈대가 등장하자 자연히 포위망

이 풀려 버렸다.

졸지에 남북으로 나뉘어 팽팽하게 대치한 상황.

추검수가 야월 앞으로 저벅저벅 걸어가더니 다시 한 번 우렁차게 소리쳤다.

"이분은 본교의 주인이시자 무림의 절대지존! 혈마교주 혈마존이시다!"

털썩!

추검수의 말끝에 엉덩방아를 찧으며 주저앉는 백선.

그가 달달 떨리는 손가락을 들고 야월을 가리켰다.

"어… 어떻게… 어떻게……."

상황 파악이 안 되는 것은 위천우도 마찬가지.

그는 가만히 눈살을 구기고 있다가 말을 뱉었다.

"도대체 그놈의 혈마교는 뭐가 그리 복잡하지? 이놈도 저놈도 전부 교주라고 나서는군."

"닥쳐라!"

쒸이이이잉!

순간 추검수가 옆에 세워진 장창을 뽑아 날렸다. 강맹한 기운을 머금고 날아간 장창이 그대로 위천우의 심장을 노렸다.

카앙!

순간 위천우가 검을 곧장 뻗어 장창을 막아냈다.

장창이 멀찍이 튕겨 나가자 무인들이 저마다 감탄을 흘렸다.

"후후. 날 도발할 생각이라면 십 년은 더 걸리겠군."

위천우가 싸늘하게 웃었다.

추검수가 눈을 가늘게 뜨고 위천우를 노려보았다. 겉으로 표현은 하지 않았지만 그 역시 내심 탄복하고 있었다.

날아든 장창을 검신으로 쳐서 막은 것이 아니다.

정확히 창끝을 검봉으로 찔러서 막은 것이다. 지극히 짧은 찰나였고, 순간적으로 이뤄진 기습이었다.

한데도 위천우는 한 치의 흔들림도 없었다.

'과연 별호가 허세만은 아니군.'

한편 위천우는 내찌른 검을 거두지 않았다. 그가 검봉으로 야월을 가리키며 억눌린 음성으로 물었다.

"당신이 진짜 교주란 말인가? 그 혈마존이란 말인가?"

야월이 고개를 끄덕였다.

순간 위천우의 눈이 커졌다.

"하면 수라쇄혼진에서도 살아 돌아왔단 말이군."

"운이 좋았지."

야월의 대답에 위천우가 입을 꽉 다물었다.

그의 검봉이 미세하게 떨리고 있었다.

순간 그가 앙천대소를 터뜨렸다.

"크하하하하하하!"

한참을 웃어젖힌 그가 야월을 똑바로 바라보며 눈을 번뜩였다.

"원수를 이 자리에서 만날 줄이야! 혈마존. 나를 기억하는가?"

야월이 눈살을 찌푸렸다.

위천우의 질문에 어떤 사연이 있으리라 짐작한 그가 가만히 바라보기만 했다.

위천우가 비소를 담은 표정으로 말을 이었다.

"그렇지. 당신은 잊었겠지. 당신 손에 스러져간 무수한 문파의 생존자일 뿐이니까."

"……."

"하지만 당신은 기억했어야 했다. 오랜 세월 전에 네놈의 손에 사라진 문파를. 바로 용검세가를!"

그제야 야월은 하나의 문파를 떠올릴 수 있었다.

현재 야월은 두 가지의 기억이 공존한 상황.

용검세가는 지난번 혈마쇄혼진에 갇혔을 때 환영으로 본 적도 있지 않던가?

위천우가 씹어뱉듯이 말을 이어갔다.

"네놈은 용검세가를 멸문시켰지. 혈마교의 무도한 놈들은 마치 사람을 벌레 죽이듯 했다. 하지만 네놈은 나를 놓쳤지. 네놈들은 그날 반드시 용검세가의 소가주를 찾아냈어야 했다. 그 아이가 커서 네놈 목숨을 노릴 것을 알았다면… 반드시 그랬어야만 했다!"

야월의 눈이 가늘어졌다.

'그랬군. 용검세가의 소가주였군.'

위천우의 정체를 알게 되자 야월뿐만 아니라 초비향과 추검수 역시 내심 놀랄 수밖에 없었다. 그때 놓쳤던 그 작은 아이가 오늘날 이렇게 큰 걸림돌이 됐을 줄이야.

순간 위천우가 사자후를 터뜨렸다.

"혈마! 죽인다아!"

파앙!

위천우의 모습이 시야에서 사라졌다. 그리고 순식간에 야월의 코앞에 나타났다.

쒜에에에엥!

어마어마한 강기를 머금은 검신이 야월이 섰던 자리를 베어 냈다.

마치 허공이 두 조각으로 나눠진다는 착각이 들 정도로 강맹한 공격.

하지만 야월이 그보다 빨리 몸을 물렸다.

위천우가 다시 바닥을 박차고 허공으로 솟아 야월을 쫓았다.

꽈앙!

검과 검이 부딪치면서 엄청난 폭음이 터졌다.

사방으로 기풍이 불어나가 사람들이 이를 악물고 버텨야만 했다.

후우우우웅!

우지끈!

기풍을 견디지 못한 나뭇가지가 무참히 부러져 나갔다.

위천우가 그대로 몸을 돌려 검을 횡으로 베어들어 갔다. 야월 역시 몸을 뒤틀며 염마검을 수직으로 세웠다.

쩌엉!

검과 검이 한 번씩 부딪칠 때마다 벽력이 울리고 돌풍이 일어났다.

꽈앙! 쩡! 쩌정!

위천우는 오로지 강맹일변도였다. 제 목숨은 살피지 않은 무모한 공격도 연신 이어졌다.

반면 야월은 좀 더 부드러운 움직임이었다. 그는 냉철한 눈으로 위천우의 공격을 살피고 있었다. 그리고 그에 맞게 적절한 동작으로 방어를 이어갔다. 비록 반격할 기회는 잡기 힘들었지만, 방어를 하는 데 있어서도 큰 무리가 없었다.

하지만 무공에 조예가 깊지 않은 사람이 본다면 위천우가 일방적으로 우세하다고 느낄 만도 했다. 어쨌거나 겉으로 보기에는 야월이 막기에만 급급해 보였으므로.

"와아아아!"

위천우의 강맹한 공격이 이어질 때마다 정도맹의 무인들이 함성을 내질렀다. 반대로 암영대원들은 초조한 마음으로 지켜보기만 했다.

물론 야월을 믿는 초비향과 추검수, 웅천은 시종 담담한 표정을 유지했다.

꽈앙!

다시 한 번 벽력이 울렸다.

그 순간 야월의 몸이 그대로 바닥으로 추락했다.

콰앙!

야월이 떨어진 자리가 움푹 꺼졌다. 지반이 무너진 것이다. 위천우가 그 앞으로 사뿐히 내려섰다.

"혈마존! 너의 목을 가져가겠다!"

노호성을 터뜨린 위천우가 허공으로 뛰어올랐다.

다음 순간 그가 검을 거꾸로 세우고 빠르게 떨어져 내렸다. 검신에서 검강이 자라나며 그대로 야월을 향해 내리꽂혔다.

모두가 숨을 죽인 채 그 과정을 지켜보았다.

꽈장!

또 한 번 지축이 뒤흔들렸다.

가까스로 일어났던 백선은 다시 한 번 중심을 잃고 엉덩방아를 찧었다.

야월이 처박혔던 구덩이. 멸마신검 위천우가 최후의 일격을 퍼부은 그 구덩이로 사람들이 슬금슬금 모여들었다.

구덩이 안에서 피어오른 자욱한 먼지가 시야를 가렸다.

야월을 절대적으로 믿는 초비향조차도 마른침을 삼키고는 먼지가 가라앉길 기다렸다.

한참 후 구덩이 안의 먼지가 서서히 걷혀가면서 두 사람의 모습이 드러났다.

모두의 눈이 커졌다.

*　　　*　　　*

율천은 빠르게 내달렸다.

'너무 늦지 않아야 하는데……!'

위천우가 자신에게 아규라는 자의 뒤를 캐라고 한 것이 벌써 한참 전이었다.

하지만 아규라는 자에 대해서 아무리 조사해도 과거를 알아내기란 힘들었다.

해서 그는 호수마을에 나타났다는 그 여인에 대해 조사하기로 했다. 그 결과 놀라운 사실이 드러났다.

호수마을에 존재했던 그녀는 바로 초비향이라는 것.

처음에는 초비향이 주도해서 호수마을의 학살 사건을 일으킨 것이라고 여겼다.

하지만 조사할수록 이상한 점이 드러났다.

특히 초비향을 유일하게 목격한 아이의 말에 의하면 분명 아규와 함께 있었다고 했다. 둘 사이의 관계는 나쁘지 않았다고 했다. 마치 선녀와 선녀를 지키는 신장 같았다고 했다.

이상했다.

아규라면 초비향을 보자마자 죽였어야 했다.

혹시 아규가 초비향의 미모에 반해 돌아선 것은 아닐까도 생각했다.

하지만 그 역시 추측일 뿐 증거는 없었다.

그렇다고 해도 납득되지 않는 것은, 호수마을 학살 사건을 아규가 최선을 다해서 막았다는 사실이다.

그렇게 미궁 속을 헤매던 조사가 어느 날 빛을 본 것이다. 믿을 만한 정보통을 통해서 들어온 소식은 깜짝 놀랄 만한 것이었다.

모든 정황을 추렸을 때 아규는 바로 혈마교주, 혈마존이라는 것.

바로 수라쇄혼진에서 그 혈마존이 살아 돌아온 것이다.

그 가능성을 열어두니 모든 것이 맞아들어 갔다.

의문은 의심으로, 의심은 다시 확신으로 변했다.

율천은 이 사실을 알리기 위해 밤낮을 가리지 않고 달렸다.

마침 저 멀리 정도맹의 진영이 보이기 시작했다.

타앗!

그가 나뭇가지를 박차고 날아올랐다.

"지단주님은 어디 계십니까?"

율천이 막사 안으로 들어오며 소리쳤다.

은자각주를 대신해 업무를 보던 유미령이 자리에서 일어나
그를 맞이했다.

"지단주님은 지금 이곳에 안 계십니다. 무슨 용무죠?"

"급히 전할 말씀이 있소이다. 어딜 가신 겁니까?"

"현재 지단주님은 특별한 작전을 수행하시기 위해 직접 나가
셨습니다. 은자각주도 함께 그곳으로 갔습니다."

"특별작전이라면……?"

"아, 현재 혈마교에서 암영대주로 계신 아 대협에게 연락이
왔습니다."

"아규!"

율천이 비명처럼 소리쳤다.

그의 표정이 무섭게 일그러진 것을 보고 유미령이 의아한 표
정으로 물었다.

"네, 아 대협에게서 연락이 왔지요. 왜 그러시나요?"

"그자에게서 뭐라고 연락이 왔습니까?"

"암영대와 철귀대를 이끌고 위 지단주님을 치는 명령을 받았
다고요. 해서 지금 오는 중이니 준비를 해두시라고……."

"간악한 놈!"

율천이 다시 주먹을 불끈 쥐며 소리쳤다.

유미령은 도대체 율천이 왜 이러는지 영문을 알 수 없었다.

그녀가 고개를 갸웃거리고 물었다.

"무슨 일이시죠? 아 대협이 무슨 잘못이라도 저질렀나요?"

"아 대협은……!"

율천이 눈을 부릅뜨고 대꾸하려다 입을 다물었다.

그는 빤히 유미령을 바라보았다.

유미령이 어리둥절한 표정으로 물었다.

"왜 그러시나요?"

"…아니오. 아무것도."

율천이 얼버무렸다.

유미령은 애초에 아규를 굉장히 지지하던 여인이 아니던가? 게다가 유소옥은 혈마교에 사로잡혔던 여인이다. 그러고 보니 여기에도 이상한 점이 한두 가지가 아니다.

유소옥이 도대체 어떻게 혈마교에서 탈출할 수 있었을까?

너무 쉽게 탈출했다.

그녀가 혈마교를 탈출한 과정은 아직까지도 풀리지 않는 수수께끼다.

'설마……!'

유소옥마저 혈마교에 매수된 것이라면?

그러고보니 은자각주가 왜 이런 작전에 투입이 되었을까?

율천이 물었다.

"한데 은자각주는 어째서 함께 갔습니까? 지단주님이 함께 갈 것을 명하신 겁니까?"

"아뇨. 은자각주께서 먼저 함께 가고 싶어 하신 겁니다. 지단주님께서 받아들이신 거구요."

“아아…….”

율천은 그대로 주저앉고 싶은 심정이었다.

혈마교주와 혈마교에 매수된 유소옥. 그 사이에 위천우가 내던져진 꼴이 아닌가?

유미령은 여전히 영문을 모르겠다는 표정으로 자신을 바라보고 있었다.

하지만 유소옥과 마찬가지로 한패일 가능성이 큰 그녀에게 이런 이야기를 모두 할 수는 없는 노릇.

“어디로 가셨습니까? 제가 직접 찾아가겠습니다.”

“그러지 마시고 급한 용무라면 전서를 날리는 편이…….”

“아니오! 내가 직접 찾아가야겠소!”

율천의 말투가 강경하게 바뀌었다.

유미령도 더는 권하지 못하고 고개를 끄덕였다.

그녀가 지도를 꺼내와 펼치고는 한곳을 가리켰다.

“지금 이곳에 매복 중이실 겁니다.”

“떠나신 지는 얼마나?”

“나흘 전입니다.”

“알겠소.”

율천이 냉랭하게 말을 뱉고는 막사를 나갔다.

유미령은 여전히 의아한 눈빛으로 그의 뒷모습을 쫓을 뿐이었다.

＊　　　＊　　　＊

정도맹의 무인들이 부지런히 구덩이를 메웠다. 야월이 추락하면서 움푹 파였던 구덩이다.

그들은 서둘러 막사를 철거했다.

이 과정을 한쪽에서 위천우가 가만히 지켜보았다.

그때 그의 곁으로 누군가 다가왔다.

바로 야월이었다.

위천우가 야월을 향해 꾸벅 인사를 올렸다.

만약 다른 이가 봤더라면 자신의 눈을 의심했으리라.

한데 지금 이곳에서 막사를 철거하는 무인들은 그 모습을 보고도 아무렇지도 않게 자신의 일만 하고 있었다.

야월이 위천우를 향해 웃으며 말했다.

"제법 비슷한걸. 나라도 속겠어."

위천우가 배시시 웃으며 뒤통수를 긁적였다. 평소 그의 모습을 떠올린다면 정말 어울리지 않는 태도.

"아직 많이 부족합니다."

"그래도 네가 진풍이라는 건 아무도 몰라볼 거야."

그랬다.

현재 위천우의 모습을 하고 있는 자는 바로 소진풍.

하지만 야월의 말대로 소진풍의 외모는 위천우와 똑같았다. 다만 아직은 말투와 행동이 조금 어색했지만 크게 신경 쓰일 정도는 아니었다.

위천우로 변한 소진풍이 야월의 몸을 살피며 말했다.

"상처는 괜찮으십니까?"

"괜찮아. 걱정 마."

"그래도 깜짝 놀랐습니다. 유 소저가 갑자기 그렇게 나올 줄
은……."

"후후. 아마 배신감이 컸겠지."

야월이 씁쓸한 미소를 머금었다.

그의 시선이 한쪽 구석 바위에 앉은 유소옥에게 향했다. 그녀
는 두 손이 뒤로 묶인 채 바위에 걸터앉아 있었는데, 굳이 결박
을 하지 않았더라도 상관없을 듯했다.

그녀의 눈동자에는 공허함만 가득할 뿐, 어떠한 의지도 보이
지 않았다.

소진풍이 그녀를 보며 중얼거리듯 말했다.

"정신적 충격이 컸나봅니다."

"그럴지도."

야월이 고개를 끄덕였다.

그가 슬며시 옆구리의 상처로 손을 가져갔다. 뜨끈한 상처를
통해 그때의 기억이 슬며시 피어올랐다.

구덩이에 자욱한 먼지가 걷혔을 때, 사람들이 확인한 것은 뜻
밖의 광경이었다.

야월은 우뚝 서 있었고, 위천우는 바닥에 쓰러져 있었다. 모
두 한동안 말을 잇지 못했다. 정도맹의 무인들은 말할 것도 없
었고, 야월을 믿은 자들 역시 어떻게 된 상황인지 파악할 수 없
었다.

야월이 쓰러진 위천우를 어깨에 들쳐 메고 구덩이 밖으로 나
왔다.

그가 바닥에 위천우를 내려놓았다.

위천우의 전신은 검상으로 가득했다. 벌어진 상처에서는 피가 흘렀다. 의식을 잃은 것인지 위천우는 꿈쩍도 하지 않았다.

그 모습에 암영대원들의 표정은 한결 밝아졌고, 정도맹 무인들의 얼굴은 참혹하게 일그러졌다.

사정은 이러했다.

위천우가 검을 쥐고 떨어지는 순간, 야월은 그것을 피하는 대신 곧장 이기어검을 날렸다. 염마검은 그 어느 때보다 빠르게 날아가 위천우의 요혈 곳곳을 찔렀고, 모든 기의 흐름을 가닥가닥 끊어버린 것이다.

그것은 바로 혈마존의 무공 중 하나인 단근환동술이었다.

그야말로 찰나지간에 벌어진 일.

지난번 탁문강의 기운을 흡수하지 않았다면 절대로 이룰 수 없는 경지였다.

그 바람에 위천우는 모든 공력을 잃고 바닥에 추락할 수밖에 없었다. 애초에 강맹일변도로 자신의 몸을 너무 보살피지 않은 것도 하나의 패인이었다.

야월이 정도맹의 무인들을 둘러보았다.

"지금 이 자리에서 무기를 버리고 투항한다면 목숨만큼은 보장하겠다."

"흥! 어림없는 소리! 저놈은 혈마존이다! 놈이 우릴 살려두지 않을 것이다! 놈을 죽여라!"

누군가 용감하게 나서며 소리쳤다. 그 순간,

쒜에에엑! 서걱!

한줄기 푸른빛이 날아가 그의 목을 그었다.

그 빛줄기 끝에 추검수가 피풍의를 휘날리며 서 있었다. 그는 피묻은 검신을 한 번 털어내고는 검집에 넣었다.

"교주님께서는 한 입으로 두말하시지 않는다. 누구든 죽고 싶은 자는 나서라."

그의 말 한 마디 한 마디에 살기가 가득 담겨 있었다.

상황이 이렇게 되자 차마 용기 있게 나서는 자가 없었다.

멸마신검 위천우가 맥없이 당한 상대.

중원의 절대지존이라 알려진 혈마존이다.

겉보기에는 아직 앳된 얼굴이지만, 그가 보인 실력만큼은 진짜다.

댕그렁.

누군가 검을 놓았다.

"싸, 싸우지 않겠소."

"이 배신자!"

곁에 있던 동료 무인이 호통을 치며 검을 휘둘러 갔다. 그 순간 다시 날카로운 무언가가 허공을 갈랐다.

쒜에에엑! 푹!

비혈대 육조장이 쏜 석궁.

화살은 정확히 검을 휘둘러가던 무인의 목에 틀어박혔다. 그가 맥없이 고꾸라지자 사람들이 웅성거리기 시작했다.

"무기를 버린 자는 본교가 무조건 보호하겠다."

추검수가 다시 살벌한 눈빛으로 모두를 둘러보며 소리쳤다.

이쯤 되자 사람들은 이제 서로의 눈치만 살피기 바빴다. 이내 다시 누군가 무기를 던졌다.

"항복하겠소!"

"나도 싸우지 않겠소!"

투항하겠다는 자들이 저마다 무기를 버리며 소리치기 시작했
다.

결국 두 사람의 목숨을 마지막으로 모든 이가 무기를 버리고
투항했다.

야월이 그들을 향해 말했다.

"너희는 모든 상황이 정리되면 전원 풀어주겠다. 추 대주, 우
선 이들을 안전한 곳에 가두도록 해."

"존명."

정도맹 무인들은 반신반의하면서도 일단 안도의 숨을 내쉬었
다.

야월은 곧장 암영대원들에게 정도맹 무인들의 모습으로 변장
할 것을 명했다. 암영대 특성상 애초에 기본적인 역용술은 익히
고 있던 지라 모습을 바꾸는 것에는 큰 문제가 없었다. 물론 누
군가 세심히 그 외모를 살핀다면 어딘지 이상한 점을 발견하겠
지만, 멸마신검 직속 휘하의 무인들을 누가 일일이 따져 가며
얼굴을 보겠는가?

그런데 그때였다.

"이 나쁜 새끼!"

앙칼진 목소리가 곁에서 들렸다.

순간 야월은 옆구리가 뜨끔해지는 것을 느꼈다.

모두 깜짝 놀라 시선을 돌렸다.

"교주님!"

추검수가 소리치며 검을 빼들고 달려들었다. 아니, 달려들려고 했다. 하지만 야월이 손을 들어 그를 제지시켰다.

야월의 옆구리를 찌른 사람은 다름 아닌 유소옥.

모두들 황망한 표정으로 그녀를 보았다.

어째서 피하지 못했을까?

아무리 청옥검으로 이름을 알린 유소옥이라지만, 천하의 혈마존이 아닌가? 설마 그 단순한 일격조차 피할 수 없을 정도로 지쳤던 것일까?

한편 그녀가 검병을 쥔 채 부들부들 떨었다.

"당신이 날… 날… 가지고 놀았어……."

야월이 검신을 맨손으로 잡았다. 그가 힘을 주자 옆구리에 박힌 검이 쑥 뽑혀 나왔다.

야월이 천천히 돌아섰다.

"미안하게 됐소."

"닥쳐라! 혈마 새끼!"

스릉! 스르릉!

유소옥의 욕지기에 추검수를 비롯한 비혈대와 암영대가 전원 검을 뽑아 들고 살기를 피워 올렸다.

그러나 이번에도 야월의 제지에 선뜻 나서지는 못했다.

유소옥이 부들부들 떨며 물었다.

"왜… 왜 그랬지?"

"뭘 말이오?"

"날 사로잡고, 날 가두고, 날 풀어주고! 왜 그랬지?"

야월이 잠시 대답을 하지 못했다.

난감한 질문.

그가 어렵게 입을 열었다.

"어쩌다 보니……."

마땅히 다른 대답을 찾을 수가 없었다. 정말 어쩌다 보니 그리 된 것이 아니던가?

유소옥이 날카롭게 소리쳤다.

"날 가지고 노니까 재미있었어?"

"가지고 놀 생각 없었소."

"닥쳐! 혈마 새끼! 널 죽이겠다!"

유소옥이 검을 빼내고는 다시 휘둘렀다.

쒸이이잉!

날카로운 검기가 야월을 스치며 지나갔다. 유소옥은 칼부림을 멈추지 않았다. 그녀는 정신없이 베고 찌르며 야월을 공격했다. 하지만 어느 것 하나 제대로 들어가는 것이 없었다. 모두 아슬아슬하게 그를 스쳐 지나갈 뿐.

'도대체 난 그동안 무엇을… 난 누굴…….'

검을 휘두르면서도 유소옥은 참담한 심정이었다. 단지 자신의 검이 적을 베지 못하기 때문이 아니었다. 지나간 시간 동안 자신이 품었던 감정들이 너무나 허황되고 한심했다.

그렇게 얼마나 휘둘렀을까?

챙!

갑작스런 금속성에 유소옥이 퍼뜩 정신을 차려보니 초비향이 앞을 막고 있었다.

초비향이 차가운 표정으로 일렀다.

"그만하세요."

"비켜!"

초비향의 미간이 좁아졌다.

"겨우 이 정도로 교주님을 어찌할 수 있을 것 같나요?"

"비키지 않으면 죽여 버릴 거야!"

"정말 그럴 수 있을까? 당신, 정말 교주님을 죽일 수 있어?"

유소옥이 움찔 떨었다.

초비향의 눈은 단지 실력을 따져 묻는 것이 아니었다. 진심을 묻는 것이다. 정말 혈마존을 죽일 수 있을 각오를 하고 있느냐고.

유소옥이 어금니를 꽉 깨물었다.

"물론이지."

"그럴까? 그럼 어째서 처음에 교주님의 급소를 노리지 않았지?"

"그건… 빗나간……."

"청옥검 유소옥. 당신이 검을 내찌를 때 교주님은 한 발자국도 움직이지 않았어. 당신이 가만히 서 있는 상대조차 제대로 찌르지 못할 정도로 형편없는 실력은 아닐 텐데."

"시끄러워!"

"좀 더 솔직해지는 게 어때?"

"……!"

"당신은 처음부터 교주님을 죽일 각오가 되어 있지 않았어. 그래서 교주님도 피하지 않으셨겠지. 당신의 검공엔 살기가 없었으니까!"

"닥쳐!"

"무방비 상태의 교주님을 당신은 찔렀고, 교주님은 당했어. 교주님에 대한 당신의 원망은 딱 그 정도야. 옆구리에 아픈 상처를 낼 정도. 그 마음을 애써 속이지 마. 도대체 무엇을 위해 증오심을 키우는 거지? 그래야 속이 편해?"

"네가… 너 따위가… 뭘 안다고… 그저 편한 자리에 앉아서 세 치 혀로 사람의 목숨을 벌판에 내던지기만 하던 너 따위가… 대체 뭘 안다고 지껄이는 거야!"

채앵!

유소옥이 격분하며 검을 휘둘렀다.

카앙!

다시 초비향이 검을 올려 막았다.

"정도맹은 뭐가 달라? 지금 저 분지에서 얼마나 많은 사람이 죽어나가는지 알아? 그 원인을 전부 우리에게만 뒤집어씌울 생각이야?"

"닥쳐!"

"웃기지마! 그럴싸한 변명거리만 찾으면 우리보다 더 잔악한 게 너희들이지! 그걸 명분이랍시고 모든 걸 정당화하는 비겁자지. 그래, 우린 비열해. 하지만 너희도 정당하진 않아. 그저 비겁할 뿐이야."

"이익……!"

카앙!

유소옥이 다시 한 번 초비향을 밀어냈다. 뒤미처 그녀가 바닥

을 박차고 쇄도하려는 순간,

"그쯤하시지."

시퍼런 날이 그녀의 목에 닿았다.

한 걸음이라도 움직였다간 목이 제 자리에 남아나지 않을 터. 시선을 돌려보니 역시나 추검수가 긴 검을 빼들고 그녀의 목을 겨누고 있었다.

초비향이 유소옥을 향해 다가왔다. 그녀의 목소리는 어느새 한층 누그러져 있었다.

"잘 생각해 봐요. 교주님이 당신에게 무슨 잘못을 하신 건지. 참고로 당신을 생포한 건 교주님의 진정한 뜻이 아니었어요. 그리고 그 잘못된 상황을 바로잡고 싶어서 교주님이 추 대주와 함께 당신을 구한 거죠. 그 일을 계기로 많은 것이 뒤틀렸고 여기까지 온 거라는 것도 알아야 해요."

말을 마친 초비향이 몸을 돌렸다.

유소옥은 검을 축 늘어뜨리고 고개를 숙였다.

뭐가 뭔지… 머릿속이 뒤죽박죽이었다. 괜히 눈물이 나오려고 했지만 꾹 참았다.

第六章
배신자의 최후

유소옥은 바위에 걸터앉은 채 입술을 꾹 깨물었다.

평생을 혐오했던 사람. 한동안 치를 떨며 욕을 퍼부었던 사람. 도움을 받은 사람. 최근 잠을 못 잘 정도로 그리워했던 사람. 그리고 오늘 가슴을 설레게 한 사람. 마지막으로 지독한 배신감을 느끼게 한 사람.

이 모든 것이 한 사람이다.

그 수많은 감정 중에서 어떤 것이 진솔했으며, 어떤 것이 지금 남아 있는지도 알 수 없었다.

머릿속이 그저 멍할 뿐이었다.

그때 마침 한쪽에서 시끄러운 소리가 울렸다.

"지단주님!"

사람들이 바라본 곳에는 율천이 빠른 속도로 달려오고 있었다.

야월은 이미 몸을 빼낸 후였고, 위천우로 변한 소진풍이 얼른 정색을 하고는 그를 맞이했다.

"무슨 일인가?"

"지단주님 괜찮으십니까?"

"보다시피."

소진풍은 한때 유성지단에서 머물렀기에 율천에 대해서 어느 정도는 알고 있었다.

그가 고개를 갸웃거리고 물었다.

"한데 무슨 일로 이곳까지?"

"아, 혈마! 혈마는 어찌 됐습니까?"

소진풍이 이맛살을 구기고 물었다.

"혈마가 이곳에 있을 거라는 건 어찌 알았지?"

"아, 지단주님께서 조사하라고 하신 것. 역시 뭔가 있었습니다."

"자세히."

"아규가 바로 혈마존이었습니다. 한데 지단주님이 그의 연통을 받고 이곳에 오셨다고 해서 급히 이곳으로 왔습니다."

"후후. 그랬군. 하면 조금 늦었군."

소진풍이 싸늘히 웃었다.

율천이 그를 잠시 보다가 놀란 표정으로 물었다.

"그럼 혹시 혈마를 제압하신 겁니까?"

"방금 격전을 치렀지. 역시 쉬운 상대는 아니더군."

율천이 감탄한 표정으로 소진풍을 보았다. 그러다가 주위를 두리번거렸다.

“정말 대단하십니다! 하면 놈의 시체는 어디에 있습니까? 이제 지긋지긋한 정마대전도 곧…….”

말을 뱉던 율천의 시선이 한 여인에게 고정됐다. 멍한 표정으로 넋이 나간 유소옥이었다.

“저 여자는……!”

“왜 그런가?”

“저 유소옥도 믿을 수가 없습니다. 당장 저 여자를 포박하고 심문해야 합니다.”

“어째서?”

“제 짧은 소견으로는 유소옥이 혈마교와 내통했을 가능성이 높습니다.”

“하면 나는 믿나?”

“예?”

갑작스런 질문에 율천이 눈을 휘둥그레 뜨고 소진풍을 보았다.

소진풍이 씨익 웃었다.

“나는 믿냐고 물었다.”

순간 율천이 뭔가 잘못됐다는 것을 깨달았다.

너무 급한 마음에 신중하지 못했다.

왜 몰랐을까? 그토록 가까이에서 모셨는데!

그저 위천우를 보자마자 반가운 마음에 달려왔다. 이런 치명적인 실수를!

율천이 뒤로 주춤주춤 물러나며 물었다.

“지, 지단주님은 어디에 계시냐? 네놈은 누구…….”

퍼억!

율천은 뒷목이 뻐근해지는 것을 느끼며 의식을 잃고 말았다.

그가 쓰러진 곳에 야월이 서 있었다.

"하나 해결하면 하나가 나타나는군."

"설마 또 나타나진 않겠지요."

어디에 있었는지 초비향이 나타나 말했다.

야월이 시선을 옮겨 막사 하나를 바라보았다. 그 안에 위천우
가 있었다. 물론 의식을 잃은 채로.

야월이 초비향을 보았다.

"이제 난 정도맹을 찾아가면 되겠지?"

"네, 여기."

초비향이 손바닥만 한 목곽 상자 하나를 내밀었다.

"뭐야?"

"귀마에게서 왔습니다. 귀마가 아수 환단과 똑같은 약을 만
드는데 성공한 것 같습니다."

"그렇군. 우선 보관하고 있을게."

야월이 품에 목곽 상자를 넣었다.

초비향이 말을 이었다.

"반드시 정도맹주를 설득하셔야 합니다."

"알았어. 어떻게든 해보지. 그동안 비향이 시간을 잘 끌어
줘."

"알겠습니다."

"진풍도 조심하도록 하고."

"헤헤. 걱정 마십시오."

소진풍이 배시시 웃었다.

야월이 피식 웃으며 핀잔을 주었다.

“앞으로는 그 모습으로 그렇게 웃으면 큰일 나.”

“물론이지요. 이래 봬도 멸마신검이니까요.”

소진풍이 가슴을 탕탕 치며 큰소리쳤다.

야월은 나뭇가지에 걸터앉아 나무기둥에 등을 기대고 밤하늘을 보았다. 쏟아질 듯 촘촘하게 박힌 별무리들. 한참이나 그 별들을 올려다보고 있는데 인기척이 느껴져 시선을 내렸다.

초비향이 나뭇가지 끝에 사뿐히 올라서서 뒷짐을 진 채 천천히 다가왔다.

“혼자 뭘 하고 계신가요?”

“별을 좀 보고 있었지.”

야월이 부드럽게 미소 지으며 대꾸했다.

그의 미소를 마주하자니 초비향은 괜히 가슴이 두근거렸다. 꾸밈이 없는 미소.

한때 혈마존은 멸심마소를 사용했었다. 누구든 그 마소를 보는 순간 의지를 잃고 마는.

하지만 지금 야월의 미소는 순수한 본질의 미소다. 그 소리 없는 웃음이 초비향에게는 멸심마소보다 강한 자극이었다.

그녀가 고개를 들어 하늘을 보았다.

청명하게 맑은 밤하늘은 정말 많은 별을 품고 있었다. 어두운 숲 속이었기에 더욱 많은 별을 볼 수 있었다.

“정말 많이 떴네요.”

"그건 아니지. 저 별들은 항상 떠 있으니까."

"하지만 오랜만에 봐요. 저렇게 많은 별은."

"이렇게 어두운 곳에서 본 적이 드물었을 테니까."

"그렇겠죠?"

"공명등불이 무수히 뜬 전장에서는 저런 별들을 보기 힘들지. 욕망의 불길이 강할수록 정말 아름다운 별은 보기 힘든 모양이야."

초비향이 시선을 내리고 야월을 물끄러미 보았다.

야월이 그녀의 시선을 마주했다.

"왜?"

"어느 샌가 교주님의 이런 모습 어색하지 않게 됐어요."

"후후. 그래?"

"반대로 교주님을 교주님이라고 부를 때 가장 어색해졌지만요."

"하하. 나도 그건 그래."

"내일 바로 떠나실 거죠?"

"그래야지. 시간이 없으니까."

야월이 두 다리를 내려 나뭇가지에 걸터앉았다. 초비향이 그 곁에 나란히 앉았다.

"부디 몸조심하세요."

야월을 바라보는 그녀의 눈빛이 그 어느 때보다 깊었다.

야월이 고개를 끄덕였다.

"걱정 마."

"네, 걱정 안 해요. 교주님을 믿으니까요."

거짓말을 했다.

야월을 믿는 것은 사실이지만 걱정은 될 것이다. 믿음과 실제
는 엄연히 별개라는 것을 누구보다 잘 아는 그녀였으니까.

다른 곳도 아닌 정도맹.

혈마존을 죽이겠다는 자들이 가장 많이 모인 곳이자, 가장 강
한 자들이 모인 곳.

그 한복판을 야월은 혈혈단신으로 들어가려는 것이다.

악수라가 함께 가려고 했으나 야월이 거절했다. 만에 하나 초
비향을 곁에서 지킬 사람이 필요했기 때문이다.

야월이 돌연 초비향을 돌아보았다.

그 시선이 너무 강렬해서 그녀가 움찔거리며 물었다.

"왜 그러세요?"

"비향."

"네, 말씀하세요."

초비향이 긴장한 표정으로 대답했다.

한데 돌아온 말은 어뚱했다.

"뽀뽀하자."

"네?"

초비향이 어이가 없는 표정으로 두 눈을 멀뚱멀뚱 떴다.

야월이 초비향에게 다가갔다.

"뽀뽀하고 싶어."

"교주님! 정말 왜 이러세요?"

"지난번에 호수마을에서도 제대로 못했잖아. 그러니까 지금
뽀뽀라도 하자. 나, 이번에 가면 비향을 다시 볼 수 없을지도 모

르니까……."

"그렇다면 더욱 안 할래요."

"뭐? 왜!"

"무사히 돌아오면 해요."

"쳇, 쉽지 않군."

"어머, 모르셨어요? 저 원래 쉬운 여자 아니에요."

초비향이 눈웃음을 지었다.

결국 두 사람이 동시에 웃음을 터뜨렸다.

선남선녀의 웃음소리가 숲 속에 퍼져 나갔다.

그리고 그 웃음이 닿는 곳에서 소진풍이 미소를 머금고 두 사람을 지켜보았다. 어찌 보면 푸근한 미소였고, 또 한편으로는 씁쓸함을 머금은 듯도 보였다.

마침 누군가 소진풍의 어깨에 손을 척 올렸다.

"너 설마 마음에 담아두고 있다던 처자가… 아니지?"

전횡이었다.

소진풍이 눈살을 구기며 대꾸했다.

"제가 언제 그런 소리를 한 적 있습니까? 저 마음에 담아 둔 사람 같은 거 없습……."

"인마, 내가 눈치 백단이야."

"에이씨, 아니라구요. 아니에요!"

"뭐? 에이 씨발놈이라고?"

"또 이러신다! 제가 언제요!"

"방금 그랬잖아, 인마!"

"나이가 드시니 이제는 귀도 먹는군요!"

“뭐야? 너 이제 무공 좀 익혔다고 감히 날 맛탱이 간 늙은이 취급을 해? 거기에 욕을 하지 않나!”

“아니라고요! 씨라고만 했다고요! 씨요!”

그렇게 숲 속에 두 사람의 언성도 널리 퍼져 갔다.

다음 날.

“살, 살려만 주십시오.”

초비향 앞에 포박된 채 엎드려 절구처럼 이마를 바닥에 찧는 자. 멀끔한 얼굴에 머리카락이 백설처럼 하얀 사내.

백선이었다.

전횡이 어이가 없는 표정으로 헛웃음을 뱉었다.

“자존심도 없고, 배짱도 없고, 지조도 없구먼. 그저 살아보겠다고 버둥거리는 버러지일세.”

모욕적인 언사를 듣고도 단 한 마디 반박조차 못하는 백선. 그가 연신 바닥에 이마를 찧었다.

“주, 주군! 어쩔 수 없었습니다. 저는 그저 그들이 시키는 대로…….”

“백선.”

초비향의 부름이 백선의 말을 가로질렀다.

백선이 다시 이마를 찧으며 대답했다.

“예, 주군! 말씀하십시오!”

어찌나 세게 이마를 찧는지, 전횡은 저러다 이마로 땅을 파고 들어갈지도 모르겠다는 생각마저 들었다.

초비향의 차분한 음성이 뒤를 이었다.

“그러지마. 내게 모질게 대할 때처럼 그때의 당당함을 유지
해.”

“주, 주군… 정말 그것은 저의 진심이 아니었…….”

“네가 그러면 내가 너에게 고개를 숙였던 지난 시간들이 더
비참해져. 날 더 비참하게 만들고 싶어?”

“그, 그럴 리가 있겠습니까! 주군! 제발 살려만 주십시오! 제
가 폭마의 약점을 어떻게든 알아내겠습니다!”

“그동안 밀선당주로 있으면서 아직도 모르겠어? 지금 우리에
게 가장 큰 문제는 폭마가 아니야.”

“그, 그럼 팔열궁주들의 약점입니까? 알아내겠습니다! 주군,
맡겨만 주십시오! 아니, 오원주들의 약점이라도 알아내겠습니
다. 반드시 교주님이 본교를 탈환하시도록 힘쓰겠습니다! 주군,
제발 절…….”

“그만. 더 듣고 싶지 않군.”

초비향이 시선을 외면했다. 그녀가 한숨을 내쉬고는 걸음을
돌렸다.

백선이 멀어지는 그녀를 보며 더욱 애절하게 소리쳤다.

“주군! 제발! 제발 살려주십시오! 제가 잘못했습니다! 제가 미
쳤었습니다! 주군, 부디 자비를 베풀어주십시오! 주군이 시키시
는 일이라면 무슨 일이든 하겠습니다! 개가 되라면 개가 되겠습
니다. 주군!”

마침 걸어가던 초비향이 우뚝 멈췄다. 그녀가 차디찬 눈길로
백선을 돌아보았다.

“무슨 짓이든 하겠다고?”

백선이 눈을 크게 떴다.

"물론입니다! 물론이지요! 주군이 시키시는 일이라면 무엇이든 하겠습니다! 명령만 내려주십시오!"

초비향이 백선 앞에 쪼그려 앉았다.

그녀가 백선에게 속삭이듯 말했다.

"그럼 죽어."

"네?"

"죽어."

"하하, 하하. 주, 주군? 농, 농이시죠?"

하지만 얼음장처럼 차가운 초비향의 얼굴에서는 전혀 장난기가 보이지 않았다.

결국 백선의 표정도 서서히 굳어갔다.

순간 그의 눈이 희번덕였다.

"야이, 개 같은 년아! 네년이 이런 짓을 하고도 무사할 것 같으냐? 이 새끼들! 날 당장 풀어줘라! 누구든 날 구하는 자는 목숨만은 살려주겠다! 네놈들의 반역은 결코 성공할 수 없다! 어서 날 풀어주란 말이다! 이 병신들아!"

그러나 광기에 찬 외침에 반응하는 자는 아무도 없었다. 오히려 냉소와 멸시에 찬 시선만이 쏟아질 뿐.

초비향이 일어섰다.

"못하겠다면 어쩔 수 없지. 흑선!"

"예, 주군!"

초비향 곁으로 검은 그림자가 뚝 떨어졌다.

"처리해."

"존명."

흑선이 성큼 한 걸음 나섰다.

사태가 심각해지자 백선이 다시 헤실헤실 웃었다.

"헤헤. 친구, 오랜만일세. 우린 정말 오래된 친구가 아닌가? 자네 기억나는가? 비가 억수같이 쏟아지는 날이었지. 그날 자네가 술병을 들고 날 찾아와서……."

"닥쳐라. 내가 지금 기억하는 건 네놈이 주군을 무릎 꿇게 한 것이다. 그리고 나는 지금 그 기억을 베어내려고 한다."

스릉.

흑선이 딱딱하게 굳은 말을 뱉고는 검을 뽑아 들었다. 시퍼런 검신이 빛을 받아 번뜩였다.

백선의 표정이 해쓱해졌다.

"이보게 친구! 아니, 형님! 제발 살려주시게! 살려주십시오! 나리! 살려만 주신다면 무슨 일이든 하겠습니다! 여러분! 제발 절 살려주십시오! 아아, 나 좀 살려달라고! 보고만 있지 말고! 이 멍청한 잡것들! 야이 개새끼들아! 네놈들의 반역이 성공할 것 같으냐? 이런 짓을 하고도 무사할 거라고 생각하느냐? 다 죽을 것이다! 그러니 어서 날 살려라! 날 살리면 목숨만은 살려주겠다! 이 개새끼들! 어서 날 살려달란 말이다! 주군! 주인님! 제발 절 살려주십시오! 날 살려내라고! 이 미친 년! 이런다고 뭐가 달라질 것 같아? 넌 단순히 분풀이 하다가 뒈질 년이다! 폭마가 네 년을 평생 강간할 것이다! 헤헤헤! 주군! 거짓말입니다요! 으흐흑. 제가 지금 제정신이 아닙니다. 절 살려만 주시면 절대로 그런 일이 일어나지 않게……!"

서컥!

시퍼런 강기가 뚝 떨어졌다.

그것으로 끝이었다.

몸에서 떨어져나간 백선의 머리는 흙바닥을 한참이나 굴러가다가 멈췄다. 두 눈은 광기로 부릅뜬 채였다.

머리를 잃은 몸통은 한참 후에 바람에 떠밀린 듯 쿵 쓰러졌다. 그제야 피가 콸콸 쏟아져 나오기 시작했다.

초비향이 미련 없이 몸을 돌렸다. 그녀가 나직한 소리로 전횡에게 일렀다.

"전 각주님. 백선 부탁드립니다."

"예, 잘 해내겠습니다."

대답을 한 전횡은 어느새 백선의 외모로 변해 있었다.

백선의 시체에 모여 있던 사람들은 저마다 침을 한 번씩 뱉고는 자리를 떴다.

第七章
정도맹

흐르는 물길을 따라 배 한 척이 거슬러 올라가고 있었다.

신기한 것은 노를 젓는 사람도 없는데 작은 나룻배는 고요히 물길을 거슬러 올라간다는 점이다.

바로 내공 때문이다.

선미에 우뚝 서서 공력을 이용해 배를 밀어내는 사람은 바로 야월. 그리고 배 가운데에 앉아서 먼 산을 바라보는 자는 멸마신검 위천우였다.

두 사람은 약속이라도 한 듯 말이 없었다.

이따금씩 배에 부딪쳐 찰랑거리는 물결 소리 외에는 아무런 소음도 들리지 않는 고요한 강.

한참만에 위천우의 입이 열렸다.

"하나 물어보지."

야월의 시선이 그에게 향했다.

"어째서 전쟁을 멈추려고 하는가?"

"무고한 희생은 바라지 않아. 그뿐."

"하하하하!"

위천우가 앙천광소를 터뜨렸다. 그의 웃음에는 확실히 광기가 스며 있었다. 한참 웃던 위천우가 돌연 냉랭한 표정으로 야월을 쏘아보았다.

"흥! 그딴 소리를 나보고 믿으라고? 천하의 누구도 믿지 못할 소리를?"

"왜 못 믿지?"

"넌 혈마교주다! 무고한 희생? 그럼 그동안 네놈이 죽인 수많은 인간은 무고하지 않았단 말인가?"

야월은 잠시 대답하지 않았다.

어떤 말로 위천우를 이해시켜야 할지 가늠이 되지 않았다. 자신조차 이해하기 힘든 이 현실. 그걸 그에게 어찌 설득시킬 수 있을까?

야월이 고개를 들어 먼 산을 바라보았다.

"가끔 그럴 때 있지 않나?"

"……?"

"'나'라는 존재가 정말 '나'인지 의심스러울 때. 내가 만지고 보고 듣는 것이 정말 존재하는 것인지조차 의심스러울 때. 오로지 내가 생각하고 있다는 그 자체만이 진리라고 생각될 때."

"무슨 개소리지?"

“하하. 하긴. 개소리일지도 모르겠군. 한데 가끔, 아주 가끔 나는 그럴 때가 있어.”

“무슨 말을 하고 싶은 거냐?”

“어떻게 설명해야 할지 모르겠지만 과거의 ‘나’ 와 지금의 ‘나’ 는 다르다. 단순히 변했다는 소리가 아냐. 영혼이 다르고 인격체가 완전히 다르다는 뜻이다.”

위천우가 가만히 바라보다 입을 열었다.

“지금까지 내가 들은 변명 중에서 가장 어이없군.”

“그럴 거라고 생각했어.”

“네놈이 아무리 개과천선했다 하더라도 네놈의 죄가 사라지진 않는다. 네놈의 살육은 절대 정당화될 수 없다.”

“그건 너도 마찬가지 아닌가?”

“무슨 소리냐?”

“너의 복수심이 얼마나 깊은지 모르지만, 그 복수심 때문에 무고한 희생을 감수하는 것은 절대 정당화될 수 없지. 이번 정마대전은 일어나지 않을 수 있었다.”

“흥! 똥 묻은 개 주제에…….”

“똥 묻은 개가 짖어도 그게 올바른 것이라면 들어야지. 중요한 건 내가 누구냐가 아니라, 내가 지금 희생을 원하지 않는다는 것 아닌가?”

위천우는 야월을 씹어 삼킬 듯 노려보다가 고개를 돌렸다. 그가 나직이 중얼거렸다.

“세상 사람들 모두가 널 용서한다고 해도 나는 네놈을 절대 용서하지 않는다.”

야월은 아무런 대답도 하지 않았다.

그러는 사이 배는 양 기슭으로 나무가 빽빽한 숲을 지나고 모퉁이를 돌았다. 그러자 눈앞에 탁 트이면서 거대한 암벽이 나타났다.

강물이 호수처럼 넓게 퍼진 곳이었는데, 정면의 암벽은 마치 성벽처럼 굳건하고 웅장했다. 그 위에는 정도맹을 상징하는 깃발이 바람결에 세차게 펄럭였고, 이따금씩 암벽 위에서 번을 서는 무인들이 모습을 드러내곤 했다.

그리고 나룻배가 향하는 정중앙에는 커다란 금속문이 굳게 닫혀 있었다. 그 거대한 문짝에는 정도맹을 상징하는 푸른 용이 여의주를 물고 승천하는 그림이 새겨져 있었다.

정문 역시 암벽과 마찬가지로 물에 잠겨 있었기에 배를 타고 지나갈 수 있는 구조였다.

"상상 이상이군."

야월이 나직이 찬탄했다.

눈앞에 펼쳐진 광경은 그야말로 경이로울 정도였다. 아마 황제의 황궁도 이보다 화려하지 않으리라.

이곳이 바로 정도맹이었다.

그 위용에 잠시 주춤거릴 만도 하건만 나룻배는 여지없이 수면을 미끄러져 갔다.

"나도 하나 물어보지."

야월의 말에 위천우가 돌아보았다.

"어째서 순순히 날 정도맹으로 안내하는 거지?"

위천우가 냉소를 지었다.

"후후. 스스로 무덤을 찾아가겠다는데 내가 말릴 이유가 없지."

"그렇군. 간단했군."

야월이 피식 웃었다.

나룻배는 이제 거대한 정문 앞에 거의 다다랐다.

마침 암벽 위에서 누군가 모습을 드러냈다.

"신분을 밝혀라!"

수문장의 사자후가 천지에 쩌렁쩌렁 울렸다. 그 바람에 물결이 더욱 요동쳤다.

야월이 꼿꼿하게 서서 말했다.

"유성지단의 멸마신검 위 지단주님이십니다! 본인은 아규입니다!"

야월의 목소리가 울리자 다시 수문장의 대꾸가 이어졌다.

"멸마신검께서는 현재 정마대전 총괄 지휘를 맡고 계실 터인데 어째서 이곳에 오신단 말인가?"

그러자 위천우가 직접 몸을 일으키고 노곤한 음성으로 말했다.

"문을 여시오. 나 맞소. 위천우요."

수문장이 눈살을 구기고는 한참이나 내려다보았다.

이윽고 그의 입이 열렸다.

"잠시 대기하시오!"

정도맹의 청룡각.

정도맹의 수뇌인사들이 모여 정기 회의를 하는 곳.

　정도맹주 시벽군(施碧君)을 중심으로 많은 고수가 탁자에 둘러앉아 열띤 토론을 진행 중이었다.

　"우선 이 소모전을 멈추는 것이 중요합니다. 일이 커지니 요즘 황궁에서도 우려의 시선을 보내고 있습니다."

　온건파의 누군가가 꺼낸 의견에 강경파 쪽에서 콧방귀를 끼며 맞받아쳤다.

　"흥! 우리가 황궁 눈치를 왜 살펴야 하오? 혈마교는 언젠간 뿌리 뽑아야 할 악적이오! 이번엔 확실히 놈들을 제거해야만 하오!"

　"만약 이대로 싸움을 계속하면 우리가 승리한다고 해도 큰 피해를 입을 것이오. 그럼 그때 사마외도의 무리가 다시 설칠 것은 뻔한 일이 아니겠소? 더구나 이번 호수마을 사건은 그 원인이 불분명한데……."

　"아직도 원인 타령이오? 이미 그것은 혈마교의 악행으로 조사되었건만!"

　"그 조사 결과가 완전히 신뢰하지 못할……."

　"이런 망할! 도대체 누굴 믿는 거요? 당신들은 본맹을 믿지 않고 어찌 혈마교에서 주장하는 것만 믿는 거요?"

　"내 소속과 내 생각은 어디까지나 별개 아니겠소? 내가 소속된 곳이 잘못되었다고 하더라도 비판할 수 없다면 그건 그야말로 사마외도와 뭐가 다르단 말이오!"

　청룡각 내의 공기는 후끈후끈했다.

　그때 시벽군이 입을 열었다.

　"모두 진정하시오."

매우 나직한 목소리였지만, 신기하게도 그의 목소리는 모든 이의 귀에 또렷하게 들렸다. 초고수만이 사용할 수 있는 전성(傳聲)을 이용했기 때문이다.

열기가 조금 가라앉자 시벽군이 눈을 뜨고 좌중을 훑어보았다. 새파란 눈빛이 범접하기 힘든 예기를 머금고 있었다.

"이번 대전은 이미 벌어진 일. 본맹은 혈마교에서 항복 선언을 하기 전에 멈추는 일이 없을 것이오."

단호한 음성.

온건파의 고수들은 쓴 표정을 지었고, 강경파의 고수들은 의기양양한 표정으로 고개를 끄덕였다.

그때 사내 한 명이 다가오더니 시벽군에게 귓속말을 전했다. 시벽군이 고개를 끄덕이고는 말했다.

"들여보내라."

잠시 후 청룡각의 문이 열리면서 가죽 옷으로 중무장한 무인 한 명이 들어왔다. 정도맹의 정문을 수호하는 수문장이었다.

"맹주님, 유성지단에서 위천우 지단주가 찾아왔습니다. 아규라는 자도 함께 왔습니다."

그의 보고에 사람들이 저마다 술렁였다.

"위천우가 찾아오다니. 그가 왜 여기에 온 거지?"

"그러게 말이오. 지금쯤 한참 싸우고 있어야 하는 것 아닌가? 그러고 보니 위 지단주에게서 연락이 온 것이 어제이거늘."

"도대체 뭐가 뭔지. 원……."

웅성임 끝에 시벽군이 말했다.

"위 지단주가 확실한가?"

"예, 확실한 것 같습니다. 한데 아규라는 자가 함께 왔습니다."

시벽군의 눈이 가늘어졌다.

아규라는 자에 대해서는 보고로 들은 바가 있었다. 하지만 아직까지 직접 본 적은 없었다. 언젠가 한 번 보고 싶은 인물이었지만 이렇게 갑자기 찾아올 줄이야.

뭔가 구린 냄새가 났다.

시벽군이 무표정한 얼굴로 물었다.

"자네 생각은 어떤가?"

수문장이 곧 맹주의 뜻을 읽고 대답했다.

"조금 미심쩍은 부분이 있긴 합니다. 경계를 완전히 풀 수는 없습니다."

그러자 가만히 지켜만 보던 고수들 중 누군가 나서서 소리쳤다.

"들여서는 안 될 것 같습니다. 아규라는 자는 특히 검증이 제대로 되지 않은 자입니다. 얼마 전까지만 해도 위 지단주가 그에 대해 뒷조사를 한 것으로 압니다. 한데 오늘 이렇게 함께 온 것이 여간 수상하지 않습니다."

"저 역시 동감합니다. 위 지단주가 갑자기 예고도 없이 나타난 것도 그렇거니와 아규라는 자가 의심스럽습니다."

사람들의 우려서린 목소리에 시벽군이 껄껄 웃었다.

"허허허, 이곳은 정도맹이오. 상대는 겨우 둘이오. 설사 그 둘이 뭔가 꾸몄다고 한들, 이곳에서 뭘 할 수 있겠소? 우선 들여서 그들의 이야기를 들어나 봅시다."

시벽군의 말에 고수들의 표정이 머쓱해졌다.

그의 말이 맞았다.

이곳은 정도맹의 복판이 아닌가?

대규모 군대가 들어오는 것도 아니고, 겨우 두 명의 고수가 영역 안으로 들어올 뿐이다. 무슨 꿍꿍이가 있다고 한들, 그 둘을 제압할 만한 고수는 널리고 널렸다.

한데 이상하게 기분이 나빴다.

단 두 명이 들어오는 것뿐인데, 마치 엄청난 힘을 끌어들이는 것 같은 기분.

아마 그것은 정체불명의 고수 아규 때문이리라.

찝찝한 기분이 들긴 하지만 시벽군의 말이 틀린 건 아니었다.

결국 모두들 맹주의 말에 수긍할 수밖에 없었다.

시벽군이 수문장을 향해 말했다.

"그들을 들여보내라."

"존명."

수문장이 깍듯하게 예를 차리고 돌아섰다.

*　　　*　　　*

"꽤 오래 걸리는군."

야월이 선미에 서서 하품을 했다.

위천우가 조소를 담은 채 말했다.

"네놈의 정체가 불분명하기 때문이겠지."

"그보단 널 별로 신뢰하지 못하는 건 아닐까?"

"후후. 그딴 얕은 수작으로 날 도발할 수는 없을 거다."

야월이 어깨를 으쓱였다.

"아님 말고."

그때 갑자기 수면이 출렁이기 시작했다.

그에 따라 배도 요동쳤다.

그그그그그궁!

육중한 소리와 함께 앞을 굳건하게 막고 있던 철문이 점점 위로 올라갔다. 거대한 철문이 완전히 열리자 암벽 안쪽까지 이어진 수로가 보였다.

야월은 다시 공력을 이용해 배를 밀고 문으로 들어갔다.

정문으로 들어서면서 펼쳐지는 광경은 또 새로웠다. 수많은 건물이 부채꼴 모양으로 형성되어 있었는데, 계단식으로 배치가 이루어져 있었다.

가장 높은 곳에 우뚝 솟은 건물이 아마도 정도맹주가 머무는 곳인 듯했다.

물가에는 준수한 외모의 남자가 공손한 자세로 서서 야월 일행을 기다리고 있었다. 야월이 물가에 배를 정박시키자 사내가 다가와 인사했다.

"어서 오십시오, 지단주님. 안녕하십니까? 아 대협. 저는 지객당주 양조(楊朝)입니다."

위천우가 그의 인사를 듣는 둥 마는 둥 하며 물었다.

"맹주님께서는 어디 계신가?"

"승룡장(昇龍場)에 계십니다."

지객당주 양조의 말에 위천우가 잠시 멈칫했다. 하지만 찰나에 지나지 않았기에 그 낌새를 눈치챈 사람은 없었다.

"그렇군. 안내는 필요 없다. 그리로 바로 가지."

위천우의 말에 양조가 공손히 인사를 하고는 물러갔다. 당주들 중에서도 지객당주는 서열이 낮은 편이었기에 몹시 깍듯한 태도였다.

사실 승룡장은 일종의 연무장이었다.

계단처럼 이루어진 정도맹에서 중간 정도 위치에 있는 곳인데, 연무장 중에서도 가장 좋은 곳이었다.

하지만 실제로 훈련을 하기보단 행사가 있을 때 대련을 하거나 무술 시범을 보이는 곳으로 애용되어 왔다.

그런 만큼 맹주가 그곳을 찾는 일은 드물었다.

한데 지금 정도맹주가 그곳에 있다는 것은 분명 이상한 낌새를 채고 있다는 뜻.

아마도 정체가 불분명한 아규라는 존재에 대해 어느 정도 대비를 해두었다는 뜻이리라.

위천우는 이러한 속생각을 말하지 않은 채 묵묵히 걸음을 옮겼다.

두 사람은 중앙으로 이어진 계단 길을 따라 걸음을 옮겼다.

길게 이어진 길 좌우로는 층층마다 커다란 건물들이 들어서 있었는데, 그 구조가 몹시 체계적이고 깔끔한 인상이었다.

두 사람은 길을 가는 동안 누구도 마주치지 않았다.

야월이 어깨를 으쓱이고는 말했다.

"그리 환영받지는 못하는 모양이군."

위천우는 아무 말도 하지 않았다.

'후후. 언제까지 여유만만한지 지켜보지.'

그렇게 얼마나 걸었을까?

승룡장 입구에 다다르기 직전 누군가 옆에서 걸어나왔다. 훤칠한 키에 가늘게 찢어진 눈매가 인상적인 사내였는데, 그가 위천우를 알아보고는 말을 건넸다.

"이거 위 지단주가 아닌가?"

"오랜만이군."

위천우가 어딘지 피곤한 음성으로 대꾸했다.

보아하니 위천우 역시 상대를 마냥 반기지는 않는 듯했다. 사내가 위천우 앞으로 저벅저벅 걸어오더니 야월에게 시선을 던졌다.

"창룡단주(蒼龍團主) 조위위(趙衛威)요. 그대가 야규 대협?"

야월이 고개를 끄덕였다.

조위위가 묘한 웃음을 지었다. 어찌 보면 정말 포근한 미소 같았지만, 또 어찌 보면 멸시 어린 조소처럼 보였다.

"아 대협의 명성에 대해서는 익히 들었소이다. 위 지단주가 신세를 많이 지고 있다고……."

"별로."

야월이 짤막하게 대꾸했다.

조위위가 피식 웃었다.

"그리 사교성이 좋은 성격은 아니시군요."

"그런 편이오."

"하하하! 재미있는 분이오."

그때 위천우가 기분 나쁜 표정으로 말했다.

“가던 길 계속 가지? 우린 바빠서 이만.”

“아, 이거 실례.”

조위위가 예의 그 묘한 미소를 지으며 옆으로 비켜섰다.

“그럼 가시던 길 가시길.”

그가 과하게 손짓하며 허리까지 굽혔다.

위천우와 야월은 다시 걸음을 옮겼다.

조위위가 열 걸음 정도 떨어진 곳에서 천천히 따라왔다.

깔끔하게 정제된 화강암 바닥.

그곳에는 큼직한 글자 하나가 새겨져 있었다.

정(正).

정도맹의 모든 행사는 이곳 승룡장을 중심으로 이루어진다. 승룡장 정면의 단상에 신장처럼 우뚝 서서 뒷짐을 진 자. 하얗게 샌 백발을 단정하게 틀어 묶고 허리에는 푸른 기운이 은은히 감도는 장검을 패용하고 있었다.

정도맹주 시벽군.

그는 나이에 어울리지 않게 형형한 안광을 뿜어내며 승룡장 입구를 주시하고 있었다.

마침내 입구에 두 사람의 얼굴이 보이기 시작했다. 이내 두 사람은 계단을 올라 완전히 승룡장 안으로 들어섰다.

바로 야월과 위천우였다.

야월은 승룡장을 한 번 휘이 둘러보았다.

어딘지 위엄이 서린 공간.

좌우, 정면이 웅장한 건물로 막혀 있었고, 들어온 방향으로는 높은 벽이 둘러져 있었다. 마침 승룡장 입구에는 조금 전 보았던 조위위가 팔짱을 낀 채 서 있었다. 마치 통행로를 차단한 것처럼.

먼저 위천우가 무릎을 꿇으며 포권지례를 갖췄다.

"유성지단 위천우가 맹주님께 인사 올립니다!"

시벽군이 껄껄 웃었다.

"오랜만이로구나. 그간 잘 지냈느냐?"

시벽군의 물음에 위천우가 쓴 표정을 지을 뿐 대답을 하지 못했다.

시벽군 역시 대답을 바란 것은 아닌 듯 고개를 돌려 야월을 보았다.

"그대가 아규 대협이오?"

"하하하. 대협이란 칭호는 당치도 않습니다. 만나 뵙게 되어서 영광입니다."

야월 역시 포권하며 말했다.

시벽군이 눈꼬리를 휘었다.

"나 역시 한 번은 보고 싶었소."

"그러셨습니까? 한데 그리 환영해 주진 않으시군요."

"하하. 마중 나온 사람이 없으니 좀 적적하더라도 이해해 주시오. 내가 워낙 조용한 것을 좋아해서."

"하하하하! 시 맹주님께서 이처럼 농을 좋아하실 줄은 몰랐습니다."

"무슨……?"

"마중 나온 사람이 없다니요. 오히려 그 반대 아닌가요?"

시벽군이 눈을 가늘게 뜨고 야월을 보았다.

야월이 황량한 주변을 둘러보며 말을 이었다.

"모두들 웅크리고 숨어서 깜짝 연회라도 베풀 모양이군요. 하지만 전 그런 환영은 좋아하지 않으니 모두 나오셔도 됩니다. 과연 맹주님께서 조용한 것을 좋아하시나 봅니다. 이처럼 많은 인원이 숨소리조차 내지 않으니까요."

"……!"

시벽군이 내심 놀랐다.

과연 그의 기감이 얼마나 예민한지 알 수 있었다.

그가 호탕하게 웃었다.

"허허허허! 과연 걸출한 인재로세! 손님께서 눈치를 챘으니 모두 모습을 보여라."

그가 웅혼한 내력을 담아 말하자, 묵직한 음성이 승룡장을 가득 메웠다. 이어서,

처처처처처처처처처척!

사방을 포위한 무인들이 활시위를 팽팽하게 잡아당긴 채 모습을 드러냈다. 전방과 좌우측 건물의 지붕 위, 창문, 모퉁이 등에서 나타난 사람들. 후방에서는 담벼락 위에서 모습을 드러냈다.

금방이라도 날아갈 것 같은 화살촉은 정확히 야월을 겨누고 있었다.

야월이 빙그레 웃었다.

“그렇다고 이렇게 극진하게 맞이할 줄이야.”

“허허, 이 정도로도 부족할 듯싶소만.”

“하하하! 과찬이십니다.”

야월이 호탕하게 웃으며 손을 내저었다.

시벽군의 시선이 위천우에게 향했다.

“너는 어찌 그 모양이냐?”

위천우의 표정이 뭐 씹은 사람처럼 일그러졌다.

“죄송합니다.”

“어찌 그 모양이냐고 물었다.”

그때 야월이 나서며 대신 대답했다.

“단근환동술에 당했습니다. 해서 지금은 어린아이 수준 정도
의 힘만 쓸 수 있지요.”

시벽군의 시선이 다시 야월에게 향했다.

“귀하께서는?”

“야월, 아니, 혈마존이라고 하면 아시겠지요.”

후우우우웅!

세찬 돌풍이 사방에서 몰아쳐왔다.

갑자기 불어 닥친 자연 바람이 아니다. 사방을 에워싼 정도맹
무인들이 내뿜는 진득한 살기.

정도맹 무인들이 두 눈에 힘을 주고 야월을 노려보았다. 승룡
장 입구를 막아 선 조위위 역시 충격 받은 표정을 숨기지 못했
다.

다만 시벽군만이 예상한 듯 담담한 표정이었다.

그때 단상 뒤의 건물에서 문이 벌컥 열리더니 사람들이 우르

르 몰려 나왔다.

모두 나이가 지긋한 고수들이었는데, 바로 조금 전까지 청룡각에서 함께 회의를 하던 수뇌 인사들이었다.

그들 중 한 명이 단상 옆으로 걸어 나와 소리쳤다.

"뭐라고? 네놈이 혈마존이라고?"

"그렇소."

"그 말이 정녕 사실이라면 네놈은 오늘 죽을 자리를 고른 것이고, 거짓이라면 미쳐도 아주 고약하게 미친 게로구나!"

"하하하! 어느 것 하나 좋은 게 없구려."

"닥쳐라! 여기가 어디라고 큰소리치느냐?"

"큰소리는 아까부터 그쪽에서 치고 있지 않소?"

"뭣이?"

얼굴이 붉어진 노인이 장삼자락을 크게 부풀렸다. 그때 시벽군의 음성이 그를 제지했다.

"저자는 혈마존이 맞소."

그의 말에 정도맹 무인들 사이에서 술렁이는 소리가 흘러나왔다.

시벽군이 인정했다면 사실일 가능성이 매우 높았다.

시벽군이 감탄한 눈빛으로 야월을 보았다.

"수라쇄혼진에 갇혔다고 들었는데 살아 있었구려."

"운이 좋았습니다."

"허허, 겸손하기까지. 과연 혈마존인지 의심스러울 정도로 다른 모습이구려. 외모뿐만 아니라 성격까지."

"다르다고 봐도 무관할 겁니다."

"후후후. 글쎄. 그건 서둘러 판단할 일은 아니고."

시벽군이 잠시 뜸을 들이다 물었다.

"그래, 여기까지 무슨 일로 오셨소?"

"정도맹의 협조를 구하러 왔습니다."

"협조? 뜻밖이로군. 과연 우리가 그대에게 협조를 할 거라 생각하시오?"

야월이 의미심장한 미소를 지었다.

"하셔야 할 겁니다."

第八章
내가

시벽군이 눈살을 찌푸렸다.

"자신만만하시군."

"그만한 준비는 했으니까요."

"들어나 보지."

시벽군의 쌀쌀한 말투에 야월이 대답을 이어갔다.

"보시다시피 위 지단주는 지금 단근환동술에 당해 제 옆에 있습니다. 여러분이 만약 그릇된 생각을 품는다면 위 지단주의 목숨 또한 보장할 수가 없지요. 참고로 위 지단주의 단근환동술은 저 이외에 혈마교의 극소수 인원만 풀 수 있습니다."

"후후. 그리고?"

"위 지단주가 이끌던 직속 타격대가 현재 내 수하들에 의해 사로잡혀 있습니다. 그들에게 목숨을 보장했지만, 맹주께서 그들의 목숨이 필요 없다 하시면 굳이 살릴 필요가 없겠지요.”

야월의 말이 이어질 때마다 위천우의 표정은 처참하게 일그러졌고, 사람들이 뿜어내는 살기는 그 농도가 더욱 짙어졌다.

“허허허허!”

시벽군이 한동안 너털웃음을 터뜨렸다. 잠시 후 그가 냉랭한 표정으로 야월을 쏘아보았다.

“과연. 혈마교답게 지저분하군.”

“원래 이런 일이 깔끔하긴 힘든 법이지요.”

“후후. 본맹은 악의와 절대 타협하지 않는 것이 원칙이오. 그들에게 정의로운 죽음을.”

시벽군의 입가에 담담한 미소까지 걸렸다.

야월이 웃음을 거두었다.

“과연 지저분하군요.”

“닥쳐라!”

수뇌 인사 중 누군가 소리쳤다.

하지만 야월은 담담하게 말을 이어갔다.

“그것 참 편한 논리올시다. 정의로운 죽음이라. 본인이 원하지 않는 죽음도 정의롭게 풀이하시다니. 본교도 앞으로 그런 명분은 하나쯤 세우는 것이 좋겠군요. 사람의 목숨보다도 값비싼 명분 말이외다.”

“그대가 어찌 생각하든 알 바 없소. 타협의 여지가 없으니 이 이야기는 그만 끝내도록 하지.”

야월이 어쩔 수 없다는 듯 어깨를 으쓱였다.

그때였다.

쒸이이이이이잉!

등 뒤에서 후끈한 기운이 밀려왔다. 야월이 얼른 뒤로 물러나니, 조위위가 검을 내찌르며 들어오는 것이 아닌가?

위천우 옆에 선 조위위가 검을 들어 올렸다.

"위천우! 본맹의 수치를 안겼으니, 그대에게 죽음을 내린다!"

조위위가 곧장 위천우의 목을 향해 검을 내려쳤다. 하지만 그 순간,

따앙!

지풍이 날아와 떨어지는 조위위의 검을 튕겨 냈다.

"크웃!"

한낱 지풍임에도 조위위는 팔이 저릿하게 울렸다. 튕겨 나간 검이 한참을 날아가 멀찍한 바닥에 수직으로 꽂혔다.

야월이 당황하는 조위위에게 저벅저벅 걸어갔다. 이제 손만 뻗으면 닿을 거리. 조위위가 마른 침을 삼키고 야월을 노려보았다.

"내 물건에 함부로 손대지 마라."

"노옴!"

조위위가 내력을 끌어올려 일장을 내질렀다. 하지만 찰나지간 야월이 그의 손목을 쳐 내고 그대로 주먹을 찔렀다.

콰앙!

"끄헉!"

조위위가 울컥 피를 토하며 포탄처럼 날아가 담장에 부딪쳤다. 갑작스런 사태에 사방에서 포위한 무인들이 활시위를 더욱 팽팽하게 잡아당겼다.

그때 박수 소리가 울렸다.

짝. 짝. 짝.

시벽군이었다.

"과연 명불허전이올시다. 조 단주는 물러나라."

그의 말에 조위위가 몸을 추스르고 물러났다.

마침 위천우가 악에 받쳐 소리쳤다.

"이 혈마 새끼야! 나를 죽도록 내버려두어라! 아니면 차라리 날 죽여라! 그러지 않을 거면 적어도 명예롭게 죽도록 내버려……!"

펙!

야월이 내려치자, 위천우가 힘없이 고꾸라졌다. 야월이 손을 털고는 중얼거렸다.

"말했다시피 네 목숨은 당분간 내가 가진다. 이래라 저래라 말이 많으면 피곤하지. 도대체 명예롭게 죽는 건 또 뭐야?"

야월이 몸을 돌려 시벽군을 바라보았다.

"그쪽의 명분은 잘 알겠소. 하지만 좀 더 들어보아야 할 것들이 남았소이다. 아마 이걸 알면 심사숙고하는 데 도움이 될 거요."

그의 말투가 달라졌지만 아무도 신경 쓰는 자는 없었다. 오히려 그것이 혈마존답다고 생각했다.

시벽군이 손을 한차례 저었다.

"그전에. 그걸 알기 전에 하나 제안을 하지."

"무엇이오?"

"흉흉한 분위기도 풀 겸 내기를 한 번 하는 건 어떻겠소?"

"내기?"

뜻밖의 제안에 야월이 이맛살을 구겼다.

시벽군이 껄껄 웃었다. 그의 몸이 조금씩 황금빛 광채를 내뿜는다싶더니 서서히 허공으로 떠올랐다. 시벽군은 꼿꼿하게 선 자세 그대로 야월 곁으로 날아갔다.

과연 심후한 내력이 존재하지 않는다면 절대 이룰 수 없는 경지였다.

야월은 가만히 그의 행동을 지켜보기만 했다.

시벽군이 손을 뻗자 담장 아래에 돋아난 기다란 풀잎 하나가 뽑혀 그의 손으로 날아들었다. 시벽군은 그 풀잎을 들고 사방을 둘러보다 전방의 건물을 향해 던졌다.

쒜에에엑!

풀잎이 마치 암기처럼 날아갔다.

놀랍게도 풀잎은 전방 건물 벽에 그대로 꽂혔다. 한동안 빳빳한 기세를 유지하던 풀잎이 곧 축 늘어지며 바람결에 하늘하늘 흔들렸다.

시벽군이 수염을 쓸고는 야월을 돌아보았다.

"내 듣기로 혈마교주의 무공은 가히 천하제일이라 들었소이다. 만약 여기서 암기를 날려 저 풀잎을 양단할 수 있다면 그대의 말을 들어보리다. 하나, 해내지 못한다면 오늘은 이만 돌아가시는 게 어떻소?"

"그냥 돌아가게는 해주신단 말이오?"

"허허허, 우리 정도맹은 교섭을 하러 온 자까지 해치진 않소이다. 혈혈단신으로 정도맹에 찾아와 평화적으로 교섭을 시도

했는데, 우리가 먼저 손을 쓴다면 세상 사람들이 뭐라고 욕하겠소? 물론 그쪽에서 먼저 패악을 저지르면 모를까……."

"과연 명분에 죽고 사는 정도인들 답군. 은근히 내가 먼저 누구 하나 죽이기라도 바라는 것 같소이다."

야월이 혼잣말처럼 중얼거리고는 피식 웃었다. 그의 말투가 귀에 거슬린 듯 시벽군이 슬며시 눈살을 찌푸렸지만 더 이상의 반응은 없었다.

야월이 품에서 암기 하나를 꺼냈다.

"좋소. 내가 저 풀잎을 가르면 이제 두말하지 않는 거요."

"물론이외다. 일방적인 내기를 받아들였으니, 연습할 기회를 한 번 드리겠소. 물론 교주께서는 워낙 뛰어나니 한 번의 연습으로도 충분할 거라고 생각하오."

야월은 아무런 대답도 하지 않고 자리를 잡고 섰다.

하늘하늘 움직이는 풀잎.

찰나, 야월이 암기를 날렸다.

쒜에에에엑!

거침없이 허공을 가르며 날아가는 암기. 단상을 지나 곧바로 벽에 박힌 풀잎을 향해 날아갔다. 그런데,

쒜에엑!

갑자기 암기가 방향을 뒤틀더니 창가에서 시위를 겨눈 정도 맹 무인에게 향하는 것이 아닌가?

'기로 흐름을 바꿨구나!'

뒤늦게 사정을 눈치챈 야월이 얼른 내기를 쏘아 다시 암기의 방향을 뒤틀었다. 날카롭게 뻗어가던 암기가 창가에 선 무인의

뺨을 스치듯 지나가며 창틀에 박혔다.

깜짝 놀란 무인이 눈을 부릅뜨고 몸을 가늘게 떨었다.

야월이 화난 표정으로 시벽군을 돌아보는데,

"이것 참 아깝게 됐소. 그나저나 위험했소이다. 하마터면 우리 애들이 다칠 뻔하지 않았소? 아무리 사고라지만 내기를 하던 중 우리 애들이 다치면… 그땐 우리도 어쩔 수가 없소. 본맹에 해를 끼친 교주를 살려 보낼 수는 없을 테니. 이해해주시오."

야월이 어금니를 꾹 씹고 시벽군을 노려보았다.

'그렇군. 내기를 빙자해서 내가 정도맹 무인을 해치길 바란 거군. 그래서 기회를 두 번이나 준 것이고. 어떻게든 나를 칠 명분을 만들 속셈이었어.'

생각할수록 괘씸하지 않은가?

만약 방금 날린 암기가 그대로 무인의 목에 박히기라도 했다면?

자신이 아무리 아니라고 소리친들 누가 그 말을 믿을까?

아마 그때는 정도맹 무인들이 모두 자신을 죽이려고 달려들 것이다.

이곳은 정도맹 한복판이다.

아무리 야월의 무공이 뛰어나다 하더라도 이 많은 사람을 한꺼번에 상대할 수는 없었다.

야월은 다시 자세를 잡았다.

"던지겠소."

그가 품에서 암기를 꺼내 곧장 쏘았다.

쒜에에에엑!

이번에도 암기는 허공을 가르며 곧게 날아갔다. 그리고 단상 위를 지나칠 때쯤,

쒜에엑!

암기의 방향이 틀어졌다.

'역시!'

야월이 미간을 팍 구기고는 내기를 쏘았다.

쒜에엑!

방향을 뒤틀어 날아가던 암기가 다시 한 번 방향을 꺾었다. 야월의 내기에 영향을 받은 것이다.

마치 암기가 보이지 않는 힘에 휘둘리듯 이리저리 휘청거리기 시작했다.

야월과 시벽군. 두 사람 중 누구도 입을 열지 않았다. 그들은 지금 겉으로 보이지 않지만 혼신의 힘을 다해 싸우는 중이었다.

고오오오오.

두 사람의 장삼자락이 크게 부풀어 올랐고, 두 사람 주위로 돌개바람이 불기 시작했다. 자잘한 돌가루와 먼지가루가 허공으로 솟아올랐다.

한편 날아가던 암기는 이제 허공에서 우뚝 멈춘 채 꿈쩍도 하지 않았다.

이쯤 되면 노골적인 내공 싸움이나 마찬가지.

허공에 멈춘 암기가 부들부들 떨기 시작했다.

지켜보던 사람들이 저마다 침을 꿀꺽 삼켰다.

그야말로 세기의 격전이라 볼 수 있는 상황.

마침내,

쒜에에에엑!

암기가 쏜살같이 날아갔다. 이윽고,

콰아아아아앙!

어마어마한 충격음과 함께 암기가 그대로 벽에 박혔다. 아니, 그 힘이 어찌나 셌는지 벽을 무너뜨리고 들어가 커다란 구멍이 생겼다.

무너진 벽더미 위로 풀잎 하나가 너풀너풀 떨어졌다. 모두의 시선이 벽더미 위에 곱게 누운 풀잎을 바라보았다. 다음 순간 풀잎에 세로로 균열이 생기더니 쩍 갈라졌다. 정확히 이등분된 것이다.

"후우우."

야월과 시벽군이 동시에 길게 숨을 내쉬었다.

시벽군은 내심 놀랄 수밖에 없었다. 그가 껄껄 웃었다.

"과연 대단한 실력이오."

"후후. 과찬이십니다. 맹주께서도 만만치 않으시군요."

"흐음."

시벽군이 눈을 가늘게 뜨더니 곧 허공으로 붕 떠올랐다. 그는 야월 곁으로 올 때와 마찬가지로 단상 쪽으로 날아갔다.

"내기에서 졌으니 우선 교주의 이야기를 들어보겠소. 하나 우리가 교주의 요구를 받아들일지 말지는 그 다음 문제요."

야월이 품에서 뭔가를 꺼냈다.

바로 아수환단이었다.

그가 아수환단을 허공에 띄워 시벽군에게 보냈다. 던진 것이 아니라 능공섭물의 술법으로 시벽군에게 전한 것이다.

시벽군이 아수환단을 받아보고는 눈살을 찌푸렸다.

"이게 뭐요?"

"아수환단이라는 것입니다. 천하오사가 만든 것이지요. 그들이 지금 음모를 꾸미고 있습니다."

"흐음."

시벽군이 아수환단을 가만히 바라보면서 침음을 흘렸다. 분명 좋은 예감이 들진 않았다. 환단에서 풍겨 나오는 향은 오묘했다. 머릿속이 맑아지는 청량한 기운도 있는 반면, 고약한 냄새도 동시에 풍기고 있었다.

그가 멀찍이 선 조위위를 보며 명했다.

"가서 열하(熱河) 죄인을 끌고 오라."

"존명."

조위위가 즉시 대답을 하고는 어디론가 사라졌다.

야월은 가만히 그들의 행동을 지켜보기만 했다.

잠시 후 조위위가 누군가를 끌고 왔다. 그는 쇠사슬에 전신이 친친 감겨 있었는데, 양쪽 발목에는 커다란 쇳덩이를 매달고 있었다.

치렁치렁 늘어진 머리카락, 걸레처럼 너덜너덜한 옷, 지저분한 피부에 퀴퀴한 냄새까지. 하지만 시커먼 얼굴 사이에 드러난 날카로운 눈빛은 마치 한 마리의 굶주린 맹수와 같았다.

조위위가 그를 승룡장 한가운데에 아무렇게나 부렸다.

철커덩, 철컹!

그가 움직일 때마다 쇠마찰음이 시끄럽게 울렸다.

"열하 죄인, 잔혼도마(殘魂刀魔)입니다."

야월은 눈을 가늘게 뜨고 잔혼도마라 불린 자를 가만히 살펴 보았다.

그에 대해서는 일전에 초비향에게 들은 적이 있었다.

도를 이용해 어린아이의 머리를 깨고 뇌를 파먹었다는 잔악 무도한 광인. 그가 정도맹의 지하감옥에 갇혀 있다는 사실은 세상 사람들이 다 아는 것이었다.

정도맹의 지하감옥은 죄인들의 경중에 따라 총 네 단계로 나뉜다.

당외옥(當畏獄), 시분옥(屍糞獄), 봉인옥(鋒刃獄), 그리고 열하옥(熱河獄)이다.

가장 중한 죄를 지은 자는 열하옥에 갇히는데, 이들은 모두 언젠간 참수를 당할 운명에 처한 자들이었다.

즉, 눈앞의 잔혼도마 역시 언젠간 참수당할 자 중 한 명인 것.

온갖 고문을 받은 탓인지 잔혼도마는 거의 이성이 남아 있지 않은 듯했다. 어쩌면 고문이 아니라, 뇌옥에 갇혀 지내면서 아이들의 정기를 흡수하지 못해 주화입마에 걸린 것인지도 몰랐다.

단상 위의 시벽군은 싸늘한 눈빛으로 잔혼도마를 바라보다 입을 열었다.

"잔혼도마, 네 죄를 알겠는가?"

"크르르르!"

잔혼도마는 짐승처럼 으르렁거리기만 할 뿐이었다. 시벽군이 혀를 차고는 손에 든 아수환단을 던졌다. 잔혼도마가 눈을 반짝 빛내더니 그것을 단번에 덥석 받아먹었다.

잠시 후,

"콰르르르륵! 쿠르르르룽!"

그그그그극!

잔혼도마의 몸이 뒤틀리면서 변하기 시작했다. 이 광경을 지켜보던 정도맹 무인들의 표정이 경악으로 물들었다.

잔혼도마의 근육이 부풀어 오르는가 싶더니 치렁치렁 늘어진 머리카락이 한 올 한 올 솟아오르는 것이 아닌가?

냉정하게 사태를 지켜보던 시벽군의 눈동자에도 놀라운 기색이 스쳤다.

"흐음."

"쿠와아아아악!"

이윽고 잔혼도마가 두 손을 활짝 펼쳤다.

채캉! 차캉!

그를 단단히 구속하던 쇠사슬이 종잇장처럼 끊어졌다. 순간 그의 몸에서 강맹한 기운이 사방을 휩쓸고 불어 나갔다.

"크읏!"

몇몇 무인들이 사악한 기운을 느끼고는 이를 악물었다.

"노옴! 그만 죽어라!"

시벽군이 호통을 치며 몸을 날렸다. 그가 허공에서 떨어져 내리며 수도를 내려쳤다.

따앙!

어마어마한 소리가 터졌다.

다음 순간 시벽군의 눈동자가 믿을 수 없다는 듯 커졌다. 보통 때라면 일격에 잔혼도마는 머리가 깨져 사망했을 터였다. 한데 잔혼도마는 끄떡도 없었다. 그렇다고 손을 들어 시벽군의 수도를 막은 것도 아니었다. 수도는 정확히 잔혼도마의 머리를 내려친 상황.

"크크크큭!"

고개를 숙인 잔혼도마의 입꼬리가 올라갔다.

"크하하하하하!"

잔혼도마가 광소를 터뜨리며 순간 쌍장을 내질렀다.

퍼엉!

"흡!"

시벽군이 급히 호신강기를 끌어올리고는 방어했다. 하지만 그의 몸이 뒤로 십여 장이나 날아가 버렸다. 시벽군이 가까스로 멈춰 섰을 때는 이미 잔혼도마가 훌쩍 날아올라 동쪽 건물로 쇄도하고 있는 중이었다.

"쏴, 쏴라!"

동쪽 건물에 포진해 있던 무인 중 누군가 소리쳤다.

쒜엑! 쒜엑! 쒜에엑!

동쪽 건물에 포진한 궁수들이 일제히 활시위를 놓았다. 검은 화살이 비처럼 날아갔다.

타타타타타탕!

하지만 화살은 잔혼도마의 몸에 박히지 않았다. 마치 단단한 한철에 부딪쳐서 튕기듯, 화살들이 일제히 튕겨 나가는 것이 아닌가?

무인들은 믿을 수 없는 표정으로 입을 쩍 벌렸다. 단순한 화살들이 아니었다.

모두 내력을 담은 화살들이다. 한데 나무젓가락마냥 튕겨 나
가다니!

"어, 어흐아악!"

잔혼도마가 떨어지는 지점의 무인이 비명을 내질렀다. 그 순
간,

꽈앙!

어느새 날아온 야월이 잔혼도마의 복부를 거칠게 걷어찼다.

"쿠웁!"

잔혼도마가 비명을 토해내며 그대로 날아가 승룡장 바닥에
나뒹굴었다. 잔혼도마는 시벽군 발아래까지 미끄러져 갔다.

어금니를 꽉 다문 시벽군의 얼굴에 노기가 가득했다. 그가 손
을 뻗어 잔혼도마의 머리를 들어 올렸다.

"크웨에에엑!"

머리가 터져버릴 것만 같은 고통에 잔혼도마가 몸부림치며
비명을 터뜨렸다. 하지만 시벽군은 그의 머리를 잡아든 채 그대
로 허공으로 떠올랐다.

스르릉.

그가 허리춤에 패용한 장검을 뽑아 들었다.

바로 삼대기병 중 하나인 유령신검이었다.

지이이잉!

유령신검이 분노에 떨었다. 다음 순간 유령신검이 황금빛으
로 빛나기 시작했다.

"노옵!"

시벽군이 대갈일성을 터뜨리는 것과 동시에 유령신검을 휘둘

렀다.

서컥!

섬뜩한 파육음에 이어 머리를 잃은 잔혼도마의 몸뚱이가 지상으로 추락했다.

콰아아앙!

츄아악!

잘려 나간 목의 단면에서 피가 콸콸 쏟아져 나왔다.

시벽군이 눈살을 찌푸리며 머리를 던져 버리고는 다시 단상으로 날아왔다.

그의 시선이 야월에게 향했다.

"신세를 졌군."

"그러게 조심하시지 그랬소. 미꾸라지 한 마리가 물을 흐릴 뻔하지 않았소."

"흐음. 천하오사가 저걸 얼마나 만들었소?"

"아직 확실하게 아는 것은 없소이다. 다만 저걸 복용한 자를 여러 번 만나보긴 했소. 문제는 저게 약의 형태로만 있는 게 아닌 모양이오."

"하면?"

"저 약을 복용한 고가 있을지도 모른다는 것이 우리 생각이오."

"고? 그럼 저 약을 복용한 자를 자유로이 조종할 수 있단 말이오?"

"알아보는 중이외다."

시벽군의 표정이 심각하게 굳었다.

그는 목을 잃은 채 널브러진 잔혼도마를 바라보았다. 주화입마에 빠진 자가 복용했음에도 저 정도의 괴력이 나왔다. 만약 멀쩡한 자가 아수환단을 복용한다면 어떤 일이 벌어질까? 게다가 그런 자를 마음대로 조종할 수 있게 된다면?

예삿일이 아니었다.

야월의 말이 이어졌다.

"어떻소? 지금 정마대전이나 벌이고 있을 때가 아니라는 것을 아시겠소?"

"해서 교주께서 바라는 건 무엇이오?"

"약속하리다. 내가 다시 혈마교주가 된다면 정도맹과 더 이상의 마찰은 일으키지 않을 것이오. 교주의 자리를 탈환하도록 도와주시오."

"우리보고 혈마교 내정까지 간섭해달란 말이오?"

시벽군이 짐짓 기분 나쁜 표정을 지었다.

야월이 고개를 끄덕였다.

"만약 도와준다면 천하오사를 함께 치기로 약속하겠소."

"흐음."

"선택의 여지가 없지 않소? 이대로 정마대전이 지속된다면 어부지리로 천하오사만 좋은 꼴을 보는 것이외다. 부탁드리겠소."

야월이 포권을 하며 예를 표했다.

시벽군은 가만히 생각에 잠겼다.

그때 야월의 말이 다시 이어졌다.

"참고로 천하오사는 현재 삼대기병 중 하나인 지옥수라도마저 가지고 있소이다.”

“지옥수라도까지!”

시벽군의 표정이 눈에 띄게 어두워졌다.

얼마나 침묵의 시간이 흘렀을까?

그가 한참 만에 입을 열었다.

“논의해 보도록 하겠소이다. 지객당주는 손님을 쉬시게 하라.”

“존명!”

어디선가 목소리가 울리더니 지객당주 양조가 야월에게 다가왔다.

“가시지요.”

그의 태도는 더 없이 공손했다.

시벽군은 몸을 돌리고 단상을 내려갔다.

第九章
뒤집을 시간

정도맹의 막사 안.

탁자에 마주 앉아 식사를 하는 유소옥과 유미령.

"먹지 않니?"

유미령의 물음에 유소옥이 한숨을 내쉬었다.

"입맛이 없어요."

"그래도 먹어. 먹어야 힘을 쓰지."

하지만 수저를 들지 않는 유소옥. 그녀는 한참이나 생각에 잠겼다가 입을 열었다.

"도대체 무슨 꿍꿍이일까요?"

"뭐가?"

"그 혈마 새끼 말이에요."

유소옥의 거친 말에 유미령이 잠깐 놀란 표정을 짓다가 부드럽게 웃었다.

"그 사람이 어떤 사람이든… 난 네가 거친 말을 하지 않았으면 좋겠구나. 거친 말을 습관처럼 하다 보면 심성도 거칠어지고 성격도 삐뚤어지기 쉬운 법이야."

"지금 그게 문제가 아니잖아요. 우리 지금 갇혔다구요."

"나도 알아."

"탈출이라도 해야 하지 않아요?"

"그다음엔?"

"소진풍이라는 그 작자의 정체를 까발려야죠! 그놈이 지금 멸마신검 행세를 하면서 정도맹 진영을 좌지우지하잖아요."

"나쁠 것 없잖아. 부상자도 줄어들고 있고."

"제대로 싸우지 않고 적당히 싸우면서 계속 후퇴만 하니까 그런 거죠!"

유미령이 수저를 내려놓고 유소옥을 물끄러미 바라보았다. 그 눈빛이 그윽해서 유소옥도 더 이상은 따지지 못하고 멀뚱멀뚱 마주보기만 했다.

"왜 그러세요? 언니."

"옥아."

"네."

"나는 그가 하려는 일이 나쁜 것 같지가 않아."

"그라면……."

"아 대협, 아니, 이제는 야월이라는 이름으로 불러야 하나? 혈마교주? 아무튼 그가 누구든 나는 그가 하려는 일이 나쁜 것 같지 않아. 그자는 지금 무고한 희생을 막겠다고 말하지 않았니?"

“그야 그렇지만… 그건 뻔한 속임수……."

“만약 정말 속임수라면 그땐 엄단을 내려야겠지. 하지만 그런 사람 같진 않아.”

유소옥은 할 말을 잃었다.

“도대체 어떻게 이렇게 태연할 수가 있어요?”

“여자의 직감.”

유미령이 활짝 웃었다.

잠시 멍한 표정으로 그녀를 바라보던 유소옥이 다시 한숨을 내쉬었다.

“사실 나도 잘 모르겠어요. 뭐가 뭔지… 뭐가 어떻게 돌아가는 건지……."

“복잡할 땐 잠시 멈춰서 지켜보는 것도 나쁘지 않아. 언니를 믿으렴.”

“그럴까요?”

유소옥이 여린 미소를 지었다.

그때 막사 안으로 소진풍이 들어왔다. 물론 그의 외모는 은혼귀령술을 펼치고 있었기에 멸마신검 위천우와 똑같았다.

유소옥이 싸늘한 표정으로 물었다.

“무슨 일이죠?”

“두 분께 그동안 결례가 많았습니다. 이제는 두 분 모두 자유롭게 풀어드리겠습니다. 아, 단근환동술 역시 풀어드리겠습니다.”

유미령이 자리에서 일어나며 물었다.

“무슨 일이 있나요?”

“예, 이젠 상황이 변했습니다. 이건 두 분께 전해 드릴 서신입
니다. 정도맹에서 온 것입니다.”

소진풍이 품에서 서신을 꺼내 내밀었다.

그것은 정도맹주의 인장이 찍힌 서신이었다.

＊　　　＊　　　＊

혈마교 총타.

높고 낮은 건물로 빽빽한 곳.

하지만 밀림처럼 우거진 건물에 비해 거리를 돌아다니는 사
람들은 극히 드물었다.

여느 때와 달리 썰렁한 분위기.

무인들 대부분이 전장에 참여한 상황이라 남은 인원이 별로
없기 때문이다.

한데 그중에서도 지하에 자리 잡은 후토원.

그곳만큼은 분주했다.

오원주 중에서 유일하게 총타에 남은 후토원주 귀마.

그는 지금 몹시 상기되어 있었다.

“키케케케케! 이, 이건 대단하다! 대단해!”

귀마가 특유의 웃음을 흘리며 연신 혀로 입술을 핥았다. 그는
작은 목곽상자 안에서 꾸물거리는 애벌레를 보고 있었다. 애벌
레는 아주 가는 실처럼 생겼는데, 그 길이가 손가락 한 마디도
되지 않을 정도로 작았다. 때문에 집중해서 보지 않으면 애벌레
를 찾기도 힘들 정도였다.

검붉은 빛을 띠는 애벌레.

그것은 바로 귀마가 개량한 고였다.

귀마는 가느다란 집게를 들고 옆에 놓인 둥근 환단을 집어 들었다. 바로 아수환단이었다.

그가 아수환단을 목곽 상자 안에 떨어뜨리자, 애벌레가 꾸물꾸물 기어가더니 아수환단을 갉아먹기 시작했다. 보통의 곤충이나 동물이 그것을 먹을 경우의 반응은 둘 중 하나다.

아수환단의 기운을 이기지 못하고 즉사하거나, 기운을 견뎌내더라도 폭주한다.

한데 애벌레는 전혀 반응을 보이지 않았다. 죽지도 않고 폭주하지도 않았다. 마치 한 끼 식사를 거뜬히 해낸 것처럼 태연했다.

"키케케케케!"

귀마는 집게로 그것을 집어 탁자 옆으로 걸어갔다. 그곳에는 시체 한 구가 놓여 있었다. 그가 집게를 놓자 애벌레가 시체의 가슴팍에 툭 떨어졌다. 잠시 꿈틀거리던 애벌레는 순식간에 시체의 살을 파고 들어갔다.

"키케케케케! 됐다, 됐어!"

귀마가 신바람이 나서 손뼉을 쳤다.

그는 얼른 걸음을 옮기더니 이번엔 텅빈 목곽 상자 옆의 옥상자의 뚜껑을 열었다. 그곳에도 애벌레 한 마리가 꿈틀거리고 있었다. 귀마는 그것을 집어 들더니 입을 크게 벌렸다.

"키케케케케!"

연신 웃음을 흘리며 입술을 핥는 귀마.

그가 집게를 들어 올려놓았다. 그러자 애벌레가 그의 입속으로 뚝 떨어졌다.

귀마는 그것을 꿀꺽 삼켰다.

＊　　　＊　　　＊

정마대전이 활발하게 벌어지는 분지의 어느 폐가.

무너지고 부서진 장원에서 일단의 무리가 밖으로 나왔다. 그들 중 가장 앞장 선 자가 꼿꼿하게 선 노인에게 다가와 한쪽 무릎을 꿇었다.

"이 잡듯이 뒤졌지만 아무도 없었습니다, 궁주님!"

"흐음."

중합궁주 심력기가 턱을 매만지며 침음을 흘렸다.

그러자 곁에 있던 또 다른 노인이 불만스런 표정으로 말했다.

"그러게 내 뭐랬소? 그만 돌아가자니까."

그는 바로 호호파궁주 신곡이었다.

신곡 곁에는 호호파궁의 소속인 초혼대(招魂隊)가 열을 맞춰 서 있었다.

심력기와 신곡. 이 두 사람은 현재 정도맹 무인들의 뒤를 추격하는 중이었다. 정말 이들이 모두 본진으로 철수한 것인지, 아니면 어딘가에 숨어서 뒤를 노리는 것인지 알아보려는 것이다.

신곡은 직속 타격대인 초혼대를 대동했고, 심력기 역시 직속 타격단인 흑마대(黑魔隊)와 함께였다.

심력기가 턱을 매만지며 중얼거렸다.

"거참, 이상하군. 갑자기 왜 공세가 약해졌을까?"

"정도맹의 사정이 좋지 않은 모양이지."

"그렇게 간단히 생각하고 넘어갈 일은 아니오."

"아니긴 뭐가 아니오? 그저 내 말이라면 일단 부정하고 보는 구려!"

신곡이 툭 쏘아붙이자 심력기가 손을 저었다.

"그만합시다. 이만 돌아가도록 하자."

"복명!"

흑마대가 일제히 열을 맞춰 이동하기 시작했다.

신곡은 앞서 가는 심력기를 가만히 쏘아보기만 했다.

'반역으로 권력을 쥔 천한 종자 새끼!'

마음 같아서는 당장에라도 심력기의 뒤통수를 내려쳐 죽이고 싶었다. 폭마가 교주의 자리에 오르고 난 후 팔열궁의 위세는 하늘 높은 줄 모르고 치솟았다. 모든 우선 결정권은 팔열궁에 있었고, 팔한궁은 그저 그 결정에 따라야만 했다.

사정이 이러니 심력기를 바라보는 신곡의 시선이 고까울 수 밖에.

그때,

"음?"

신곡이 눈살을 찌푸렸다.

'방금 뭔가……'

분명 어떤 목소리가 들렸다.

신곡이 주위를 얼른 둘러보았다.

하지만 자신을 따라 철수하는 초혼대 외에는 아무도 보이지
않았다.

'잘못 들었나?'

신곡이 고개를 갸웃거리고는 다시 걸음을 옮겼다.

그때 다시,

'…죽여……'

희미하게 들리는 소리.

마치 꿈결처럼 아득하게 들리는 소리가 그의 뇌리에 울렸다.

'뭐지?'

신곡이 깜짝 놀라 다시 주위를 두리번거렸다.

하지만 역시 마찬가지. 눈에 띄는 자도 없거니와 자신 이외에
는 아무도 그 소리를 듣지 못하는 듯했다. 분명 그것은 머릿속
에서 들리는 목소리였다.

다음 순간 신곡은 눈을 크게 부릅떴다.

뇌리에 울리는 목소리가 더욱 선명해진 것이다.

'어려울 것 없잖아. 죽여 버려. 저런 놈은 일수에 쳐 죽이는
거야. 지금이라면 어렵지 않아. 죽여. 팔열궁주들은 모조리 죽
이는 거야.'

신곡은 가슴이 쿵쾅거렸다.

이제는 그 목소리가 자신의 내면에서 우러나오는 소리인지,
누군가 자신에게 속삭이는 소리인지 구분도 되지 않았다. 다만
그것을 실행한다는 생각만으로도 가슴이 두근거리기 시작했다.

'정말… 죽일까?'

불현듯 그런 생각이 들었다.

머릿속의 목소리가 훨씬 강해졌다.

'그래! 죽여 버려! 참을 이유가 없잖아! 저런 놈은 죽어도 싼 놈이잖아! 죽여 버리자고!'

신곡의 머릿속에서 두 가지 생각이 복잡하게 싸우는 동안 그는 단 한 번도 눈을 깜빡이지 않았다. 흰자위의 실핏줄이 점점 도드라져 벌겋게 두 눈이 충혈됐다.

"궁주님……?"

앞서 가는 신곡이 이상하다고 여겼는지 초혼대주가 다가와 조심스레 불렀다.

하지만 신곡은 뭔가에 홀린 마냥 꿈쩍도 하지 않았다. 여전히 눈도 깜빡이지 않는 신곡. 거기에 전신을 감싸고도는 미세한 마기.

"저어… 궁주님?"

초혼대주가 다시 불렀다. 찰나,

팟!

신곡이 갑자기 신형을 날리더니 앞서 가는 흑마대의 머리 위로 새처럼 날았다. 그는 몇몇 흑마대원의 머리를 밟고 쏜살같이 심력기를 향해 날아갔다.

등골이 서늘해진 심력기가 심상치 않은 기운을 느끼고 몸을 돌렸다.

"음?"

마침 자신을 향해 번개처럼 날아오는 신곡!

순간 심력기의 두 눈이 찢어질 듯 커졌다. 하지만 그뿐이었다.

서컥!

푸른 빛줄기가 심력기의 목을 단숨에 썰었다.

두 눈을 부릅뜬 채로 머리를 잃은 신곡.

그는 검을 뽑고 말고 할 여유도 없었다.

툭, 데굴데굴.

신곡의 머리가 바닥을 구르고 이어서 그의 몸통이 쿵 소리를 내며 쓰러졌다.

"하악, 하악."

신곡이 거칠게 숨을 내쉬더니 이미 절명한 심력기에게 걸어왔다. 그가 심력기의 머리를 거칠게 걷어찼다.

"그러게 사람 말을 들었어야지! 하악, 하악."

심력기의 머리가 보이지 않을 만큼 멀리 날아가 버렸다. 그럼에도 분이 풀리지 않는지 신곡은 심력기의 몸통을 갈가리 난자하기 시작했다.

갑자기 벌어진 일.

흑마대가 경악에 찬 표정으로 신곡의 행동을 지켜보았다.

한참 후에야 흑마대주가 정신을 차리고 소리쳤다.

"멈추시오! 이게 무슨 해괴망측한 짓이오! 궁주!"

차차차창!

흑마대원들이 일제히 무기를 꺼내들며 신곡을 겨눴다.

그러자 이번에는 초혼대가 일제히 신곡의 배후로 돌아 나와 무기를 꺼내들었다.

"무기를 거둬라! 흑마대주!"

"닥쳐라! 초혼대는 지금 눈으로 보고도 그런 말이 나오는가!

신 궁주가 우리 궁주님을 아무 이유도 없이 해하지 않았나!"

"그, 그건……!"

초혼대주가 당황해서 말을 잇지 못했다.

호호파궁의 소속으로서 궁주를 보호하기 위해 나서긴 했지만, 그 역시 자신의 주인이 무슨 짓을 저지른 것인지 납득이 되지 않았다.

그때 신곡이 하늘을 떨어 울릴 만큼 광소를 터뜨렸다.

"크하하하하하! 네깟 놈들이 날 막을 수 있을 것 같으냐!"

말을 마친 신곡이 바닥을 박차더니 어디론가 훌쩍 몸을 날렸다.

"궁주! 멈추시오!"

흑마대주가 소리치며 쫓아가려고 했다.

하지만 초혼대주가 막아섰다.

"그만! 더 이상 불경을 저지르지 마라!"

"네놈들은 눈이 없느냐? 지금 벌어진 상황을 보고도 그런 말이 나온단 말인가! 설마 반역이라도 저지를 생각이냐?"

흑마대주가 악에 받쳐 소리쳤다.

초혼대주가 다시 대꾸할 말을 찾지 못하자, 흑마대주가 검을 뽑아 든 채로 일갈했다.

"계속 우리 길을 막는다면 어쩔 수 없지! 힘으로 할 수밖에!"

흑마대원들의 두 눈에서 살기가 불같이 일어났다.

초혼대주는 그야말로 난감한 표정이었다.

*   *   *

혈마교 진영의 폭마가 머무는 막사.

기다란 탁자를 두고 수뇌 인사들이 모여 회의를 진행하고 있었다.

"지금은 기회입니다. 놈들을 쳐야 합니다."

강하게 주장하는 사람은 바로 설주.

그가 좌중을 둘러보며 말을 이었다.

"정도맹이 갑자기 공세를 멈춘 것은 작전 때문이 아닙니다. 그들은 지금 힘이 빠졌습니다. 이처럼 좋은 기회를 놓치는 것은 정말 어리석은 일입니다."

"하지만 신중해야 할 일입니다. 이번에도 무턱대고 쳤다가 함정에 빠지기라도 하면……."

반대 의견을 꺼내는 사람은 다름 아닌 백선.

그는 바로 백선으로 변한 전횡이었다.

전횡의 말에 적파로 변한 웅천이 동조하고 나섰다.

"저도 백 각주님 말씀에 동의합니다. 지난번 작전 실패 역시 정보 부족이었던 만큼 조심해서는 나쁠 게 없죠."

"그때와 지금은 양상이 다르오!"

설주가 소리쳤다.

하지만 팔한궁주 중 한 명인 계자웅이 볼멘소리로 말했다.

"양상이 다르긴 하지. 그땐 우리도 믿지 못해 비밀리에 일을 해결했고, 지금은 대놓고 주장하는 것이고."

"계 궁주님. 그때의 작전은 극비에 처리하는 것이 좋다는 판단이었습니다. 하나, 그조차도 정보가 새어 나가는 바람에 일이

틀어졌지요."

"허! 그게 나 때문이오? 왜 나한테 그러시오? 총군사께서 직접 작전을 세우신 것 아니오? 덕분에 정보 제공을 누가 했는지도 모르고 애꿎은 암영대원들만 전멸한 것 아니오? 이러니 지금 설 군사의 말을 따를 자가 누가 있겠소?"

탕탕탕!

감정이 격해지자 최상석에 앉아 있던 폭마가 탁자를 내려쳤다. 모두의 시선이 집중된 가운데 폭마 좌천패가 입을 열었다.

"모두 그만. 지나간 일은 고칠 수 없으니 현재 상황에 집중하시오. 어떻게 하는 것이 좋겠소? 정도맹이 지금 철수하는 분위기요. 이대로 후미를 칠 것인지, 말 것인지 빨리 결정을 내려야 할 것 아니오!"

벌써 이틀 동안 이어진 탁상공론. 회의는 도무지 진전을 보이지 않았다.

그때 누군가 막사 안으로 헐레벌떡 뛰어들어왔다.

"교, 교주님!"

모두의 시선이 향한 곳에는 한 무인이 당황한 표정으로 숨을 헐떡이고 있었다.

아비궁주 곽추목이 벌떡 일어나 소리쳤다.

"놈! 여기가 어디라고 함부로 들어오느냐!"

"급, 급한 보고입니다!"

좌천패가 눈살을 찌푸리며 손을 들어 곽추목을 제지했다.

"곽 궁주. 진정하게. 무슨 보고인가?"

"호호파궁주께서… 중, 중합궁주님을 살해하셨습니다!"

쾅!

좌천패가 탁자를 내려치며 벌떡 일어났다.

"지금 뭐라고 했나? 신곡이 심 궁주를 살해했다고?"

"그, 그렇습니다!"

그러자 이번에는 계자웅이 벌떡 일어나며 소리쳤다.

"네 이놈! 무슨 말도 안 되는 소리를 떠드는 것이냐? 어째서
신 궁주가 심 궁주를 친단 말이냐? 어떻게 된 일인지 자세히 말
해라!"

"자, 자세한 사정은 속하도 알 수 없습니다만, 신 궁주께서 갑
자기 심 궁주의 목을 베셨다고……."

"이런 미친……! 그럼 신곡은 지금 어디 있느냐?"

곽추목이 얼굴이 벌겋게 달아올라 소리쳤다.

하급 무인이 하얗게 질린 얼굴로 대답했다.

"현, 현재 파악이 되지 않고 있습니다. 두 궁주님을 모셨던 흑
마대와 초혼대가 현재 싸우고 있는 실정이라 사상자가……."

"이런 답답한 것들!"

회의장은 순식간에 아수라장이 됐다.

포열궁주 귀숙이 일어나 폭마에게 말했다.

"제가 귀령단을 이끌고 그들에게 가보겠습니다. 우선 내분을
막아야 할 듯합니다."

하지만 좌천패가 고개를 저었다.

"아니, 그대가 나설 것까지 없소. 육 궁주."

그러자 등활궁주 육지겸이 포권하며 일어섰다.

"예, 교주님."

“그대가 수하들을 이끌고 가서 그들을 맡아주게.”
“존명!”
육지겸이 곧장 일어나 걸어갔다.
귀숙이 씁쓸한 웃음을 머금었다.
‘훗, 믿지 못하겠단 뜻이군.’
폭마가 목소리를 높였다.
“우선 사태가 수습될 때까지 회의를 미루도록 하겠다.”
그의 말을 끝으로 회의장의 무인들이 흩어졌다.

＊　　　＊　　　＊

초비향의 막사.
탁자에는 네 사람이 앉아 있었다.
초비향과 악수라, 그리고 웅천과 전횡이었다.
“회의가 중단되었다고요?”
“네, 폭마가 회의를 중단시켰습니다.”
초비향의 물음에 전횡이 대답했다.
초비향의 표정에 화색이 돌았다. 그녀는 전장과 직접적인 관
련이 없는 수마당주였기에 이번 작전 회의에 참석할 수 없었다.
“잘됐군요. 지금쯤 시간을 끌수록 좋죠. 이제 곧 교주님께 연
락이 오기만 하면 모든 게 정리될 것 같군요. 그런데 폭마는 왜
갑자기 회의를 중단했죠?”
“그게… 돌발 사태가 벌어졌습니다.”
“돌발 사태라니요?”

"이걸 어찌 이해해야 좋을지 모르겠지만… 호호파궁주가 중합궁주를 죽였다고 합니다."

"뭐라고요?"

초비향이 깜짝 놀라 소리쳤다.

곁에 있던 악수라 역시 뜻밖의 소식에 눈을 휘둥그레 떴다.

이것이야말로 전혀 예상조차 하지 못한 상황이 아닌가?

물론 팔한궁주와 팔열궁주들 사이가 좋지는 않다. 폭마가 교주가 된 이후로는 더욱 그랬다.

하지만 그렇다고 무모한 행동을 할 만큼 궁주들이 어리석지는 않다.

초비향이 재차 물었다.

"사고인가요?"

"보고에 의하면 사고는 아닙니다. 다분히 고의적인 행동이었다고 합니다. 심 궁주는 갑자기 당한 일이라 방어할 여유도 없었다고 하더군요. 개인적으로 천목각을 이용해 알아보았습니다만 역시 어이없을 정도로 황당한 사건이었습니다."

"맙소사. 어떻게 그런 일이……."

가만히 있던 웅천이 미간을 좁히며 말했다.

"아무래도 뭔가 이상하긴 합니다. 갑자기 이런 일이 벌어져서……."

"하필 정도맹의 공세가 약해질 시점에 이런 일이 벌어지니 우리로서는 나쁘지 않지만… 정말 이상하군요."

초비향이 생각에 잠긴 표정으로 중얼거렸다.

악수라가 검지로 탁자를 톡톡 두드렸다.

한참만에 그의 입이 열렸다.

"아무래도… 냄새가 나는구나."

"천하오사의 짓이라는 말씀인가요?"

초비향의 물음에 악수라가 보일 듯 말 듯 고개를 끄덕였다.

"균형을 맞추려고 한 것일 터."

"균형이라면……."

"천하오사의 입장에서는 이 전쟁이 길어질수록 좋을 게다. 하니 지금처럼 정도맹이 위축된 입장에서는 본교가 주춤거릴만한 원인을 제공해야 할 필요가 있겠지. 그놈들은 일방적으로 본교가 정도맹을 쓸어버리는 건 바라지 않을 테니까."

"그렇다면 우리 입장에서는 나쁘지 않군요."

악수라가 고개를 끄덕였다.

"당장은 그렇지. 하나 나중에 어떻게 될지 알 수 없는 일이다."

"나중이라면……."

"문제는 그놈들이 어떻게 신곡을 움직였냐는 것이지. 따로 만나서 회유를 한 것인지, 아니면 꼼수를 부린 것인지."

"나중에 천하오사를 상대할 때 그것이 걸림돌이 될 수도 있겠군요."

"그게 가장 심각한 문제다."

"흐음. 어쩌면 이 문제에 대한 해답은 귀마가 알고 있을지도 모르겠어요, 사부님."

악수라가 고개를 끄덕였다.

"그러길 바라야지. 늦지 않게 밝혀내길 바라야겠지."

그때 막사 밖에서 목소리가 들렸다.

"당주님, 부엉이가 찾아왔습니다."

약속된 암어였다.

네 사람의 표정이 동시에 밝아졌다.

초비향이 얼른 말했다.

"들어오세요!"

곧 막사 안으로 한 사내가 들어섰다.

바로 수라십이조장 구비검이었다.

구비검이 세 사람을 향해 포권을 했다.

"복귀하실 시간입니다. 교주님께서 현재 정도맹의 무인들과 총타로 향하고 계십니다. 가시지요."

네 사람의 시선이 교차했다.

그들의 얼굴에 희미한 미소가 맺혀갔다.

"가죠. 이제 뒤집을 시간이네요."

초비향이 밝은 목소리로 말했다.

第十章
귀환

“지금은 전시다. 이럴 때일수록 우리는 철저하게 혈마문을 사수해야 한다! 알겠나?”
“예, 알겠습니다!”
“목소리가 그것밖에 안 되겠나?”
“아닙니다!”
“좋다. 너희는 무슨 일이 있어도 목숨을 걸고 본문을 사수해야 한다. 그것이 바로 너희의 사명이다! 그렇기 때문에 너희의 가슴에는 ‘수문(守門)’ 이 아닌, ‘수문(壽門)’ 이라는 글자가 새겨진 것이다! 그것을 자랑스럽게 여기도록 해라!”
“명심하겠습니다!”
혈마교의 정문. 혈마문.
그 앞에 도열한 수문 무사들이 우렁찬 목소리로 대답했다.

오극헌은 그 앞을 왕복하며 흡족한 듯 고개를 끄덕였다.

그가 수문장이 된 후로, 아니, 정확히 말하자면 악수라가 느닷없이 찾아온 날 이후로 오극헌은 매일 아침 조례를 열었다.

악수라가 돌아온 날, 수하들 앞에서 구겨진 체면을 다시 복구하기 위한 수단이기도 했다.

그때 무인 한 명이 헐레벌떡 달려와 오극헌을 불렀다.

"수문장님! 누군가 계단을 올라오고 있습니다!"

"흐음? 그게 누군가?"

"모르겠습니다! 상대는 두 명입니다. 청년 한 명과 노인 한 명입니다!"

"청년과 노인이라……."

혼잣말처럼 중얼거리던 오극헌이 눈빛을 빛내고는 무인들을 둘러보았다.

"자, 다들 혈마문을 사수하도록 한다! 실시!"

"복명!"

무인들이 일제히 소리치며 제 위치를 찾아갔다.

오극헌은 다소 상기된 표정으로 계단 끝으로 다가가 아래를 내려다보았다.

과연 보고 받은 대로 두 사람이 계단을 올라오고 있었다. 마치 관광이라도 하는 듯 느긋한 태도였는데, 노인은 주변의 경광을 둘러보며 가끔 감탄을 터뜨리기도 했다. 그 곁의 청년은 이따금씩 노인에게 말을 건네고 있었다.

확실히 처음 보는 인물.

혹시라도 저지를지 모를 실수를 막기 위해 최대한 기억을 끌어내보았지만 모르는 사람들이었다.

어느 돈 좀 있는 집안의 영감이 손자를 데리고 강호유람을 하는 중일지도 몰랐다. 게다가 혈마교 정문을 향해 올라오면서 저리도 태연한 것을 보면, 여기가 어딘지 모르는 것이 분명하리라.

"흐흐흐흐."

오극헌이 나직이 웃음을 흘렸다.

이번에야말로 진정한 위엄을 보여주리라.

지난번 악수라를 막아섰을 때 수하들 앞에서 얼마나 추태를 보였던가?

오극헌이 한껏 상기된 표정으로 혈마문 앞으로 돌아갔다. 그는 두 사람이 올라오길 느긋하게 기다렸다.

지금은 전시 상황.

여차하면 그 두 놈을 잡아 사지를 찢어 죽이는 것도 괜찮으리라. 손자 앞에서 조부의 사지를 찢어 죽인다면 수문 무사들이 자신에 대한 두려움을 좀 더 가질지도 몰랐다. 아니면 조부 앞에서 손자의 사지를 찢는 것도 나쁘진 않을 터.

이윽고 젊은 사내와 노인이 마지막 계단까지 올라왔다.

노인이 눈앞에 나타난 커다란 문을 보며 감탄했다.

"정말 웅장하구려. 높은 계단 위에 있으니 그 위엄이 배가 되는 것 같구려."

이에 청년이 대답하려는데, 오극헌이 한발 앞섰다.

"걸음을 멈춰라! 웬 놈들이냐?"

우렁찬 그의 외침이 혈마문전에 쩌렁쩌렁 울렸다.

그러자 노인이 진심 어린 표정으로 감탄한 듯 말했다.

"호오, 저자가 수문장인가 보구려?"

"그렇습니다. 아마 이름이… 음… 잘 기억나지 않는군요."

청년이 우물거리자 오극헌이 눈을 부라렸다.

도대체 수문장인 자신을 앞에 두고 이 듣도 보도 못한 잡놈들이 개무시를 하다니!

오극헌이 다시 한 번 소리쳤다.

"이놈들! 내 목소리가 들리지 않느냐!"

그제야 노인이 오극헌을 돌아보았다. 그가 푸근한 미소를 지으며 고개를 끄덕였다.

"아주 잘 들린다네. 자네의 목소리를 들어보니 공력이 심후한 듯하이. 나이가 그리 많지 않아 보이는데도 그만한 성취를 이뤘으니 한낱 수문장에 지나지 않음에도 기특하이."

"뭐, 뭣이……."

오극헌이 움찔거리고는 입꼬리를 실룩였다.

이런 쳐 죽일 영감이… 감히 자신을 평하다니!

그러다가 문득 드는 생각.

'설마 이자들도 내가 미처 모르는 수뇌인사들인가?

지난번 악수라 때 톡톡히 망신을 치르지 않았던가?

전력이 있는 만큼 오극헌은 다소 조심스러워졌다.

그가 헛기침을 하고는 물었다.

"커험! 험! 혹, 두 분은 본교와 관련이 있는 분들이오?"

"허허허, 그렇고말고. 특히 이분은 아주 관계가 깊지."

노인이 옆의 청년을 가리키며 말했다.

오극헌의 눈길이 청년에게 향했다.

하지만 아무리 생각해 보아도 처음 보는 얼굴. 그렇다고 해도 자신이 모르는 혈마교의 무인일수도 있었다. 이를테면 최근 뽑힌 암영대원들 같은 경우는 그들의 얼굴 하나하나를 본 일이 거의 없었다. 그들은 이름처럼이나 어둠 속에서 활동하는 타격대였기에 인상착의가 다른 사람에게 좀처럼 노출되지 않았기 때문이다.

오극헌이 짐짓 위엄 서린 표정으로 청년을 보며 물었다.

"귀하는 본교의 무인이오?"

"그렇지."

청년이 고개를 끄덕였다.

"누구요? 정문을 통해서 들어가시려면 신분을 밝히셔야 하오. 그러지 않으시려면 다른 쪽 문을 이용하셔야 하오."

"나, 교주다."

순간 오극헌은 할 말을 잃었다.

웬 생판 처음 보는 얼굴의 청년이 나타나서 교주를 사칭하다니. 이번에야말로 단단히 미친놈이 걸려든 것이 아닌가?

오극헌은 속에서 무언가가 끓어올랐지만 일단 꾹 눌러 참으며 다시 물었다.

"그럼 이 노인장은……."

"아, 이분은 정도맹주이시다."

오극헌이 입을 다물었다.

이건 확실하다. 이번만큼은 확실하다.

제대로 미친놈들이 걸려든 것이다.

한 놈은 본교의 주인을 사칭하고, 한 놈은 정도맹주를 사칭했
다. 게다가 혈마교주가 정도맹주와 나란히 서서 도란도란 담소
를 나누며 올라와?

"쿡쿡. 크하하하하하하!"

오극헌이 웃음을 흘리다가 이내 박장대소를 터뜨렸다. 다른
수문 무사들 역시 키들거리며 웃음을 흘렸다.

노인이 오극헌을 보며 입을 열었다.

"수문 무사들이 꽤 유쾌한 성격인가 보구려."

"그런가 봅니다."

청년의 말끝에 오극헌이 웃음을 뚝 그쳤다.

그가 청년을 바라보며 눈을 부라렸다.

"야이 미친 새끼들아! 여기가 어딘 줄 알고 와서 노는 거냐?
뭐? 교주? 정도맹주? 이런 미친놈들! 내가 네놈들만큼은 제대로
목을 쳐서 본보기로 삼겠다. 당장 이리……."

따악!

순간 노인이 허리춤에 패용한 검집을 그대로 들고 오극헌의
머리를 내려쳤다. 워낙 순식간에 일어난 일이라 이번에도 수문
무사들 중 누구도 나서지 못했다.

오극헌이 어이가 없어서 쳐다보는데, 노인이 청년을 향해 정
중히 말했다.

"미안하오이다. 한참 아랫것이 하극상을 저지르는 꼴을 내
볼 수 없어서 그만."

"아닙니다. 제 부덕의 소치지요."

"허허, 교주께서 그리 말씀하시면 제 손이 부끄러워집니다."

"하하하. 그런가요?"

결국 참다못한 오극헌이 검을 뽑아 들었다.

스릉!

"이 잡것들이 감히… 이제 너희 두 놈은 살려달라고 손이 발이 되도록 빌어도 내 살려주지 않으…….'

따악!

다시 한 번 오극헌의 머리에서 불똥이 튀었다. 그야말로 눈물이 쏙 빠질 만큼 아팠다.

오극헌이 다시 눈을 부라리며 노인을 돌아보는데, 노인은 그를 신경도 쓰지 않고 또 청년에게 말했다.

"이것 참. 나도 저런 버르장머리 없는 놈들을 보면 손부터 나가니… 다시 한 번 미안하오이다."

"하하하. 아닙니다. 혼날 놈은 혼나야죠."

"그나저나 정말 교주께서도 성격이 많이 좋아지셨소. 난 교주 성격이라면 저런 놈들을 모조리 잡아 죽일 줄 알았소이다."

"하하. 예전엔 그랬을지 몰라도 지금은 아닙니다. 누구나 실수는 할 수 있지요."

"과연 많이 변하셨소."

"변하기보다는 바뀌었다고 보는 게 맞을 겁니다."

"허허허, 그럴지도."

이쯤 되자 오극헌은 도저히 참을 수가 없었다. 사실 그는 노인의 실력을 제대로 알 수가 없었다. 단순히 자신이 방심하는 동안 검집을 휘둘러 때린 것으로만 생각했다. 그럴 수밖에 없는 것이 정도맹주 시벽군의 무공 자체가 그런 식이었다.

상승 무공으로 전혀 느낄 수 없는 무공.

정중동(停中動)이요, 동중정(動中停)이다.

마치 단순히 매를 든 것 같은데, 어느새 머리를 맞아버린 느낌. 이럴 경우 절대적으로 상대의 실력이 우수해서가 아니라, 자신의 방심 때문이라고 생각하게 만든다.

오극헌이 검을 빼들고 살기마저 피워 올리자 청년이 나서서 주의를 주었다.

"더 이상 실수를 저지르지 말게."

"닥쳐라! 노옴!"

오극헌이 순간 검기를 발현하며 청년을 베어들어 갔다. 하지만 야월이 성큼 물러나며 상대의 공격을 피했다. 그때,

"이놈! 멈춰라!"

하늘이 쩌렁쩌렁 울릴 듯 어마어마한 노호성이 장내를 꽉 메웠다.

수문무사들은 물론 수문장 오극헌 역시 깜짝 놀라 귀를 틀어막고 주춤거렸다.

심지어 정도맹주 시벽군조차 눈살을 슬쩍 구기고 무의식 중 상대를 경계하는 태도를 보였다.

사람들의 시선이 향한 곳에는 한 노인이 우뚝 서 있었다.

사자후를 터뜨린 사람은 바로 경천검 허종악.

바로 혈마교의 개파 원로이자, 혈마존이 막 깨어났을 때 함께 있었던 허종악이었다.

수문무사들이 일제히 그를 향해 포권을 했다. 오극헌 역시 그를 보자마자 무릎을 꿇으며 포권했다.

“허 원로님!”

“이 멍청한 녀석! 감히 교주님께 네놈이 검을 들이대?”

“예?”

오극헌이 어리둥절한 표정으로 고개를 들자, 허종악이 다짜고짜 그의 뺨을 후려쳤다.

짜악!

“컥, 허, 허원로님! 그게 아니라…….”

짜악!

“닥쳐라! 못난 놈! 네놈이 감히 교주님께!”

짜악!

“허 원로님! 진정하시고 제 말을……!”

짜악!

“듣기 싫다! 이놈!”

허종악은 연신 노호성을 터뜨리며 오극헌의 뺨을 후려쳐 갔다. 결국 뒤로 밀리던 오극헌이 벽에 등을 지고 뺨을 열 대나 더 얻어맞은 다음에야 손찌검이 멈췄다.

오극헌의 얼굴은 이제 형체를 알아보기 힘들 만큼 퉁퉁 부어 있었다. 앞니 몇 개는 빠져서 뭐라고 말을 해도 발음이 신통치 않았다.

“허, 허워로닌… 왜…….”

“멍청한 놈! 네놈의 썩어빠진 눈알만 믿고 교주님을 능멸한단 말이냐! 내 네놈의 목을 베어 본교의 기강을 다시 한 번 바로 세우겠다!”

스릉!

허종악이 검을 뽑아 들자 청년, 야월이 나서서 말렸다.

"허 원로는 그쯤 해주시오. 단순한 실수였으니 그냥 넘어갑시다."

"하지만……."

"됐소. 내가 괜찮으니까."

"죄송합니다, 제가 좀 더 일찍 나왔어야 했는데……."

허종악이 허리까지 숙이며 야월에게 깍듯이 말했다. 원래 그는 교주와 좀 더 편히 말을 주고받는 사이였다.

하지만 악수라와 마찬가지로 혈마교가 이리된 것에 대해서 어느 정도의 책임을 통감하고 있었다. 때문에 야월을 대하는 그의 태도는 더 없이 깍듯했다.

야월이 웃으며 손을 저었다.

"아니오. 나와 준 것만으로 고맙소."

"천부당만부당하십니다. 당연히 나와야지요."

허종악이 고개를 조아린 후 수문 무사들을 돌아보며 소리쳤다.

"여봐라! 저 한심한 놈을 당장 내 눈에서 보이지 않는 곳으로 치워라!"

"복, 복명!"

수문무사들이 얼른 우르르 나와서 수문장 오극헌을 들쳐 업고 돌아갔다.

허종악이 야월을 안내했다.

"들어가시지요. 교주님."

"추 대주는 어디에 있소?"

“지금쯤 마도각을 장악했을 겁니다. 추 대주 실력이라면 어려운 일이 아닐 겁니다.”

*   *   *

혈마교 외야에서 내야로 통하는 정문, 마도각.

마도각주 채문량은 이를 악물었다.

지금까지 살면서 이처럼 치욕적인 순간이 없었다.

그는 지금 추검수의 발아래에 짓눌려 옴짝달싹도 못했다. 채문량이 이를 악물고 소리쳤다.

“추, 추검수! 네놈이 이런 짓을 저지르고도 무사할……! 크윽!”

추검수가 발에 힘을 주자 채문량의 표정이 더욱 처참하게 일그러졌다.

추검수가 검봉을 채문량의 목에 가져갔다.

“히익……!”

채문량의 표정이 사색으로 변했다.

추검수가 나직이 중얼거렸다.

“내 걱정하지 말고 지금은 자네 걱정을 해야 하지 않겠나?”

“살… 살려주시오.”

“채문량. 넌 이제 살아도 산 것 같지 않을 것이다.”

말을 마친 추검수가 고개를 들었다.

마도각을 장악한 비혈대원들이 완전무장을 한 채 삼엄한 경계를 펼치고 있었다. 몇몇 인원은 본래 마도각을 사수하던 수문

무사들을 한곳으로 몰아넣고 있었다.

그때 장옥영이 추검수에게 다가왔다.

"제압한 무사들을 어떻게 처리할까요?"

"우선 옥에 가두고 마도각을 사수하도록."

"복명."

장옥영이 몸을 돌려 걸어가다가 문득 멈췄다. 그녀가 추검수를 돌아보았다.

"대주님."

"왜?"

"이번엔 정말 모든 게 제자리를 찾겠죠?"

"글쎄."

말을 흐린 추검수가 눈길을 돌렸다.

먼발치에서 야월과 허종악, 그리고 시벽군의 모습이 보이기 시작했다.

추검수가 장옥영을 바라보며 보일 듯 말 듯 미소 지었다.

"조금 달라진 대도 나쁠 것 같진 않군."

장옥영이 활짝 웃었다.

"저도요."

＊　　　＊　　　＊

수라총.

거의 모든 핵심 인사가 전장에 나간 상황에서 현재 수라총에 모인 자들은 세 사람에 불과했다.

바로 규환궁주 왕륜과 염열궁주(炎熱宮主) 도추백(陶錐伯), 그리고 대목원주(大木院主) 목상기(木上氣)였다.

"정도맹이 후퇴를 거듭하고 있다는 소식이외다. 만약 교주님께서 더 진격하시지 않는다면 돌아오실 가능성도 있소이다. 그때를 준비해 두는 것이 좋지 않겠소? 그래도 승기를 잡고 돌아오시는 것이니 환영 행사를 준비하는 것도 나쁘지 않을 거요."

"하지만 전쟁이 완전히 끝난 것이 아니니 지나치게 과한 행사를 준비하면 오히려 안 좋은 시선을 받을지도 모르지 않겠소?"

왕륜의 의견에 도추백이 우려의 목소리를 냈다.

벌써 같은 말만 수십 번 되풀이하는 회의였다.

별로 중요하지 않은 안건이지만, 이런 회의라도 해야지 뭔가 하는 것처럼 보이는 것이 정치 아니겠나?

그때 수라총 문이 벌컥 열리더니 무인 한 명이 허겁지겁 달려왔다.

도추백이 신경질적인 목소리로 물었다.

"무슨 일이냐?"

"긴급 보고입니다! 호호파궁주가 중합궁주의 목을 쳐 살해했다고 합니다! 만약을 대비해 팔한궁 쪽의 반란이 없도록 주의하고 본교 경계를 삼엄히 하라는 서신이 도착했습니다!"

"어찌 그런 일이!"

탕!

왕륜이 탁자를 거세게 내려치며 벌떡 일어났다.

그가 얼른 명을 내렸다.

"당장 가서 이 사실을 알리고 마도각과 혈마문은 경계를 철저히 하라 일러라!"

"복명!"

무인이 고개를 숙이고 막 일어나려고 할 때였다.

다시 수라총 문이 벌컥 열리더니 또 다른 무인이 달려들어왔다.

도추백이 더욱 신경질적인 목소리로 물었다.

"너는 또 뭐냐?"

"긴급 보고입니다! 혈마문을 통해 교, 교주께서… 귀환한다고……."

"뭣이?"

"그, 그것이… 현 교주님이 아니시고 전 교, 교주님이……."

보고를 올리는 무인도 당황스러운지 말을 심하게 더듬었다. 도추백이 인상을 찡그리며 소리쳤다.

"무슨 말을 지껄이는 게야? 똑바로 말하지 못햇!"

"죄, 죄송합니다! 그것이… 방금 혈마존… 께서 혈마문을 통해 외야로 들어섰다는 보고입니다!"

"뭐? 혈마존이라니? 수라쇄혼진에 갇힌 사람이 어찌 나타났단 말이냐?"

"모, 모르겠습니다!"

"이런 미친 것들이! 도대체 일을 어떻게 하는 거야?"

"한데 혈마존과 정도맹주 시벽군이 함께 있다는……. 보고입니다."

말을 뱉는 무인 역시 자신이 없는 듯 기어들어가는 목소리였다.

왕륜이 이맛살을 왕창 찌푸렸다.

"도대체 뭔 헛소리를 하는 건지 모르겠군! 네놈은 가서 다시 확실히 알아보고 보고를⋯⋯."

그의 목소리가 채 끝맺어지기도 전에 또 문이 벌컥 열리더니 한 무인이 달려들어왔다. 그 역시 새파랗게 질린 표정이었다.

"긴급 보고입니다!"

도추백이 욕지기를 뱉었다.

"이런 썅! 도대체 또 뭐야?"

"마도각이 장악당했습니다!"

"마도각이 장악당하다니? 도대체 누가?"

"비혈대주 추검수입니다!"

"그 빌어먹을 놈이 감히 칼을 거꾸로 돌려? 이런 개놈들을 당장⋯⋯!"

도추백이 소매를 걷어붙이고 벌떡 일어났다.

하지만 무인의 다급한 목소리가 다시 이어졌다.

"추 대주 혼자 저지른 짓이 아닌 듯합니다!"

"그럼 뭐야? 또 누가 개입되어 있나?"

"그것이⋯⋯."

"빨리 말하지 못할까!"

"혈마존께서⋯ 귀환하셨다고⋯⋯."

"뭐, 뭣이?"

또 혈마존이다.

왕륜과 도추백, 그리고 목상기가 서로의 얼굴을 번갈아보았다.

왕륜이 무인을 잡아먹을 듯 노려보며 물었다.

"혈마존이 귀환했다고?"

"그, 그렇습니다!"

"혹시 그가 정도맹주와 함께 있는가?"

무인이 고개를 들고 놀란 표정을 지었다.

"그, 그것을 어찌……?"

쾅!

왕륜이 다시 한 번 탁자를 내려쳤다.

이쯤 되자 도추백 역시 사태의 심각성을 느꼈다.

"도대체 어찌 된 영문인지 모르겠군. 설마 수라쇄혼진에 갇힌 혈마가 탈출에 성공한……."

"말도 안 되는 소리!"

왕륜이 도추백의 말을 가로지르며 버럭 소리쳤다.

그가 이글이글 타오르는 눈길로 두 사람을 돌아보았다.

"그들이 누구이건 간에 막아야 하오! 폭마 교주께서 계시지 않은 마당에 이런 일이 벌어지면 우리 목숨도 남아나지 못할 것이오!"

"하지만 정말 혈마가 귀환하는 것이라면 막을 수 있겠소?"

"거 말도 안 되는 소리 작작하시오! 수라쇄혼진은 아무리 혈마라도 뚫을 수 없소! 기억을 잃은 혈마가 아니오!"

"기억이 돌아왔으면 어쩌겠소?"

"그렇다고 해도 막아야 하오! 설사 혈마가 살아 돌아왔다고 해도! 그의 귀환만큼은 막아야 하오! 막지 못하면 우린 무조건 죽을 목숨이오!"

“끄음.”

도추백이 침음을 흘리며 심각한 표정에 잠겼다. 그가 결심을 굳힌 듯 입을 열었다.

“혈마전으로 갑시다!”

왕륜이 진중한 표정으로 고개를 끄덕였다.

지금으로서는 그 방법밖에 없다.

마도각이 장악 당했다면 적들은 이미 내야로 들어섰다는 뜻이다.

그들이 누구인지 알 수 없지만, 최후의 저지선은 혈마전이 되어야 할 것이다.

혈마전에 들어간다는 것은 여러 가지 상징적인 뜻이 내포되어 있었다.

적어도 적들보다 먼저 혈마전으로 가서 사수해야 한다.

“좋소, 갑시다!”

왕륜이 걸음을 옮겼다.

도추백 역시 그의 뒤를 따랐다.

성큼성큼 걸어가던 두 사람이 문득 뒤를 돌아보고 아직까지 자리에서 꿈쩍하지 않는 목상기를 바라보았다.

“목 원주께서는 어찌 움직이지 않으시오?”

“나는 가지 않겠소.”

“뭣이?”

“혈마전으로 가지 않겠소.”

“어찌? 그럼 목 원주께서는 다른 좋은 방법이라도 생각해둔 게 있으시오?”

"없소."

"그럼 대체 왜 가지 않겠다는 거요?"

도추백이 끼어들며 버럭 소리쳤다.

목상기가 자리를 털고 일어났다. 그가 두 사람을 물끄러미 바라보며 말을 이었다.

"이번 싸움에서는 난 빠지겠다는 말이외다."

"뭐, 뭣이?"

"애초에 나는 폭마의 반란에도 끼어들지 않았소이다. 이번에도 마찬가지요. 지금 내야로 들어선 자들이 누구든 간에 난 개입하지 않을 생각이오."

"목 원주……!"

왕륜이 주먹을 꽉 말아 쥐고 부들부들 떨었다.

하지만 목상기는 그에게서 몸을 돌리고 반대 방향으로 걸어갔다.

왕륜은 당장에라도 목상기의 머리통을 쪼개고 싶은 충동을 느꼈다.

하지만 지금은 그럴 때가 아니다.

적이 아니라면 굳이 시간과 힘을 소모할 필요가 없었다. 괘씸하지만 방관자는 그대로 내버려두어야 한다.

왕륜이 목상기의 뒤통수를 노려보며 말을 꾹꾹 씹어뱉었다.

"어디 두고 봅시다."

결국 왕륜과 도추백만이 빠른 걸음으로 수라총을 벗어났다.

第十一章
타고 남은 마음

"이런 답답한 사람! 지금 어떤 상황인지 모르겠는가?"

왕륜이 버럭 고함을 내질렀다. 그의 표정이 붉으락푸르락 변했다. 하지만 혈마전 정문을 떡하니 막고 선 마경각주 송자겸은 시종일관 무표정이었다. 그가 무뚝뚝하게 대답했다.

"알고 있습니다."

"알고 있는 사람이 이런 식으로 나오는가? 썩 물러서게!"

"죄송합니다. 그럴 순 없습니다."

"뭐, 뭣이?"

왕륜이 어이없는 표정으로 옆에 선 도추백을 돌아보았다. 도추백 역시 화가 잔뜩 난 표정으로 송자겸에게 삿대질을 했다.

"이 답답한 사람 같으니! 아무리 그래도 융통성이 있어야지! 지금 혈마존을 사칭한 자가 침입한 마당에 우릴 막아서다니! 제

정신인가?”

두 눈을 지그시 감은 송자겸이 묵묵히 듣다가 대답했다.

“어떤 일이 있어도 비어 있는 혈마전에는 교주님 이외에 들어오실 수 없습니다. 특히 무장한 무인은 더욱 그렇습니다. 내부 규율이 그렇습니다. 두 분 궁주께서는 이해해 주십시오.”

“흥! 말 한 번 잘했군! 그렇다면 어째서 마경각주가 혈마전 수문일에 관여를 하는가? 자네는 마경각이나 잘 지키면 되는 것 아닌가?”

“내부 규율상 비상시에는 마경각주가 혈마전을 사수하는 일에 최선을 다한다고 되어 있습니다.”

송자겸은 한마디도 지지 않았다.

규율과 원칙을 지키기는 것으로 따지면 아마 그를 따라갈 자가 없으리라.

왕륜이 화가 나서 소리쳤다.

“이러다가 만약 그 침입자들에게 혈마전을 장악당하면 모든 책임은 자네가 물어야 할 걸세!”

“물론 그때는 제가 모든 책임을 지겠습니다. 두 분께서는 그 점에 대해서 염려마시길.”

“정말 말이 안 통하는 사람이군! 정녕 이렇게 나온다면 우린 힘을 쓸 수밖에 없다!”

그러자 송자겸이 두 눈을 번쩍 떴다. 검은 동공 대신 흰자위만 가득한 두 눈이 섬뜩한 느낌을 풍겼다.

송자겸이 큰 소리로 외쳤다.

“그렇다면 그대들은 반역을 꾀하는 자들! 이 송자겸이 목숨을 걸고 혈마전을 사수할 것이다! 감히 누구도 이곳으로 들어갈 수 없으리라!"

그의 목소리가 쩌렁쩌렁 울렸다.

잠시 놀라 주춤거리던 왕륜과 도추백. 하지만 두 사람은 이내 미간에 주름을 새기고는 날카롭게 소리쳤다.

"뭐든 적당한 것이 좋은 법이거늘! 주제를 모르고 설쳐대는 구나!"

순간 왕륜이 쌍장을 내질렀다.

퍼펑!

기가 폭발하는 소리와 함께 송자겸이 뒤로 서너 걸음이나 물러났다. 순간 송자겸 뒤로 스무 명의 인영이 내려섰다. 마경각을 지키는 마령들.

하지만 지금은 비상 시기인만큼 모두 송자겸의 호위를 겸하고 있었다.

상황이 급박하게 돌아가자 혈마전 수문장이 허겁지겁 검을 뽑아 들었다. 그러자 도추백이 성큼 들어서며 곁눈질로 수문장을 흘겨보며 소리쳤다.

"어디 죽고 싶으면 본좌에게 검을 들이대라!"

"히익……!"

검을 뽑아 든 채 다리를 덜덜 떨던 수문장은 곧 바닥에 검을 내던지고 말았다. 대다수의 수문 무사들 역시 그와 마찬가지로 검을 내려놓았다.

하지만 혈마존이 기거하던 시절부터 문을 지키던 자들은 곳곳에 은신한 채 날카로운 예기를 쏟아내고 있었다.

송자겸이 큰 목소리로 외쳤다.

"혈마전을 침범한 저 두 놈을 당장 쳐라!"

"존명!"

대답과 함께 검은 그림자들이 연신 두 궁주를 향해 날아갔다.

하지만 궁주들은 이미 초절정의 고수.

자신들을 향해 어지럽게 쏟아지는 환도를 가벼운 몸놀림으로 피했다. 그러다가 양팔을 벌리며 쌍장을 내지르는 도추백.

"귀찮은 녀석들이군!"

퍼펑!

"크윽!"

"아악!"

마령들과 수문 무사들이 속절없이 튕겨 나가며 바닥에 나뒹굴었다.

왕륜과 도추백은 아직도 허리춤에 패용한 검을 뽑아 들지도 않았지만, 마령들과 수문 무사들은 두 사람의 무공을 당해낼 수가 없었다.

"이놈들!"

화가 난 송자겸이 대도를 뽑아 들고는 거센 기세로 내려쳤다. 그제야 도추백이 처음으로 허리에 패용한 검을 뽑아 들고 송자겸의 도를 막았다.

하지만 송자겸은 두 손을 이용해 모든 내력을 쏟아붓는 반면, 도추백은 한 손을 이용해서 가볍게 막아내고 있었다.

도추백이 싸늘한 웃음을 머금으며 말했다.

"각주, 궁주의 신분을 우습게 여기지 말게."

순간 도추백이 송자겸의 도를 튕겨 내더니 제자리에서 빠르게 한 바퀴 회전했다.

쒸이이잉!

그야말로 눈 깜빡할 사이에 벌어진 일.

송자겸이 주춤거리는 사이, 도추백의 검이 그의 가슴을 가로 그었다. 길게 자란 수염이 잘려 나가고 가슴팍에서 피가 솟구쳤다.

"끄음!"

송자겸이 가슴을 부여 쥐며 뒤로 주춤 물러났다.

도추백이 검을 한차례 휘둘러 피를 촤악 뿌려냈다. 그의 안광이 새파랗게 빛났다.

"송 각주. 그렇게 죽고 싶나?"

"죽음으로 내 사명을 다해야 한다면!"

"자넨 그게 문제야. 앞뒤가 꽉 막힌 것. 줄도 설 줄 모르고, 사태 파악하는 재능도 없고. 그러니 죽을 수밖에."

도추백이 성큼성큼 걸어왔다.

순간 송자겸이 기합성을 내지르며 대도를 휘둘렀다.

"이여어업!"

쒸이이잉!

하지만 가볍게 몸을 비트는 것만으로 도신을 피해 버린 도추백. 그가 재빨리 일장을 내지르자 다시 송자겸의 가슴에서 '펑' 하는 충격음이 터졌다.

"쿨럭! 쿨럭!"

송자겸이 엎드린 채 검붉은 핏덩이를 토해냈다.

그때쯤 왕륜을 향해 덤벼들던 마령들 역시 저마다 부상을 입고 바닥에 널브러져 있었다.

도추백이 엎드린 송자겸 앞에 섰다. 그가 검을 들어 올리며 말했다.

"다음 생에 태어나면 적어도 주제 파악은 하시게."

말이 끝나기가 무섭게 도추백의 검이 떨어져 내렸다. 하지만 검신이 송자겸의 목 언저리에 닿기 직전,

따앙!

무언가가 도추백의 검신을 정확히 튕겨 냈다.

"크윽!"

떨림을 이기지 못한 도추백이 검을 놓치고 말았다. 그가 고개를 획 돌리며 소리쳤다.

"웬 놈이······!"

순간 그의 두 눈이 퉁방울만 해졌다.

그의 시선을 쫓아 왕륜도 고개를 돌렸다. 그가 입을 딱 벌리고 말았다. 혈마전 담벼락 위로 시커먼 제복을 착용한 비혈대가 빽빽하게 늘어서 있는 것이 아닌가?

마침 정문을 통해 들어오는 청년이 왕륜과 도추백을 보며 말했다.

"내가 없는 동안 꼴이 말이 아니군."

"누, 누구······."

왕륜이 저도 모르게 뒷걸음질을 치며 물었다. 청년에게서 느껴지는 기운은 예사롭지 않았다. 누가 설명해 주지 않아도 상대가 바로 그 침입자라는 사실을 알 수 있었다.

그때 다시 정문을 통해 나이가 지긋한 노인이 들어섰다. 그를

본 왕륜과 도추백의 눈동자가 찢어질 듯 커졌다.

"당, 당신은……!"

"허허, 날 알아보는구려. 반갑소이다. 그대는… 무슨 궁주였던 것 같은데….''

시벽군이 껄껄 웃으며 기억을 해내려고 애썼다.

이내 왕륜과 도추백의 눈빛이 날카로워졌다.

"여기가 어디라고 감히……!"

"허허, 교주께서 초청을 하여 온 것인데 어찌 아랫것들이 더 시끄러운지 모르겠군."

"교주? 아랫것들? 감히 누가 교주를 사칭한단 말인가?"

왕륜이 침을 튀어가며 소리쳤다.

야월이 저벅저벅 걸어갔다. 왕륜이 멀뚱멀뚱 서 있는 사이 바로 앞까지 걸어간 야월이 웃으며 말했다.

"나야."

"네, 네놈은 웬 놈……."

야월의 거침없는 행동에 왕륜이 당황하는 사이, 쓰러져 있던 송자겸이 움찔 몸을 떨었다. 그는 상대의 목소리를 듣고 깨닫는 바가 있었다.

오히려 눈이 보이지 않기 때문에 그는 목소리의 주인이 누군지 정확히 알 수 있었다.

송자겸이 벌떡 일어나더니 왕륜을 밀치고 야월 앞에 무릎을 꿇었다.

"교주님! 불충한 송자겸이 본교의 주인이신 교주님을 뵙습니다!"

야월이 빙그레 웃으며 대답했다.

"송 각주. 내가 없는 동안 고생 많았어."

송자겸은 가슴이 벅차오르는지 한차례 몸을 부르르 떨 뿐 아무 말이 없었다.

한편 상황이 요상하게 돌아가자 도추백이 혀를 차며 걸어왔다.

"미쳤군! 몇 대 얻어터지더니 미쳐 버렸군! 도대체 누굴 보고 지금 교주라고 하는 거냐? 눈만 병신인 줄 알았더니 머리도 병신이 됐구나!"

"닥쳐라!"

순간 노호성이 혈마전에 쩌렁쩌렁 울렸다.

사자후를 터뜨린 사람은 다름 아닌 시벽군. 그가 왕륜과 도추백을 둘러보며 말했다.

"아무리 남의 집안일이라지만 더는 눈 뜨고 봐줄 수가 없는 지경이군! 두 사람은 주인에 대한 예를 차릴 줄 모르는가!"

왕륜과 도추백은 어이가 없을 뿐이었다.

생판 모를 청년도 그러하거니와 갑자기 나타난 정도맹주가 청년을 교주로 칭송하라하니 어이가 뺨을 칠 노릇.

그때 야월이 나섰다.

"됐습니다. 이들은 원래 이랬습니다."

"미안하오. 내가 끼어들 일은 아니오만, 워낙 불충한 자들의 행각이 괘씸하여 나도 모르게 그만……."

"하하하. 괜찮습니다."

야월이 웃으며 대꾸하고는 아직도 멀뚱멀뚱 서 있는 왕륜과 도추백을 바라보았다.

"너희는 그게 문제야. 앞뒤가 꽉 막힌 것. 줄도 설 줄 모르고, 사태 파악할 줄도 모르지. 그러니 죽을 수밖에."

도추백이 말한 것을 그대로 되뇐 야월. 그의 입에서 계속해서 경악스러운 말이 흘러나왔다.

"규환궁과 염열궁의 무인들은 여기로 오지 않을 거다. 이미 정도맹의 협조로 제압이 끝난 상황이니까."

"그, 그게 무슨……."

"본좌가 혈마교주, 혈마존이다."

후우우웅!

한차례 살벌한 바람이 불었다.

왕륜과 도추백은 아주 잠시 동안 그 자리에 얼어붙었다. 두 사람은 아무 말도 꺼내지 못했다. 짧은 순간 오만가지 생각이 머리를 스쳐 지나갔다.

이윽고 도추백이 바닥을 박차고 날아올랐다.

"더 이상은 못 들어주겠다! 미친놈에겐 매가 약이지!"

쉭쉭쉭쉭!

그가 빠르게 검을 내질렀다.

야월이 몸을 얼른 비틀어 도추백의 쾌검을 피했다. 다음 순간 야월이 쌍장을 뻗어냈다.

퍼펑!

"크읏!"

도추백이 뒤로 주춤 물러난 순간, 야월의 허리춤에서 염마검 이 쑥 뽑히면서 허공으로 떠올랐다.

이기어검.

상대의 무공 수위를 눈으로 확인한 도추백은 놀란 기색이 역력했다.

"자, 잠깐……!"

도추백이 얼른 손을 들었다.

하지만 염마검은 그의 말을 들어주는 대신 빠른 속도로 내리꽂혔다.

쒜에에에엑!

강기를 입은 염마검이 지체없이 도추백을 향해 내리꽂혔다. 도추백의 손바닥을 뚫고 들어간 염마검은 그대로 도추백의 오른팔을 찢으며 어깨까지 뚫고 지나갔다. 강기로 인해 도추백의 목이 절반가량 찢어져 피가 분수처럼 튀어 올랐다.

"크아아악!"

왼손으로 목을 쥐며 몸부림치는 도추백.

비교적 침착하던 왕륜조차 눈을 부릅뜬 채 몸을 달달 떨었다.

머리로는 도무지 이해가 되지 않지만, 청년은 혈마존이 틀림없었다. 처음에는 정도맹에서 낯선 청년 하나를 내세워 교주라고 헛소리를 지껄인다고 생각했다.

하지만 지금 청년에게서 느껴지는 강맹한 기운은 틀림없이 혈마의 기운이었다. 어떤 사연인지 모르겠지만, 혈마존은 지금 정도맹주와 손을 잡은 것이다. 그렇게밖에 이해할 수가 없었다.

한참이나 꿈틀거리던 도추백이 완전히 널브러진 채 꿈쩍을 하지 않자, 왕륜이 무릎을 털썩 꿇었다.

"교, 교주님! 규, 규환궁주가 교주님을 뵙습니다!"

야월이 고개를 돌려 왕륜에게 다가왔다. 그가 손을 뻗자 염마검이 그의 손으로 돌아왔다. 야월이 염마검으로 왕륜의 턱을 치켜들었다. 왕륜이 침을 꿀꺽 삼키며 달달 떨었다.

"이제 나 알아본 거야?"

"죽, 죽을죄를 지었습니다!"

"죽을죄를 지었으면 죽어야겠지?"

"한, 한 번만 용서를!"

쉬이이익! 따악!

야월이 검을 휘둘러 옆면으로 왕륜의 뺨을 후려쳤다. 얼굴이 확 돌아간 왕륜이 한참이나 바닥을 굴러갔다.

쿠당탕탕!

야월이 구석에 쓰러진 왕륜을 가리키며 말했다.

"저놈을 옥에 가두도록."

"존명!"

비혈대원들이 일제히 나서서 축 늘어진 왕륜을 속박하기 시작했다.

＊　　　＊　　　＊

또로로록.

맑은 소리가 울리며 술잔이 채워졌다. 주름 진 손이 술잔을 들어 올리고 단숨에 입안으로 털어 넣었다.

"맛이 좋구나."

악의명이 술잔을 내려놓으며 부드럽게 미소 지었다.

그의 시중을 드는 자는 다름 아닌 방지약. 그녀는 속이 훤히

비치는 나삼을 입고 있었다. 방지약이 젓가락을 들어 접시의 음식을 집어 들었다.

악의명이 방지약의 뒤태를 물끄러미 바라보다 입을 열었다.

"내가 네 아비를 죽였는데… 내가 밉진 않느냐?"

순간 멈칫 굳은 방지약.

하지만 아주 짧은 찰나에 지나지 않았기에 단순한 반응처럼 보일 뿐이었다. 반면 그녀의 표정은 어둡게 그늘져 있었다. 어찌 보면 무섭게 일그러진 표정이기도 했다.

고기 안주를 집어든 방지약이 몸을 돌렸다.

그녀의 표정은 언제 그랬냐는 듯 환하게 웃고 있었다.

"어찌 그런 말씀을 하십니까?"

"내 너를 볼 때마다 사실 그 일이 마음에 적지 않게 걸렸다."

"잃은 것이 클수록 깨닫는 것도 큰 법이 아니겠습니까? 저는 악 련주님의 말씀을 가슴 깊이 새기고 있습니다. 악 련주님이야말로 저에게 가장 큰 깨달음을 주신 분이지요."

한겨울의 얼음도 녹여 버릴 것처럼 환한 미소를 지으며 악의명의 입에 안주를 넣어주는 방지약. 악의명이 안주를 받아먹고는 껄껄 웃었다.

"허허, 네가 그리 생각한다니 기쁘구나. 이리 오너라."

방지약이 가까이 다가가자 악의명이 손을 뻗어 그녀의 허리를 감사 안았다. 그의 손이 나삼을 파고들어 방지약의 가슴을 강하게 움켜쥐었다.

그때 허공에서 불쑥 들린 목소리.

"련주님. 적하성주와 혈사곡주가 찾아왔습니다."

악의명의 표정이 일그러졌다.

"지금은 바쁘니 지객당으로 안내하고 잠시 기다리시라 하라."

"급한 용무라 바로 이곳으로 오고 있다고 합니다."

"크흠."

악의명의 이마에 주름이 팍 새겨졌다.

방지약이 얼른 몸을 빼내고 옷깃을 여몄다. 그리고 곁에 내려놓은 겉옷을 걸치고 조금 떨어진 자리에 다소곳이 앉았다. 악의명 역시 옷을 정돈하고는 헛기침을 했다.

마침 문이 벌컥 열리며 두 사람이 차례로 들어섰다.

먼저 들어선 자는 혈사곡주 양호영이었다. 그녀가 날카로운 눈빛으로 실내를 한 번 훑더니 조소를 지었다.

"아주 진수성찬을 차려놓고 유흥을 즐기고 계시는구려."

"허허, 그렇잖아도 조만간 두 분을 초청하려고 했소이다. 일이 잘 풀려가고 있으니……."

"흥! 북천련에는 제대로 된 눈과 귀가 없나보구려."

양호영이 떽떽거리자 악의명이 슬며시 눈살을 찌푸렸다. 그가 심기가 불편한 표정으로 물었다.

"무슨 일이라도 있소?"

"있다마다요."

"무슨 일이오?"

"혈마교에 변수가 생겼소. 어찌 이리도 소식에 둔하단 말이오? 아무런 대책 이야기가 없기에 답답해서 찾아왔건만. 쯧쯧."

양호영이 방지약을 바라보며 한심하다는 듯 혀를 찼다.

악의명이 표정을 굳히고 허공을 향해 명했다.

"가서 만안당주(萬眼堂主)를 데려와라!"

"존명."

순간 허공의 기척이 지워졌다.

그러는 동안에도 양호영은 정확히 무슨 일 때문에 찾아왔는지 말하지 않았다. 어쩐지 그녀는 악의명이 사태 파악을 제대로 하지 못해 당황하는 모습을 내심 고소하게 여기는 듯했다.

적하성주 상재율은 두 사람이 이런 식으로 기 싸움을 하는 경우를 자주 보아왔던지라 그저 난감한 표정으로 지켜보기만 했다.

잠시 후 만안당주가 방안으로 들어왔다.

"부르셨습니까? 련주님!"

이미 좋은 일로 부르는 것이 아니라는 것쯤은 눈치챈 것인지 만안당주의 안색이 새파랗게 질려 있었다.

"혈마교에 대해 입수된 정보가 없느냐?"

"있, 있습니다!"

"뭔가?"

"그, 그것이… 혈마존이 귀환하여 현재 혈마교 총타를 장악했다는 정보입니다. 이에 정마대전을 치르던 폭마가 급히 총타로 복귀하는 중입니다."

악의명의 눈동자가 커졌다. 그뿐만 아니라 방지약도 깜짝 놀란 표정으로 만안당주를 바라보았다.

"혈마존이 귀환을 해? 하면, 혈마존 혼자 지금 총타를 장악했단 말인가?"

"그건 아닙니다. 현재 총타에는 악수라, 초비향 그리고 비혈대 등이 그를 보좌하고 있습니다. 그리고… 정도맹주가 정도맹 무인들을 이끌고 함께 머물고 있다는 정보입니다. 즉, 정보에 의하면 혈마존과 정도맹주가 일시적인 동맹을 맺은 것이 아닌가 하는…….”

쾅!

악의명이 탁자를 내려치며 벌떡 일어났다.

“이런 멍청한 놈! 그걸 왜 이제야 말하느냐!”

“그, 그것이 저희도 너무나 황, 황당한 정보인지라 사실 확인을 철저히 하느라…….”

“이런 답답한 놈 같으니!”

악의명이 술잔을 집어 들더니 그대로 만안당주에게 집어던졌다. 그 술잔은 만안당주에게 날아가던 도중 ‘팟’ 하고 산산조각 나며 깨졌다. 이내 조각조각 나눠진 술잔의 파편이 만안당주 안면에 무참히 틀어박히고 말았다.

퓨퓨퓨퓨퓨퓨욱!

“커억!”

단말마의 비명을 내지르며 그대로 넘어간 만안당주.

술잔 파편이 얼굴 가득 틀어박힌 그의 모습은 차마 눈 뜨고 봐주기 힘들 정도였다. 몇 개의 파편은 그대로 이마를 뚫고 뇌까지 침투한 것인지 만안당주는 몸을 부들부들 떨다가 이내 축 늘어지고 말았다.

악의명이 식식거리며 숨을 내쉬다가 허공에 명했다.

“저 쓰레기를 치워라!”

순간 허공에서 시커먼 그림자 둘이 떨어져 내리더니 곧 만안당주의 시신을 끌고 나갔다.

양호영이 코웃음을 치고는 말했다.

"화풀이를 여기서 해서는 곤란하고 대책을 세워야 하지 않겠소?"

"끄음. 정말 혈마존이 맞긴 한 거요?"

"홍, 그걸 나한테 물어보는 거요? 댁이 자랑하는 만안당에서 조사했으니 믿어야 하지 않겠소?"

양호영이 끝까지 삐딱하게 나오자 악의명의 표정이 더욱 일그러졌다.

결국 지켜보던 상재율이 얼른 나서서 중재를 했다.

"허허, 자자, 너무 날카로워지지 말고 대책을 세워봅시다. 우선 우리 적하성에서 파악한 정보로도 혈마존이 복귀했을 가능성이 팔 할 이상이외다. 아무래도 수라쇄혼진에서 기적적으로 살아서 돌아온 것이 분명하오. 이대로 두면 우리에겐 큰 변수가 생기고 말 거요. 더구나 혈마존과 정도맹주가 정말 손이라도 잡은 것이라면……."

"절대 안 될 말!"

악의명이 주먹을 콱 말아 쥐었다.

양호영이 여전히 냉소적인 표정으로 대꾸했다.

"그 절대 안 될 일이 벌써 일어난 걸 어쩌겠소? 자, 이제 어쩔 거요? 당신 말만 듣고 여기까지 온 것 아니오?"

악의명이 어금니를 지그시 깨물며 눈을 감았다. 그가 자리에 천천히 앉았다. 한차례 깊은 숨을 내쉬는 악의명. 이윽고 그가 눈을 떴다.

"폭마는 어쩌고 있소?"

"글쎄. 일단 빼앗은 밥그릇을 다시 뺏겼으니 되찾으려고 하지 않겠소?"

"승산은 얼마나?"

"내가 당신한테 보고해야 할 입장이오? 그런 건 당신이 자랑하는 만안당을 통해서 알아보면……."

"승산은 얼마나 되냐고 물었소이다!"

악의명이 버럭 소리 질렀다.

고막을 찢을 듯한 목소리가 실내에 쩌렁쩌렁 울렸다. 그 바람에 양호영이 잠시 당황했지만, 그녀 역시 입술을 쿡 씹고 악의명을 노려보기만 했다.

결국 상재율이 사람 좋은 미소를 지으며 나섰다.

"허허, 두 분 다 너무 날카로워지셨소. 우리 적하성에서 볼 때 폭마에게 승산은 없소이다. 지금쯤 폭마가 총타에 거의 다다랐을 터인데, 이미 폭마는 가진 것이 별로 없소. 팔한궁주들이 그에게 호의적이지 않으니 말이오."

"하면 팔한궁주가 폭마에게 등을 돌릴 수도 있다?"

"가능성이 높지 않겠소? 해서 폭마는 지금 팔한궁주를 분지에 남겨두고 복귀중이외다."

"팔한궁주가 아직도 전장에 남았다는 말이로군. 그건 우리에게 좋은 소식이지 않소?"

"그나마."

상재율이 희미한 미소를 지었다.

"하면 방법은 두 가지군. 비어 있는 정도맹을 치거나, 이참에 혈마교 총타로 가서 일망타진을 노리거나."

그러자 다시 양호영이 코웃음을 쳤다.

"당연히 총타로 가야 할 것 아니오? 우리가 무슨 땅따먹기 하려는 것도 아니고. 텅 빈 정도맹을 찾아가서 뭘 하겠단 거요?"

악의명이 자리에서 벌떡 일어났다.

그의 눈빛이 새파랗게 빛나고 있었다.

"같은 생각이오. 갑시다. 혈마교 총타로. 지금 당장."

그가 뒤도 돌아보지 않고 저벅저벅 걸음을 옮겼다.

그의 뒤를 상재율이 따랐다.

"허허, 일이 오늘처럼 빨리 진행된 적도 없는 것 같구려."

두 사람이 나간 방 안에 두 여인만이 남았다.

방지약이 자리에서 일어서려는데 양호영의 목소리가 그녀의 움직임을 멈춰 세웠다.

"네년은 속도 없는 년이로구나. 아무리 그래도 아비를 해한 자와… 쯧쯧. 말을 말지."

양호영이 혀를 차고는 몸을 홱 돌리고 걸어 나갔다.

텅 빈 방 안.

홀로 남은 방지약이 천천히 몸을 일으켰다. 조용히 걸음을 옮기던 그녀가 방을 나가기 직전, 몸을 돌리고 악의명이 앉았던 자리를 바라보았다.

어느새 그녀의 표정은 무섭게 변해 있었다.

"그 속… 없을 수밖에. 증오로 활활 태워서 재만 남았으니. 없을 수밖에……."

방지약이 고운 주먹을 꽉 말아 쥐고는 몸을 돌려 나갔다.

第十二章
무너진 권세

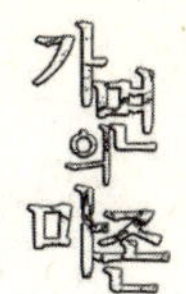

수라총.

기다란 탁자에 야월을 중심으로 시벽군, 초비향, 악수라. 그리고 사천홍과 소진풍, 멸마신검 위천우가 둘러앉아 있었다. 위천우는 단근환동술이 풀려 몸을 완전히 회복한 상태였다.

"무사히 귀환하신 것을 축하드리오."

시벽군이 웃음 띤 얼굴로 인사를 건넸다.

"좋지 못한 모습을 보여드려 부끄럽군요."

야월이 정중한 태도로 답례했다.

정도맹과 손을 잡은 후, 야월은 시벽군에게 좀 더 예를 갖춰 대했다. 실제로 레온의 영혼이 어렸기에 그쪽이 좀 더 편했기 때문이다.

"우리가 별로 나선 것이 없어서 미안하구려."

"하하하. 이제부터는 나설 자리가 많을 것입니다."

야월의 말을 초비향이 받아서 이어갔다.

"정도맹에서는 맹주님이 이뤄낸 성과를 높이 평가할 것입니다. 비록 본교와 일시적 동맹을 이뤘지만, 그로 인해 천하오사를 멸할 수 있는 계기를 마련했으니까요. 정도맹으로서는 손해 보는 장사가 아니지요."

혹시나 시벽군이 혈마교와 손을 잡은 것에 대해 후회를 할까 봐 덧붙인 말이었다.

시벽군 역시 초비향의 염려를 눈치챈 것인지 부드럽게 웃었다.

"물론이오. 그 정도 계산은 해두었으니 초 군사께서는 너무 염려하지 않으셔도 될 거요."

"깊은 헤아림에 탄복할 따름입니다."

"허허허, 이제 보니 혈마교에도 말이 통하는 자들이 많구려."

"편견의 시선만 없다면 누구와도 말이 통하지 않겠습니까?"

초비향이 위천우를 의식한 듯 그를 힐끔 보며 말했다. 위천우는 냉랭한 표정으로 시선을 외면했고, 시벽군은 껄껄 웃으며 답했다.

"허허허허! 옳소. 옳은 말이오."

그때 문이 열리면서 괴상하게 생긴 노인이 등장했다. 그는 바로 후토원주 귀마였다.

"키케케케케! 귀, 귀환을 감축드립니다. 교주님."

"고맙네. 연구는 어찌 됐나?"

"그렇지 않아도 그걸 보, 보고 드리기 위해 왔습니다. 키케케케."

귀마가 연신 입술을 핥으며 눈알을 굴렸다.

시벽군이 관심을 보이며 물었다.

"연구라면… 그 아수환단에 관한 것이오?"

"그, 그렇습니다. 키킥. 아수환단과 그 기운을 감, 감당할 수 있는 고에 대해 연구하고 있었지요. 키키킥."

"호오. 해서 결과는 어찌 됐소?"

귀마가 품에서 작은 상자를 꺼냈다. 그는 상자를 탁자 위에 올려두고 덮개를 열었다. 사람들의 시선이 상자 안으로 향했다.

상자 안에는 몹시 가는 실지렁이 같은 것들이 우글거리고 있었는데, 어찌나 몸이 가는지 한 마리를 집어 들면 눈으로 보기도 힘들 듯했다.

"요 귀여운 놈들을 흡, 흡성고(吸性蠱)라고 하지요."

말을 마친 귀마가 작은 집게를 이용해서 흡성고 한 마리를 집어 들었다. 그리고 탁자 위에 올려둔 후 아수환단을 그 옆에 내려놓았다. 그러자 순식간에 아수환단의 크기가 줄어들어가더니 이내 사라지는 것이 아닌가?

흡성고가 순식간에 아수환단을 갉아먹은 것이다.

하지만 흡성고의 크기는 여전히 그대로였다. 마치 아수환단이 자연 상태에서 산화하여 그대로 없어진 것처럼 보일 지경.

귀마가 입술을 핥으며 집게를 이용해 흡성고를 집어 들었다. 그가 집게를 내밀자, 곁에 있던 위천우가 무의식중에 몸을 물리며 눈살을 찌푸렸다.

"키키킥! 죄, 죄송합니다. 키케케케. 요, 요놈을 흡수하면……."

말을 꺼내던 귀마가 입을 크게 벌리고 혀를 길게 빼더니 흡성고를 입안에 툭 떨어뜨렸다. 지켜보던 사람들 모두 경악한 표정으로 그를 보았다.

하지만 귀마는 여전히 태연했다.

그는 한동안 눈을 감고 가만히 서 있었다. 마치 석상이라도 된 것처럼 꿈쩍도 하지 않았다.

"귀마?"

사천홍이 이맛살을 구기고 나직이 불렀다.

하지만 귀마는 여전히 손가락 하나 까딱하지 않았다. 사천홍이 못마땅한 표정으로 다가가는데,

"키케케케! 찾았다! 찾았어!"

눈을 번쩍 뜨며 소리치는 귀마.

그 바람에 놀란 사천홍이 뒷걸음질을 치다 하마터면 넘어질 뻔했다. 눈을 부라리는 사천홍을 뒤로 하고 귀마가 좌중을 둘러보며 말했다.

"이, 이렇게 고의적으로 요, 요놈을 흡수하고 나면 운기를 통해 녀석이 어, 어디에 자리 잡았는지 알 수 있지요."

"계속해 봐."

"예, 교주님. 키케케케. 요, 요놈이 자리 잡은 혈의 자리와 관련된 곳을 이, 이렇게 점하면……."

귀마가 자신의 명치를 비롯해 혈도 두 군데를 더 점했다. 그러자 갑자기 귀마의 전신에서 기운이 넘쳐나기 시작했다. 강맹한 기운이 풍겨지자 사천홍과 소진풍은 은근한 두려움이 일어

나 내력을 슬그머니 끌어올리기까지 했다.

"키, 키키킥! 느껴지십니까? 키키킥!"

야월이 고개를 끄덕였다.

과연 풍겨지는 기운뿐만이 아니라, 귀마의 체형도 다소 변했다.

"그렇군. 관련된 혈자리를 누르면 내력이 증폭된단 말인가?"

"그, 그렇습지요. 흡성고가 가진 아수환단의 기운을 토, 토해내기 때문입니다. 그리고 다시 또 혈자리를 누르면 모든 아수환단의 기운을 다 토해냅니다. 그, 그럼 더욱 강해지지요."

"하면… 폭발은?"

"간단합니다. 흡성고를 죽, 죽여 버리면 됩니다. 죽, 죽이는 방법은 흡성고가 자리 잡은 곳을 그대로 내력을 담아 찌, 찌르기만 하면 되지요. 이렇게!"

귀마가 손을 목 아래로 빠르게 가져갔다.

순간 사천홍과 소진풍이 기겁을 하며 두 손을 내밀었다.

"에헤이! 어허!"

하지만 귀마는 목 아래를 점하기 직전에 손을 멈추고 히죽 웃었다.

"키케케케케! 내, 내가 내 몸을 터, 터뜨리면 안 되지. 그, 그건 굉장히 아, 아플 테니까. 키케케케."

귀마가 입술을 핥으며 말을 이었다.

"아, 아무튼 요놈은 그런 식으로 이용하는 녀석입니다. 원래 있는 고는 아니고, 개, 개량해서 만든 고이기 때문에 아주 독특한 녀석입지요."

"또 알아낸 것은?"

"요, 요놈은 시, 시독을 좋아해서… 시체를 찾아 기생하는 놈이지요. 하지만 또 공력을 좋아하기도 해서 무인의 몸에 기생하려고도 하지요. 하지만 가, 가만히 있는 무인한테는 기, 기생하지 않습니다."

"그럼?"

"무인이 공력을 사용하는 도중에만 놈, 놈들이 기생하려고 합니다. 그, 그래서 일부러 삼키지만 않으면 요, 요놈이 몸에 들어올 일은 별, 별로 없을 겁니다. 키키킥."

"공력을 사용하는 무인에게만 찾아간단 말인가… 흠."

귀마가 입술을 핥으며 고개를 끄덕였다.

"그, 그렇습니다. 공력을 사용하면 요, 요놈이 환장을 하고 달, 달려들 겁니다. 보, 보시다시피 워낙 작아서 땀구멍을 통해서도 들, 들어갈 수 있지요."

"그럼 흡성고를 복용한 자에게 암시를 걸 수도 있나?"

"암시보다는 직접적인 지시를 내릴 수는 있습지요."

"어떻게?"

"말씀드렸다시피 요, 요놈은 특별히 개량한 고입니다. 두 가지 종류로 만들 수가 있는데… 하, 하나는 자웅동체입지요. 암과 수가 한 몸에 있는… 키키킥. 자웅동체는 자의로 복용하기에 좋습지요. 또 하나는 자웅이체로… 암과 수가 따, 따로 있습지요. 그래서 암, 암놈의 숙주가 수놈의 숙주에게 명령을 내릴 수가 있습니다. 대, 대신 자웅이체는 죽어도 폭, 폭발하진 않습니다."

그러자 초비향이 생각에 잠긴 표정으로 입을 열었다.

"그럼 호호파궁주가 자기도 모르는 사이에 흡성고를 흡입했을 가능성이 있겠군요."

"그럴지도 모르겠군."

야월이 고개를 끄덕였다.

그 역시 호호파궁주가 중합궁주를 살해했다는 소식을 들어서 알고는 있었다. 팔한궁주와 팔열궁주의 사이가 좋지 않은 것은 알고 있었지만 그처럼 무모할 사람은 아니었기에 이상하게 여기던 차였다.

"흡성고를 빼낼 방법은?"

"키케케케. 녀, 녀석이 싫어하는 요, 요걸 몸에 넣으면 됩니다. 제, 제가 만든 건데… 염마대환단이라고 이름 붙였습니다. 키케케케케."

말을 마친 귀마가 손바닥에 올려둔 둥근 환단을 단숨에 꿀꺽 삼켰다. 그러자 그가 갑자기 꿈틀꿈틀 경련을 일으키더니 이내 차분해졌다.

잠시 후 그의 이마가 불룩불룩 솟아오르면서 마치 이마 속에서 뭔가 기어가는 것처럼 보였다. 이윽고 미간에 다다른 실핏줄 같은 것이 툭 터지더니 실지렁이를 닮은 흡성고가 꾸물거리며 쏙 빠져 나오는 것이 아닌가?

그 모습이 몹시 기괴하여 초비향은 절로 이맛살이 찌푸려졌다.

이마 중앙을 뚫고 나온 흡성고를 귀마가 손바닥으로 받아내고는 탁자에 올려두었다. 모두가 지켜보는 가운데 흡성고는 잠

시 꿈틀거리다가 이내 축 늘어지더니 스르르 가루로 변해 버렸
다.

"키케케케. 요, 요렇게 한 번 몸에 기생했던 것들은 빠져나오
면 바, 바로 죽어버립니다. 이상입니다."

"수고했어. 염마대환단은 얼마나 만들었지?"

"그, 그게 워낙 귀한 약재로 만드는 것들이라… 두, 두 개밖
에……."

"겨우 두 개밖에 없다고?"

"아닙지요. 방금 제가 그걸 먹었으니… 이, 이젠 하나밖에 없
습니다."

귀마가 송구스러운 표정으로 눈알을 굴렸다.

악수라가 혀를 차며 탁자를 탁 내려쳤다.

"이런 한심한… 쯧. 그럼 말로 설명할 것이지 왜 그걸 먹어버
리나!"

"그, 그래도 직접 보여드리는 것이 좋, 좋을 것 같아서. 키키
킥."

"니미럴. 그럼 빨리 가서 최대한 염마환단을 만들게!"

"염, 염마환단이 아니라 염마대환단입니다. 염마대환단."

"어쨌거나 그걸 만들란 말이네!"

"뭐, 그, 그럽지요."

귀마가 막 몸을 돌리려고 할 때였다.

문이 벌컥 열리며 무인 하나가 달려 들어왔다.

"긴급 보고입니다! 폭마가 총타에 근접했다고 합니다!"

악수라와 초비향이 야월을 돌아보았다.

야월이 자리에서 일어났다.

"환연 인사를 준비할 차례군."

*   *   *

혈마문 앞.

폭마의 표정이 딱딱하게 굳었다.

원래대로라면 지금쯤 환영 인파가 자신을 맞이했어야 했다. 그 정도까지는 아니더라도 혈마문의 수문장과 수문 무사들은 최선의 예를 다해 자신을 영접해야만 했다.

한데 현재 혈마문은 혈마교를 상징하는 깃발만 펄럭일 뿐 고요하기 그지없었다.

수문장은 물론 수문 무사도 코빼기 하나 내비치지 않는 혈마문.

폭마가 어금니를 꽉 깨문 채로 주먹을 말아 쥐었다.

그의 곁으로 천목각주이자 총군사인 설주가 다가왔다.

"아무래도 심상치 않습니다. 입수된 정보에 어느 정도 신빙성이 있어 보입니다. 오늘은 물러가고 나중에 기회를 엿보는 것이 좋을 듯합니다."

하지만 폭마는 두 눈을 부릅뜨고 혈마문의 편액만 노려볼 뿐 아무런 대꾸도 하지 않았다.

혈마존 귀환. 정도맹 난입. 염열궁주 사망. 규환궁주 투항.

마지막으로 천목각에서 보내온 서신이었다.

그 이후로 어떠한 서신도 도착하지 않았다.

자세한 상황을 알아보기 위해 발이 빠른 자들을 선별하여 총타로 보냈지만 모두 돌아오지 않았다.

그때 머리가 새하얀 백선이 다가왔다.

"저는 반대입니다."

폭마와 설주의 시선이 그에게 향했다.

설주가 눈살을 찌푸리며 나섰다.

"지금 무슨 소릴 하는가? 안에서 어떤 일이 벌어졌는지도 확실하지 않은데 이대로 들어가자는……."

설주가 말을 마저 잇지 못했다. 폭마가 손을 들어 그를 제지했기 때문이다. 폭마가 턱짓으로 계속 이야기해 보라는 듯 백선을 보았다.

백선이 설주를 슬쩍 보고 나서 말을 이었다.

"혈마는 수라쇄혼진에서 확실히 죽었습니다. 기억이 온전하더라도 살아 돌아올 가능성이 적은 곳입니다. 하물며 기억을 잃은 혈마존이라면 수라쇄혼진에서 살아 돌아왔을 가능성이 거의 없습니다. 게다가 정도맹주가 함께이지 않습니까? 혈마존이 정도맹주와 손을 잡는다는 것은 상상할 수도 없는 일입니다. 분명 정도맹에서 꼼수를 부린 것입니다. 정도맹의 인물 중 하나를 혈마존이라고 우기면서 총타를 장악하고 우리를 교란시키려는 작전인 것이 분명합니다."

백선의 말에 폭마가 침음을 흘리며 생각에 잠겼다.

설주가 얼른 말했다.

“아닙니다. 지금은 몸을 사려야 합니다. 이대로 총타로 진입하는 것은 너무 위험합니다. 혈마문 역시 지키는 자가 아무도 없지 않습니까? 이는 우리를 유인하려는 술책입니다.”

“반대로 생각해 볼 필요가 있지요.”

“뭣이?”

설주가 못마땅한 시선으로 백선을 쏘아보았다.

“문이 훤히 열려 있는 총타를 들어가지 못하고 발걸음을 돌린다면 세상 사람들의 웃음거리가 될 것입니다. 본교의 주인은 폭마 교주님이 아니십니까? 한데 안방을 정도맹주에게 내주고 도망치는 꼴이라니요. 이는 세상 모든 사람의 비웃음을 살 것입니다. 부디 당당히 들어가서서 자리를 되찾으십시오! 지금 약한 모습을 보인다면 교주님을 따르는 자들의 마음이 몹시 어지러울 것입니다.”

설주도 지지 않았다.

“교주님. 다시 생각해 주십시오. 눈에 보이는 함정입니다. 들어가서서는 안 됩니다. 지금은 분하더라도 발길을 돌리셔야 합니다.”

그때 적파가 다가오더니 말을 붙였다.

“저는 들어가야 한다고 생각합니다.”

“적파! 자네까지 왜 이러나?”

설주가 화가 난 표정으로 소리쳤다.

적파는 생글생글 웃으며 말을 이어갔다.

“그저 본교의 직할대로서 제 의견을 말씀드린 것일 뿐입니다. 만약 상대가 정말 혈마라고 하더라도 한 번은 부딪쳐야 할

일이지요. 어쩌면 지금이 정도맹과 결탁한 혈마를 몰아낼 수 있
는 더 없이 좋은 기회인지도 모릅니다.”

“교주님! 안 됩니다! 부디……..”

“그만.”

폭마의 묵직한 음성이 설주의 말을 가로질렀다. 그가 혈마문
을 뚫어지게 노려보며 말했다.

“내가 있을 곳을 두고 어디로 간단 말인가? 들어가겠다.”

“교주님! 안 됩니다!”

“설 군사는 여러 말 하지 말도록.”

“하지만 정보가…….”

“정보… 자네는 그 정보를 얼마나 신뢰하는가?”

“예?”

“자네는 이런 사태가 일어날 때까지 혈마존이 살아 있다는
사실을 전혀 모르지 않았나? 정도맹이 이렇게 움직이는 동안 자
네가 한 게 무엇인가?”

폭마의 표정이 무섭게 일그러졌다.

설주가 차마 대답할 말을 찾지 못했다. 그가 고개를 푹 숙였
다.

“죄송합니다.”

“팔한궁주들을 전장에 두고 오자는 자네 말은 내가 들었다.
하지만 지금은 내 결정에 자네가 따르도록.”

“존… 명.”

폭마가 천천히 혈마문으로 다가갔다. 그의 뒤를 따르는 수많
은 무인이 혈마문을 지나기 시작했다.

　설주는 스쳐 가는 무인들 곁에 서서 하늘을 올려다보았다. 청명한 하늘이 눈부시도록 맑았다.

　'오늘이 생에 마지막 날이 될지도 모르겠구나.'

　혈마교 외야.

　사방이 쥐죽은 듯 고요했다.

　빽빽하게 들어선 건물들은 마치 귀신만 사는 것처럼 침묵으로 일관했다.

　그 사이를 묵묵히 지나는 폭마와 무인들.

　분명 기분 나쁜 침묵이었다. 어딘지 조화롭지 못한 침묵.

　폭마를 비롯한 무인들의 발걸음 소리만이 나직이 울리는 혈마교 외야.

　저만치 내야로 통하는 마도각이 폭마의 시야에 들어왔다. 마침내 그가 우뚝 멈췄다.

　"후후후."

　폭마가 나직이 웃음을 흘렸다.

　"설주."

　"예, 교주님."

　그의 부름에 설주가 얼른 곁으로 다가갔다. 폭마가 설주를 보며 물었다.

　"나를 따르는 동안 불편한 것은 없었는가?"

　설주가 그 속뜻을 깨닫고 희미한 미소를 지었다.

　"한바탕 신나게 놀았으니 불만은 없습니다. 다만 조금 아쉬울 뿐이지요."

“하하하하! 그대다운 대답이다.”

폭마가 시원한 웃음을 터뜨리고는 주위를 둘러보았다. 여전히 먼지바람 흩날리는 소리만이 이따금씩 들리는 곳. 돌연 폭마가 사자후를 터뜨렸다.

“시시한 장난은 그만두고 모습을 보이는 것이 어떤가?”

그의 목소리가 혈마교 외야를 쩌렁쩌렁 울려댔다. 건물들마다 지붕이 다르르 떨었고, 창문이 흔들리며 삐거덕거리는 소리를 내질렀다.

그 순간,

처처처처처처처처처처척!

사방의 건물들에서 무인들이 일제히 모습을 드러냈다. 석궁을 든 무인들과 활을 든 무인들이 태반이었는데, 곳곳에 검과 도를 든 무인들도 있었다.

분명 폭마가 이끌고 들어온 무인들보다 서너 배는 많은 인원이었다.

차차차창!

폭마의 무인들 역시 일제히 무기를 뽑아 들며 경계를 다졌다. 그중에서도 단연 등활궁주 육지겸과 아비궁주 곽추목, 대열궁주(大熱宮主) 장도환(張刀環)의 기세가 남달랐다. 그들의 표정에 비장함이 스쳤다. 이미 상황이 이 지경에 이르러서는 살아남기 힘들다는 것쯤은 알고 있었던 것이다.

마침 정면에서 누군가 모습을 드러냈다. 건물 옆에서 천천히 걸어 나온 청년. 야월이었다.

야월을 본 곽추목과 설주의 표정에 놀란 빛이 스쳤다.

"저, 저놈은……?"

곽추목이 검봉으로 야월을 가리키며 말끝을 흐렸다.

야월이 순간 모든 기를 올올이 풀어내며 내력을 끌어올렸다. 그러자 기풍이 사방으로 불어나갔다.

후우우웅!

"흡!"

주위의 모든 무인들이 헛바람을 집어 삼켰다.

곽추목과 설주가 두 눈을 찢어질 듯 떴다.

"이, 이 정도의 마기는……."

야월이 폭마를 물끄러미 보았다.

"폭마. 그간 나 대신 고생이 많으셨소."

"교주……."

폭마가 야월을 노려보았다.

야월이 빙긋 웃었다.

"그래도 알아봐서 다행이군. 어떻게 하시겠나? 한 판 도박을 걸 텐가? 순순히 짐을 내려놓을 텐가?"

"후후. 크하하하하! 재미있군! 교주! 어떻게 수라쇄혼진에서 살아서 돌아왔지?"

"아무래도 짐을 내려놓을 생각은 없나보군."

"크크크. 짐이라 여기는 것이 없어서 말이외다."

"그럼 어쩔 수 없지."

야월이 천천히 염마검을 뽑아 들었다. 염마검에 시퍼런 강기가 맺혔다.

폭마 역시 천천히 검을 뽑아 들었다.

"정도맹과 손을 잡을 줄이야. 정도맹주도 어지간히 급했나보군."

그때 지붕 위에서 호탕한 웃음소리가 들렸다.

"허허허! 오랜만이오, 폭마."

"맹주……!"

"내 그대를 상대해 보고 싶으나 집안일에는 가급적 개입하지 않으려 하오. 그리고… 내가 급한 건 그대를 처리하는 일이 아니라오. 그대보다 더 급한 것들이 있어 어쩔 수 없이 혈마교주와 손을 잡게 됐소. 너무 마음에 담진 마시길."

"흥! 더 급한 것?"

"뭐, 곧 죽을 사람에게 시시콜콜 설명할 필요는 없겠고. 천하오사가 좀 말썽을 부려서 말이지."

폭마가 다시 시선을 돌려 야월을 보았다.

"뭘 생각하고 저들과 손을 잡았는지 모르겠군. 교주! 당신은 큰 실수를 하는 거요. 저 늙은 너구리가 언제까지 당신의 편을 들어줄 것 같소? 목적을 이루고 나면 반 토막 난 혈마교를 단박에 쓸어버릴……."

쒜에에엑!

콰앙!

폭마가 말을 마저 잇기도 전에 화살 한 대가 날아와 그가 섰던 자리에 내다꽂혔다. 그저 화살 한 대임에도 강기를 입었기 때문인지 자리에 엄청난 구덩이가 생겼다.

모두의 시선이 돌아간 곳에는 정도맹주 시벽군이 활을 든 채서 있었다. 시위를 놓은 그의 손끝에는 미세한 황금빛 기운이 맺혀 있었다.

시벽군이 야월을 돌아보며 양해를 구했다.

"이런. 미안하게 됐소. 저놈이 함부로 망발을 지껄이는 바람에 참지 못하고 그만."

그러자 폭마가 소리치며 단숨에 날아올랐다.

"맹주! 그대가 날 능멸하는가!"

순간 그가 검을 후려치자 어마어마한 폭음과 함께 지붕 일부가 완전히 무너져 내렸다.

꽈앙! 꽈르르릉!

하지만 이미 시벽군은 옆의 지붕으로 피한 다음이었다.

"나 역시 그대와 손을 섞어보고 싶은 마음은 굴뚝같으나…… 오늘은 이 정도로."

시벽군이 수염을 쓸며 말했다.

폭마가 어금니를 쿡 깨물고는 제자리로 돌아왔다.

그때였다.

갑자기 지붕 위에서 그림자 하나가 불쑥 튀어나오더니 곽추목 등이 있는 궁주들 사이에 뚝 떨어지는 것이 아닌가? 상대를 본 폭마가 반색하며 소리쳤다.

"사 궁주 아닌가?"

"오랜만에 뵙습니다."

사천홍이 입꼬리를 올리며 인사를 건넸다.

곁에 선 곽추목과 육지겸이 깜짝 놀라서 사천홍을 보았다.

"정말 사 궁주요?"

"후후후. 왜? 별로 반갑지 않은가 보오?"

"그럴 리가 있겠소! 무슨 말을 그리 섭하게 하시오. 참으로 제 때 와줬소! 이렇게 살아 있었을 줄이야!"

"클클클. 죽을 때가 되니 반가운 얼굴이 많은가 보오."

"무슨 말을……."

이야기를 꺼내던 곽추목과 육지겸은 뭔가 싸늘한 느낌을 받았다.

육지겸이 문득 그를 돌아보았다.

"그런데… 사 궁주, 지금까지 어디서……."

순간 사천홍의 입꼬리가 올라갔다.

쉬익! 쉬이익!

그야말로 빛살처럼 빠른 몸놀림.

순식간에 사천홍의 검이 곁에 선 육지겸과 곽추목의 가슴팍을 대각선으로 베었다.

츄아아아아!

피가 솟구쳐 오르며 사천홍이 핏물을 흠뻑 뒤집어썼다.

갑자기 벌어진 일에 모든 사람들이 굳은 듯 움직이지 못했다.

비틀거리며 쓰러진 두 궁주에게 두 사람이 날듯이 다가갔다.

바로 백선과 적파였다.

폭마의 무인들은 당연히 그 두 사람이 궁주들을 부축할 것이라 여겼다. 한데 그 다음에 벌어진 일은 더욱 황당했다.

푹! 푹!

백선과 적파가 일말의 망설임도 없이 검을 뽑아 들더니 그대로 두 궁주의 목을 찌르는 것이 아닌가?

이 모든 과정이 눈 깜빡할 사이에 벌어졌다.

"이게 무슨 짓이냐!"

대노하여 소리친 사람은 바로 대열궁주 장도환. 그가 쇠사슬 끝에 매달린 낫자루를 거세게 휘둘렀다. 두 자루의 낫이 적파와 백선을 향해 거침없이 날아갔다.

촤라라라라락!

순간 사천홍이 백선과 적파의 목덜미를 잡아당기며 훌쩍 물러났다.

"뭘 멍청히 서 있어?"

쒜에에엑! 쒸잉! 피슉!

낫자루 하나는 적파의 몸을 아슬아슬하게 스쳤지만, 다른 한 자루는 백선의 옆구리를 할퀴고 지나갔다.

"크윽!"

백선이 어금니를 깨물고 비명을 터뜨렸다.

한데 백선의 모습이 서서히 변하는 것이 아닌가? 하얀 머리카락은 점점 검게 물들어갔고, 호리호리하던 몸은 다소 중후하게 변했다. 바로 전횡이었다.

사천홍은 적파와 백선, 아니, 웅천과 전횡을 데리고 정도맹 무인들이 포진해 있는 곳까지 날아왔다. 전횡이 비틀거리며 겨우 중심을 잡았다. 낫에 긁힌 상처를 보니 불에 댄 것처럼 열이 나고 화끈거렸다.

대열궁주의 독문무공인 대초열공(大焦熱攻)의 영향 때문이었다.

한편 갑자기 벌어진 일을 손 놓고 구경만 하게 된 폭마는 화가 머리끝까지 치밀어 올랐다.

“혈마! 내 오늘 여기서 뼈를 묻게 되더라도 그냥 죽진 않으리라!”

그가 모든 공력을 끌어올리자 상의가 터져 나가듯 갈가리 찢어졌다. 찰나, 그가 땅을 박차고 곧장 야월을 향해 쏜살처럼 날아갔다.

쉬이이잇! 꽈앙!

후려친 검끝에서 폭음이 터졌다.

폭마의 모든 공격은 그의 별호를 말해주듯 폭발로 마무리됐다. 만약 그의 검을 막는 염마검이 보통의 검과 같았다면 이미 산산조각 부서져 파편도 찾기 힘들었으리라.

폭마는 눈에 보이지도 않을 만큼 빠른 속도로 쾌검을 구사해 갔다.

꽝! 꽈광! 꽝! 꽝!

연이어 터지는 폭음에 지축이 뒤흔들렸다.

다른 무인들도 넋 놓고 구경만 하진 않았다.

“이놈들! 용기 있는 자는 내게 목을 내밀어라!”

대열궁주 장도환이 두 자루의 낫을 휘두르며 정도맹 무인들을 향해 몸을 날렸다.

쒜엑! 쒜엑! 쒜엑! 쒜에엑!

순간 검은 화살이 비처럼 날아갔다.

까라라라랑! 까가가강!

어지럽게 허공을 선회하는 두 자루의 낫이 날아드는 화살을 무수히 쳐 냈다. 낫에 부딪친 화살들은 마치 불에 타버린 것처럼 시커멓게 그을려 사방으로 튕겨 나갔다.

혈마교 외야는 순식간에 아수라장이 됐다.

정도맹 무인들과 폭마의 무인들이 뒤섞여 살육전을 벌였다.

한편 야월과 검을 마주한 폭마는 염마검을 알아보고 눈살을 구겼다.

"이제 보니 염마검을 가지셨군."

"운이 좋았지."

"그 운도 이젠 여기서 마감하셔야겠소!"

폭마가 검을 겨눈 채 왼손으로 일장을 내질렀다.

퍼엉!

그의 왼손이 야월의 복부에 명중하면서 어마어마한 폭음이 터져 나왔다. 하지만 야월은 뒤로 두어 걸음 물러나는 것이 전부였다.

폭마의 두 눈이 커졌다.

야월이 자세를 고쳐 잡으며 말했다.

"얼마 전 또 기연을 얻어서 말이야."

"죽어라, 혈마!"

폭마가 어지럽게 검을 휘둘렀다. 얼핏 보기에는 아무렇게나 검을 휘두르는 것처럼 보였지만, 어디까지나 그의 독문무공인 폭열마검(爆熱魔劍)을 펼치는 것이었다.

무시무시한 강기가 쉴 새 없이 야월을 향해 쏟아졌다.

꽈꽝! 꽈꽈꽈꽈꽝! 꽈꽈꽝!

야월이 염마검을 휘둘러 맞섰지만 연이어 터지는 폭발에 반격할 기회는 마땅치 않았다. 이윽고 폭발에 떠밀리던 야월이 건물을 부수며 안까지 밀려들어갔다.

꽈자장! 와장창!

건물이 무너지며 야월이 그 아래에 깔렸다.

폭마가 검을 거두고 무너진 잔해를 물끄러미 바라보았다. 그 순간,

콰장!

건물의 파편들이 사방으로 튀어 오르며 야월이 허공으로 솟아올랐다.

“과연 부교주는 강하군.”

야월이 폭마를 노려보며 싸늘하게 읊조렸다.

폭마는 내심 당황할 수밖에 없었다.

나름 회심의 일격, 아니, 폭격이었다. 죽일 수는 없더라도 치명상은 입으리라 생각했다.

한데 야월은 자신이 생각했던 것보다 훨씬 강했다.

순간 야월이 검을 대각선으로 그었다.

키익! 뀌이에에엑!

귀신의 울음소리가 허공을 찢어발겼다.

“크읏!”

어찌나 공기가 날카롭게 울리는지 내장이 뒤흔들릴 지경이었다. 내력이 주춤하는 사이 강맹한 강기가 그를 덮쳐왔다.

“하아아앗!”

폭마가 기합성을 터뜨리며 검을 마주 휘둘렀다.

까가가가가각!

날아든 강기와 정면으로 맞선 폭마. 어금니를 콱 깨물었다.

그때 야월이 귀곡참에 이어 귀소참을 펼쳤다.

키리리리리리링!

귀신의 웃음소리가 사방에서 할퀴듯 들어왔다. 폭마가 호신 강기를 극한으로 끌어올리며 맞섰다.

"교주님!"

폭마가 위기에 처한 것을 본 장도환이 낫을 휘두르며 달려왔다.

까가가가강!

어지럽게 휘날리는 두 자루의 낫이 허공에서 춤추는 강기들을 쳐냈다.

찰나, 야월이 바닥으로 착지하며 검을 수직으로 내리찍었다.

꽈자자자장!

염마참이었다.

사방에서 땅이 갈라지며 폭마가 서 있던 바닥에서 강기 수십 가닥이 솟아올랐다.

"피하십시오!"

장도환이 낫 두 자루를 날려 땅에 박았다. 그리고 그것을 끌어당겨 그대로 튕기듯 날아갔다. 새총에 걸린 것처럼 날아간 장도환이 그대로 폭마와 부딪쳤다. 그 바람에 폭마가 떠밀려 나가고, 그 자리에 장도환이 섰다.

푸슈슈슈슈슈슈슈슉!

바닥에서 솟아오른 수십 가닥의 강기는 그대로 장도환의 몸을 난도질했다.

"크아아아아악!"

처절한 비명이 솟구쳐 올랐다.

“장 궁주!”

폭마가 비명처럼 소리쳤다. 그가 악에 받쳐 고함을 내질렀다.

“혈마! 같이 죽자!”

그가 포탄처럼 날아와 야월을 향해 쇄도했다.

그 순간 야월이 염마검을 힘껏 내던졌다.

쒜에에에엑!

“어림없다!”

폭마가 일장을 뻗으며 폭발을 일으켰다.

꽈앙!

하지만 장력은 염마검과 부딪치지 않았다. 염마검은 장력을 가볍게 피하며 빠르게 폭마를 찔러갔다.

“치잇!”

폭마가 얼른 검을 휘둘렀다.

카카카카카카카캉!

허공에 뜬 염마검이 정신없이 난도질을 시작했다. 절정의 고수라고 하더라도 검의 움직임을 절대로 눈으로 쫓기 힘들 정도였다.

바로 염라참혼검의 제사식, 귀수참이었다.

폭마는 이를 악물고 끝까지 귀수참을 쳐냈다.

하지만 어느 순간 염마검이 그의 옆구리를 깊이 베고 지나갔다.

“크읏!”

염마검이 돌아와 야월의 손에 잡혔다.

폭마가 비틀거리며 물러났다. 그가 뒤를 돌아보니, 자신을 따르던 자들이 대부분 투항하거나 죽어 나자빠져 있었다. 완전한 패배였다.

하지만 이대로 죽을 수는 없었다.

적어도 혼자 죽을 수는 없었다.

그때 그의 머릿속에 울리는 낯선 목소리.

'풀어. 잠재된 힘을 모두 풀어.'

폭마가 깜짝 놀라서 주위를 둘러보았다. 갑자기 들린 목소리의 주인을 찾기 위해서였다.

하지만 다음 순간 그것이 자신의 머릿속에서 울린 목소리라는 것을 분명히 알 수 있었다.

'힘을 전부 풀어!'

순간 폭마가 두 팔을 활짝 벌리며 허공으로 붕 떠올랐다.

"크으으으웃!"

갑자기 단전에서부터 어마어마한 기운이 전신에 퍼지기 시작했다.

지켜보던 사람들이 모두 놀라 휘둥그레진 눈으로 폭마를 보았다.

폭마와 맞서던 야월 역시 미간을 구기고 폭마를 보았다.

곧이어 폭마의 전신에서 엄청난 투기가 끓어올랐다. 뿐만 아니라 전신에서 범상치 않은 기운이 끊임없이 솟구쳤다.

야월이 눈살을 구겼다.

"설마……."

"혈마! 죽인다!"

순간 눈을 번쩍 뜬 폭마가 빛살처럼 빠른 속도로 날아들었다.

그야말로 눈 깜짝할 사이에 야월 앞에 나타난 것이다.

콰앙!

무지막지한 힘이 야월을 후려쳤다.

가까스로 호신강기를 끌어올리지 않았더라면 절대 막지 못했을 강공이었다. 폭마가 팅겨 나간 야월을 쫓아 다시 검을 휘둘렀다.

꽈앙!

이번에도 어마어마한 폭발이 일어났다. 근처의 건물 창문이 기풍에 휩쓸리며 뜯겨 날아갔다.

폭마는 뭔가에 홀리기라도 한 듯 연신 검을 휘둘러 갔다.

퍼퍼퍼퍼펑!

야월이 연신 검을 막아내며 뒤로 물러섰다. 그때,

쒜에에에엑!

허공을 가르는 파공음.

마침 폭마가 몸을 휙 돌리며 검을 휘둘렀다.

퍼엉!

이번에도 폭음과 함께 날아든 화살이 산산조각 났다.

지붕 위에서 화살을 쏜 사람은 시벽군.

그가 바닥으로 내려서며 검을 뽑아 들었다.

"가급적 집안싸움에는 끼지 않으려고 했는데… 이거 어쩔 수가 없게 됐군."

"크아아아아!"

화가 잔뜩 난 폭마가 시벽군을 향해 날아갔다.

슈우우우욱! 꽈앙!

시벽군을 그대로 밀어 친 폭마. 시벽군이 등을 댄 건물 벽에 거미줄처럼 금이 쩌적 갔다.

"크르르르!"

폭마의 두 눈이 시뻘건 빛을 뿜어냈다. 넘쳐나는 기운을 이기지 못해 거의 폭주 상태나 다름이 없었다. 시벽군이 간신히 검을 맞댄 상황에서 소리쳤다.

"지금이오! 교주!"

야월이 얼른 품에서 뭔가를 꺼내 폭마의 뒷목을 향해 날려 보냈다. 바로 염마대환단이었다.

쉬이이익!

뒤에서 뭔가 날아드는 것을 느낀 폭마가 얼른 검을 후려쳤다.

쉬이잉!

폭마의 검이 정확히 염마대환단을 두 조각으로 베었다. 하지만 두 조각으로 나뉜 염마대환단은 그대로 폭마의 양 어깨에 깊이 박혀들어 갔다.

푹! 푹!

"크읍!"

폭마가 두 눈을 부릅뜨고는 부들부들 떨기 시작했다.

"크륵! 크으으윽!"

폭마의 입에서 거품이 일어나며 피가 섞여 나왔다. 이내 몸을 한참이나 부르르 떨던 폭마가 고개를 번쩍 들었다. 목을 따라 핏줄이 터질 듯 불거졌다. 이내 그의 이마에서 뭔가 꾸물꾸물 움직이기 시작했다.

이윽고 그의 이마에 구멍이 나더니 실지렁이처럼 가는 흡성고가 꿈틀꿈틀 기어 나와 바닥으로 툭 떨어졌다.

한참이나 꿈틀거리던 흡성고는 이내 축 늘어지더니 그대로 가루가 되어 부서졌다.

털썩!

폭마가 무릎을 꿇으며 그대로 바닥에 엎어졌다. 야월이 걸어와 그의 등 몇 군데를 검으로 찔렀다.

단근환동술이었다.

야월 곁으로 시벽군이 다가와 섰다.

“폭마까지 당했을 줄이야… 일이 생각보다 클지도 모르겠소.”

그의 목소리가 착 가라앉아 있었다.

第十三章
대의

　　수라총에서 혈마교의 수뇌인사들과 정도맹의 수뇌인사들이
대거 모여 회의 중이었다.

　　초비향이 일어나서 말했다.

　　"폭마도 흡성고에 당했습니다. 문제는 천하오사가 어떻게 폭
마의 몸에 흡성고를 심었느냐는 것입니다."

　　그러자 멸마신검 위천우가 무뚝뚝한 목소리로 말했다.

　　"누군가 폭마의 음식에 흡성고를 넣은 것일지도 모르지 않
소?"

　　"그건 희박한 일입니다."

　　"어째서 그렇소? 보아하니 폭마는 측근이 변장을 하고 있어
도 눈치채지 못할 정도로 아둔한 것 같은데."

　　위천우가 쌀쌀맞은 목소리로 말했다.

　이는 폭마를 깎아내리는 것뿐만 아니라 혈마교 전체를 깎아내리는 발언이었기에 혈마교의 수뇌인사들이 못마땅한 표정으로 그를 노려보았다.

　하지만 초비향이 침착하게 반박했다.

　"폭마의 측근들만큼은 그가 직접 면접합니다. 뿐만 아니라 설주가 천목각을 이용해 그들의 일거수일투족을 감시하기 때문에 이목을 속이기가 쉽지 않지요."

　그때 귀마가 손을 들고 일어나서 말했다.

　그의 흉측한 외모에 정도맹의 대다수 사람은 눈살을 찌푸렸다.

　"폭, 폭마가 식사를 할 때 흡성고를 복용하지 않았다는 반증이 또, 또 있소이다."

　"그게 뭐요?"

　"내공을 쓰지 않을 때 흡성고를 복용하게 되면 웬, 웬만한 고수들은 몸의 변화를 눈치챌 수 있소. 하, 하지만 공력을 사용하는 동안에는 흡, 흡성고가 좀 더 자연스럽게 숙주의 몸에 녹, 녹아들어가기 때문에 어지간한 고, 고수도 눈치챌 수 없지요. 키케케케. 그, 그러니까 적어도 이 흡성고는 폭, 폭마가 내력을 사용할 때 잠, 잠입한 걸 겁니다."

　귀마의 말에 사람들이 술렁거렸다.

　시벽군이 긴숨을 내쉬며 중얼거렸다.

　"폭마가 내력을 사용할 때라……."

　혹시 천하오사가 폭마와 함께 정면으로 싸우는 순간이 있었을까? 그러는 사이에 흡성고를 몸에 심는다?

시벽군은 고개를 설레설레 저었다.

천하오사가 아무리 강하다고 한들 그렇게 섬세한 것까지 해 낼 수는 없을 것이다. 또한 그랬다면 폭마는 진작 천하오사의 존재를 눈치챘으리라.

사천홍이 혀를 찼다.

"거참, 귀신이 곡할 노릇이군. 감히 누가 폭마가 무공을 사용할 때 흡성고를 심는단 말이야? 허공에서 한가득 뿌려 버리면 모를까. 그렇다고 하늘을 날아다니는 사람이 있는 것도 아니고."

그 순간 초비향의 눈동자가 커졌다. 그녀가 사천홍을 다그쳤다.

"방금 뭐라고 했죠?"

"사, 사람이 하늘을 날아다니는 건 아니라고 했… 소."

"아뇨, 그전에요."

"허공에서 한가득 뿌릴 수도 없다고?"

"그거예요! 바로 그겁니다!"

초비향이 상기된 표정으로 소리쳤다.

사천홍은 물론 좌중의 사람들 모두 어리둥절한 표정으로 그녀를 보았다.

야월이 초비향을 보며 말했다.

"혼자만 알지 말고 자세히 말해줘. 비향."

하지만 그녀는 야월에게 대답하는 대신 위천우를 보며 물었다.

"그거! 언제부터 사용한 거죠?"

“뭐 말이오?”

“등불! 공명등불 말이에요! 분지에서 싸울 때 하늘에 띄웠던 공명등불! 언제부터 사용한 거죠?”

위천우가 눈살을 찌푸리고는 생각에 잠겼다.

“그야… 그쪽에서 먼저 사용하지 않았소? 우리도 그걸 보고 대책을 세워 사용한 거요.”

초비향의 표정이 확신에 찼다. 그녀가 말했다.

“아니에요. 우린 먼저 사용하지 않았어요.”

“무슨 말이오?”

“우린 공명등불을 먼저 사용하지 않았단 말이에요. 우린 정도맹에서 먼저 공명등불을 띄운 것을 보고 따라한 것이에요.”

위천우가 이맛살을 구겼다.

“아니오. 우린 혈마교에서 사용한 것을 보고 따라한 것이외다. 나름 좋은 계책이라며 내심 탄복했었소만.”

“안타깝게도 그 좋은 계책은 본교도, 정도맹에서도 세운 것이 아니었군요.”

“그럼 대체 누가 어떻게…….”

말을 하던 위천우의 눈동자가 커졌다.

이쯤 되자 다른 사람들도 대충의 상황을 짐작할 수 있었다.

야월이 모두를 대신해서 말했다.

“공명등불이군. 허공에 띄운 공명등불에 흡성고가 가득 담겨 있는 거라면…….”

“화살을 쏘아 종이를 찢어버리기만 하면 흡성고는 허공에서 뿌려지겠죠.”

초비향이 말을 받았다.

그 말을 다시 귀마가 이었다.

"흡, 흡성고가 가장 기생하기 좋, 좋은 환경…키케케켁!"

마지막으로 시벽군이 말했다.

"공력을 사용하는 무인들과 시체가 넘쳐나는 곳이지."

야월이 벌떡 일어났다.

"야단났군. 이제야 천하오사가 벌이는 짓이 뭔지 알아내다
니!"

모두의 얼굴이 경악으로 물들었다.

만약 초비향의 추리가 사실이라면 보통 심각한 일이 아니었
다. 아니, 분명 사실이리라.

전쟁터만큼 흡성고가 기생하기 좋은 환경이 어디 있으랴.

시체가 가득하고 공력을 쓰는 사람들로 들끓는 곳.

위천우가 하얗게 질린 얼굴로 말했다.

"하면… 내 몸에도 흡성고가 있을 가능성이 있단 말이오?"

귀마가 그에게 저벅저벅 걸어갔다. 그가 품에서 상자를 꺼내
자 위천우가 반사적으로 물러났다. 귀마가 히죽 웃었다.

"키키킥. 공, 공력을 끌어올려 보시오."

"이게 무슨……."

"글쎄… 해, 해보라니까. 키키키킥!"

위천우가 시선을 돌려 시벽군을 바라보았다. 시벽군이 말없
이 고개를 끄덕이자 위천우가 서서히 공력을 끌어올렸다. 그의
손에 은은한 기운이 맺히기 시작했다.

귀마는 상자를 쥔 채 가만히 눈을 감고 있었다.

이내 그가 눈을 떴다.

"키키키킥! 안, 안타깝지만 당신은 흡성고에 당하지 않았소. 내, 내 흡성고들이 당신 몸에 들어가고 싶어 안달이군. 키케케케."

위천우가 그제야 안도의 숨을 내쉬었다.

귀마는 즉석에서 사람들을 돌아다니며 흡성고에 당한 사람이 없는지 조사해 보았다. 흡성고는 절대로 하나의 몸에 두 마리 이상 들어가려고 하지 않기 때문에 이러한 방식으로 쉽게 기생 여부를 알 수 있었다.

조사 결과 두 명의 몸에 기생하는 흡성고를 찾아낼 수 있었다. 다행히 귀마가 그들에게 염마대환단을 건네주어 모두 몸속에서 흡성고를 빼낼 수 있었다.

이러한 모습들을 본 소진풍이 사색이 된 얼굴로 중얼거렸다.

"맙소사…: 그럼 지금쯤 그 분지는 난리도 아니겠군요."

"아니. 지금쯤이면 벌써 이곳에 거의 도착했을 게야."

사천홍이 착 가라앉은 눈빛으로 말했다.

＊　　　＊　　　＊

혈마교 총타가 내려다보이는 언덕.

이대로 길을 달려 내려가면 혈마교 외야로 들어가는 동쪽의 부문으로 이어진다.

달빛이 교교히 내려앉은 언덕 위에 우뚝 선 자는 다름 아닌 귀숙이었다.

그의 곁으로 한 사람이 다가왔다.

그는 바로 천하오사를 이끌고 있는 북천련주 악의명이었다. 악의명이 귀숙을 보며 말했다.

"자네 임무를 잊지 않았겠지?"

악의명을 돌아본 귀숙의 표정은 어딘지 멍한 느낌이었다.

"물론입니다."

"임무가 뭔가?"

"혈마교와 정도맹의 무인은 보이는 대로 모조리 죽여 버리는 것입니다."

"후후후. 마음에 드는군. 자리로 돌아가 준비하라."

"존명."

귀숙이 깍듯하게 고개를 숙이고 언덕을 돌아내려갔다. 그가 돌아간 자리에는 팔한궁주들이 모두 모여 있었다. 그들 모두 하나같이 멍한 눈빛이었다.

마침 양호영과 상재율이 악의명 곁으로 다가왔다.

양호영이 여전히 못마땅한 표정으로 물었다.

"정말 실패하지 않을 자신이 있소?"

"날 못 믿겠소?"

스릉.

악의명이 문득 지옥수라도를 뽑아 들더니 도신을 달빛에 비춰보았다. 그 행동만으로도 양호영은 은근한 압박을 느꼈다. 그녀가 기분 나쁜 듯 미간을 구겼다.

악의명이 입꼬리를 웃으며 말했다.

"정도맹과 혈마교가 한자리에 모여 있소이다. 이처럼 좋은 진수성찬이 또 어디 있겠소? 허허허허!"

"부디 먹다가 체하지나 마시길."

양호영이 딱딱하게 한마디 내뱉고는 걸음을 돌렸다.

멀어져 가는 그녀를 힐끔 바라 본 악의명이 혀를 찼다.

"쯧쯧. 정인을 잃은 여인을 대하는 것만큼 까다로운 것도 없
군."

*　　　*　　　*

혈마교 외야를 두른 높은 담장은 성벽을 방불케 했다.

제법 쌀쌀한 날씨.

벽 위에서 번을 서던 수문 무사가 횃불에 손을 쬐며 몸을 녹
였다. 그때 그의 뒤통수에 불이 번쩍였다.

따악!

"아얏!"

그가 화들짝 놀라며 돌아보자 수문장이 눈을 부라리며 잡아
먹을 듯 노려보고 있었다.

"이 멍청한 놈! 비상시국에 횃불을 쳐다보고 있어?"

"죄, 죄송합니다!"

"야밤에 이런 불구경하다가 어둠 속에서 들어오는 적은 어떻
게 볼 생각이냐? 눈이 어둠에 익숙해야 할 것 아니냐!"

"명, 명심하겠습니다!"

"잘 들어! 횃불은 최소한의 시야를 확보하기 위한 도구일 뿐
이다! 저건 쳐다보지도 말고 가까이 가지도 말란 말이다!"

“예, 옛!”

“한 번만 더…….”

말을 꺼내던 수문장이 갑자기 입을 다물고 귀를 쫑긋 세웠다. 수문장의 행동이 심상치 않자 수문 무사가 눈치를 보며 넌지시 불렀다.

“저… 수문장님?”

“쉿!”

수문장이 입술에 검지를 가져가며 주의를 주었다.

그가 얼른 수문 무사의 활을 빼앗아 들더니 화살촉을 횃불에 집어넣었다가 꺼내들었다. 그리고 불붙은 화살을 시위에 메기고는 허공을 향해 날려 보냈다.

쒜에에에엑!

불화살이 어둠 속 허공을 향해 날아갔다. 그러면서 그 아래의 경치가 눈에 훤히 들어왔다. 하지만 결코 좋은 광경은 아니었다.

감히 헤아릴 수도 없을 만큼 많은 인원.

군대라고 해도 좋을 만큼 어마어마한 수의 무인들이 혈마교를 향해 저벅저벅 걸어오고 있었다. 그중에는 강시로 보이는 죽은 자들의 모습도 꽤나 눈에 띄었다.

“종, 종……!”

“예?”

“종을 치라고, 이 병신아!”

수문장이 버럭 소리치자, 수문 무사도 그제야 정신을 차리고 헐레벌떡 달려갔다. 곧이어 요란한 종소리가 적막한 혈마교 외야를 깨웠다.

뎅! 뎅! 뎅! 뎅! 뎅!

뎅! 뎅! 뎅!

앞장서서 걷던 악의명이 입꼬리를 올렸다.

"후후후. 환영 인사인가?"

그가 지옥수라도를 번쩍 들어 올렸다.

다음 순간,

쉬이이이익!

꽈르르르르릉! 꽈자앙!

무섭게 날아간 강기가 혈마교 외벽을 강타하며 마치 폭약이 터진 것처럼 벽이 무너졌다. 시끄럽게 울리던 종소리도 뚝 그쳤다.

"쳐라."

그가 나직이 말했다.

순간 수많은 무인들이 함성을 내지르며 혈마교 총타를 향해 돌진했다.

"와아아아아아!"

"와아아아!"

함성 소리와 함께 적의를 품은 무인들이 노도처럼 밀려들었다. 무너진 둑 사이로 터져 흐르는 강물처럼 밀려드는 무인들의 수는 끝도 없었다.

외야의 어느 다루 이 층에 은신한 채 숨을 죽인 사천홍과 소진풍.

두 사람은 가만히 적들의 움직임을 예의주시했다.

지금 두 사람처럼 몸을 은신한 채 기회를 엿보는 자들이 외야에만 정마 구분 없이 삼천여 명이었다. 적의 수까지 합하면 적어도 일만여 명이 서로 뒤엉켜 싸우게 되는 셈.

사천홍이 소진풍에게 작은 단환을 건넸다.

염마대환단이었다.

"빌어먹을 귀마가 몇 개 만들지 못했으니 아껴 쓰거라. 이왕이면 팔한궁주들부터 구하도록 하고."

"알겠습니다. 그런데 사 궁주님은 팔한궁주들과 사이가 별로 좋지 않았잖습니까?"

"지금 그런 걸 따질 때냐? 참고로 난 교주에게 굴복한 것은 아니다. 그저 타협을 했을 뿐이야."

"후후. 어련하시겠어요?"

"지금 너 나랑 한 판 붙자는 거지?"

"설마요. 절 혼내고 싶으셔도 다음으로 미루셔야겠네요."

소진풍이 창밖을 내려다보며 말했다.

마침 두 사람이 숨어 든 다루 아래로 무수히 많은 무인이 지나가고 있었다.

"좋아, 한바탕 살풀이나 해보자!"

와장창!

사천홍과 소진풍이 창문을 깨부수며 밖으로 뛰어내렸다.

"크와아아악!"

사람인지 강시인지 모를 것들이 두 사람을 보자마자 눈에 불을 켜고 달려들었다. 사천홍과 소진풍이 적들 틈에서 칼춤을 추기 시작했다.

죽은 자와 산 자가 마구잡이로 뒤엉켜 싸웠다.
이곳이야말로 지옥이 아니고 무엇이랴.
제법 높은 지붕 위에서 아래를 내려다보던 악의명은 흡족한 미소를 지었다. 그의 곁에는 양호영과 상재율, 방지약이 서 있었다.
'흐음. 그나저나……'
악의명이 시선을 먼 곳으로 돌렸다.
'머리는 어디 있을까?'
어차피 아래에서 싸우는 것들은 마구 쓰는 말에 불과하다. 정말 중요한 것은 머리다. 말을 사용하는 머리. 그 머리를 찾아 제거하면 모든 것은 평정된다.
지금까지는 상대가 가진 말들이 너무나 강력해 바로 머리를 칠 수 없었다.
하지만 이제는 가진 말들이 대등해졌다.
그런 만큼 바로 머리를 칠 수 있다. 이 기회를 놓칠 수야 없지 않은가?
한참 사방을 둘러보던 악의명의 시선이 한곳에 딱 멈췄다. 그가 바라보는 곳에 은은히 빛나는 기운이 있었다.
푸른 기운과 황금빛 기운.
분명 혈마교주 야월과 정도맹주 시벽군이 뿜어내는 기운이었다.

야월과 시벽군은 먼발치의 건물에서 악의명처럼 아수라장을 내려다보고 있었다.

어느 순간 두 사람이 서로 다른 방향으로 흩어져 몸을 날렸다.

악의명이 소리쳤다.

"양 곡주, 상 성주! 시벽군을 부탁하겠소! 지약은 날 따라와라!"

악의명이 지붕을 박차고 신형을 날렸다.

그는 곧장 야월이 날아간 방향으로 날아갔다.

혈마교 외야의 제법 너른 연못.

나룻배 한 척이 수면을 미끄러졌다. 배 위에는 선남선녀가 타고 있었는데, 바로 야월과 초비향이었다.

연못가의 천마루 앞으로 악의명과 방지약이 내려섰다. 악의명이 너털웃음을 터뜨렸다.

"허허허허!"

그의 시원한 웃음소리가 너른 연못에 쩌렁쩌렁 울렸다. 그 바람에 잔잔한 수면에도 슬며시 물결이 일어났다.

악의명이 연못가로 걸어갔다. 그곳에는 또 다른 나룻배 한 척이 정박해 있었다.

"이 와중에 풍류를 즐기다니. 과연 혈마존이시오!"

나룻배에서 술잔을 기울이던 야월이 빙그레 웃으며 악의명을 바라보았다.

"후후. 악 련주께서도 어디 풍류를 즐기시겠소?"

"허허허! 좋소이다!"

악의명이 훌쩍 몸을 날려 빈 나룻배 위에 올라탔다. 그가 방지약을 돌아보며 손을 내밀었다.

"너도 이리 올라라."

"네, 련주님."

방지약이 가볍게 몸을 날려 나룻배 위에 올랐다. 그러자 나룻배가 저절로 스르르 움직이며 연못 중심으로 나아갔다. 악의명이 공력을 이용해 움직이는 것이었다.

두 척의 배가 적당한 거리를 두고 멈췄다.

야월이 술잔을 들었다.

"한 잔 하시겠소?"

"좋소이다."

야월이 술잔을 놓았다.

그러자 허공에 뜬 술잔이 바람에 떠밀리듯 물 위를 건너 악의명에게 전달됐다. 악의명이 술잔을 집어 들며 내심 감탄했다.

'과연 대단한 공력이로고. 술잔을 보내면서 한 방울도 쏟지 않다니.'

곁에서 지켜본 방지약 역시 놀라기는 마찬가지였다.

'일전에 그를 보았을 때보다 훨씬 공력이 깊어졌구나.'

악의명이 술잔을 입에 가져가려고 할 때였다.

야월이 불쑥 말했다.

"참고로 난 독공을 익혔소."

술잔을 든 악의명의 손이 멈칫했다. 그러나 그가 곧 웃음을 머금고는 술잔을 단숨에 들이켰다.

"맛이 아주 좋소! 잘 마셨소!"

그가 야월에게 다시 술잔을 보냈다. 이번에도 마찬가지로 술잔이 허공에 둥실 떠서 야월에게 전해졌다. 비록 빈 술잔이었지만 이렇게 느린 움직임으로 섬세하게 능공섭물의 술법을 펼치기란 여간 어려운 일이 아니었다.

야월이 술잔을 받아들고 웃었다.

"악 련주께서는 평소 장기를 즐기신다고 들었소."

"허허허, 가끔 여흥으로 즐기고 있소이다. 혹 교주께서도 좋아하시오?"

"그리 즐기는 편은 아니지만 악 련주께 한 수 가르침을 청해볼까 하오."

"하하핫! 좋소! 그것도 나쁘지 않겠군."

야월이 빙그레 웃으며 염마검을 들어 연못가를 가리켰다. 그곳에는 정자 한 채가 덩그러니 놓여 있었다.

"저곳에 장기판과 장기말이 놓여 있소이다. 보이시오?"

제법 먼 거리였지만 내공이 심후한 두 사람에게는 장기판과 장기말이 또렷하게 보였다.

"보았소이다."

"좋소. 하면 지금부터 조금 특별한 장기를 두는 것은 어떻소이까?"

"특별한?"

"각자 지금 있는 곳에서 저 장기말로 대결을 하는 것이오."

악의명은 그제야 야월의 의도를 확실히 알 수 있었다. 아까 술잔을 주고받을 때처럼 능공섭물의 술법을 이용해서 장기를 두자는 것이다. 거리가 멀어 사물을 확실히 식별하기 위해서는 안력을 키워야 했다. 그러려면 내공이 소모되는데 거기에 다시 장기말을 옮기기 위해 내공을 소모해야 했다. 뿐만 아니라 장기에서도 이기려면 심력까지 소모해야 하리라.

단순한 장기 놀음과는 차원이 다른 것이었다.

악의명이 호탕하게 웃어젖혔다.

"하하하하! 이것 참, 아주 재미있는 생각이외다!"

"좋게 받아들여주시니 감사하오. 하면 그냥 하는 것도 재미없으니 한 가지 내기를 하는 것은 어떻겠소?"

"내기라 하면?"

"만약 내가 이기면 악 련주께서는 오늘 이대로 본교를 떠나주시오. 하지만 악 련주께서 이기면 내 목을 내어드리겠소이다."

악의명이 가만히 야월을 보다가 입가에 미소를 그렸다.

"좋소. 아주 좋소."

"그럼 시작합시다."

"누가 선(先)이 되겠소?"

"오늘은 악 련주께서 손님이니, 먼저 하시오."

"허허허, 나중에 다른 말 하기 없기요."

"물론이오."

"그럼."

악의명이 회심의 미소를 지으며 손을 뻗었다. 그는 공력을 이용해 장기말을 들었다. 먼저 졸(卒)을 옮겨 차(車)의 길을 열어두려 했다. 그런데……

“흡!”

악의명이 저도 모르게 헛바람을 집어삼켰다.

장기말이 믿을 수 없을 정도로 무거운 것이 아닌가? 자세히 보니 장기말은 나무를 깎아 만든 것이 아니라 쇠처럼 단단한 금속이었다.

악의명이 미간에 주름을 새기고 공력을 더욱 끌어올렸다. 그 바람에 그의 배가 출렁이며 잠시 일렁였다.

졸 하나를 옮기는데 악의명은 그야말로 안간힘을 다하고 있었다.

이번엔 단순히 무게만이 아니었다. 야월의 내력이 악의명의 능공섭물을 방해하고 있었다. 즉, 악의명의 졸을 두고 서로 내력을 대결하는 중인 것이다.

고요함 속의 치열함.

따악!

이윽고 악의명의 졸이 길을 열었다.

야월이 천진한 웃음을 지으며 포권을 취해 보였다.

“과연 악 련주요. 그 먼 거리에서 정확히 길을 여시다니.”

“후후후. 과찬이시오. 그럼 이제 교주께서도 어서 길을 열어야 하지 않겠소?”

“하하하. 알겠소. 그럼.”

이번엔 다시 야월이 손을 뻗어 공력을 쏟아붓기 시작했다. 아니나 다를까 이번에는 악의명이 방해하기 시작했다. 겉으로 보기에는 단순한 내공 대결인 것처럼 보였지만, 이는 목숨을 걸고 하는 것과 마찬가지였다.

지금이야 초반이니 여유가 있었지만, 시간이 흐를수록 두 사람의 내력이 바닥날 것은 자명한 이치. 그때는 아주 사소한 실수에도 깊은 내상을 입을 수 있었다.

잔잔하던 연못에 물결이 출렁이며 일기 시작했다. 나룻배는 금방이라도 뒤집힐 듯 격심하게 흔들렸다.

따악!

야월의 졸이 옮겨졌다.

악의명이 이번에는 말도 꺼내지 않고 곧바로 마(馬)를 집어 들었다. 하지만 야월 역시 그의 의도를 눈치채고 곧장 내력을 쏟아부었다. 두 사람의 내력이 다시 정자 위에서 충돌했다.

갑작스런 충격에 악의명의 표정이 다시 일그러졌다.

"크읏!"

연못의 물결이 점점 거세게 일기 시작했다.

콰콰콰쾅!

요란한 소리와 함께 건물 일부분이 완전히 무너져 내렸다.

그곳에서 누군가 하늘로 솟아올랐다.

파앗!

뒤미처 그를 쫓는 두 사람.

먼저 솟아 오른 자는 정도맹주 시벽군이었고, 그 뒤를 양호영과 상재율이 쫓았다.

카라라랑! 카카카캉!

시벽군이 몸을 돌려 날아드는 강기를 연신 쳐 냈다. 순간 그의 몸이 황금빛으로 물들었다. 뒤미처 그가 유령신검을 사선으로 그어 내렸다.

쫘르르르르르릉!

마치 하늘이 두 쪽 나는 듯한 소리가 천하에 가득 울렸다. 동시에 세상이 두 조각으로 나뉘었다. 허공에 새겨진 사선은 온 세상을 대각선으로 나누어 비틀어 버렸다.

위기의식을 느낀 양호영과 상재율이 호신강기를 극한으로 끌어올리며 물러섰다.

꽈자자장!

두 사람은 병기를 잡은 두 손이 저릿하게 울리는 것을 느꼈다. 만약 조금만 늦었더라면 몸이 그대로 절단되고 말았으리라.

한데 두 사람의 외모가 조금 이상했다. 머리카락은 올올이 허공으로 솟아올랐고, 체격은 어딘지 조금 더 커진 모습. 아수환단의 영향이었다.

'치잇!'

시벽군이 검을 고쳐 쥐며 혀를 찼다.

저들이 혈을 짚어 아수환단의 영향을 받기 전까지만 해도 해 볼 만한 싸움이었다. 아니, 오히려 승산은 그에게 있었다.

한데 두 사람이 스스로 혈을 점한 후부터는 계속해서 밀리는 실정. 단정했던 그의 머리카락은 거칠게 헝클어졌고, 옷도 여기저기 찢어졌다.

양호영이 입가를 찢었다.

"영감! 그만하시지!"

"흥! 노망난 할망구 말을 들을 것 같으냐!"

"뭣이?"

파앗!

양호영이 쏜 화살처럼 날아갔다. 뒤미처 상재율이 뒤따랐다. 시벽군이 옆으로 검을 뻗은 채로 눈을 가늘게 떴다.

이번엔 어떻게 들어올 것인가? 양옆에서? 앞과 옆?

그런데 그때,

비이이이! 비이이이!

갑자기 구슬픈 퉁소 소리가 하늘 아래 울려 퍼지는 것이 아닌가? 한데 문제는 퉁소의 곡조에 따라 내력이 격랑을 일으키듯 요동친다는 것이었다.

"흐읍!"

시벽군이 얼른 내력을 다스리며 스스로의 혈을 점했다.

파밧!

고개를 들어보니 지붕 끝에 꼿꼿하게 서서 퉁소를 부는 노인이 눈에 들어왔다. 악수라였다.

한편 시벽군을 향해 전속력으로 달려들던 양호영과 상재율은 그 자리에서 고꾸라지며 몸을 부들부들 떨기 시작했다. 그렇잖아도 다스리기 힘든 내공이 악수라의 음공으로 인해 더욱 요동을 치는 탓이다.

찰나를 이용해 시벽군이 품에서 염마대환단 두 개를 날려 보냈다.

쒜엑! 쒜에에엑!

염마대환단이 각각 양호영과 상재율의 입안으로 쑥 들어갔다. 뒤미처 지붕에서 뛰어내린 악수라가 연이어 두 사람의 턱을 걷어찼다.

양호영과 상재율이 뒤로 넘어가면서 염마대환단을 꿀꺽 삼켜
버렸다.

바닥에 고꾸라진 두 사람.

잠시 후 두 사람이 부들부들 떨더니 이내 이마가 불룩해지면
서 흡성고가 튀어나왔다. 그리고 나서도 한동안 두 사람은 정신
을 차리지 못했다.

시벽군이 두 사람 앞으로 다가갔다.

"이제 그만들 하시는 것이 어떤가? 여기서 멈춘다면 내 자네
들에게 박하게 대하지는 않겠네. 이미 혈마교 안으로 들어온 자
네들 문도들은 구할 수 없더라도 말일세."

"흥! 우리를 제압했다고 이 싸움에서 이길 거라고 생각하는
가?"

양호영이 이를 바득 갈며 소리쳤다.

흡성고를 토해낸 그녀는 급격히 늙어버린 모습이었다. 아수
환단 자체가 초인적인 능력을 이용하는 만큼 수명에도 악영향
을 미치는 영약이었다.

시벽군이 한숨을 내쉬며 고개를 설레설레 저었다.

"도대체 자네들은 뭘 노린 건가?"

"킬킬킬. 몰라서 묻나? 혈마교와 정도맹을 멸하고 천하오사
가 지존의 자리에 앉으려는 원대한 꿈을 품었지."

"어리석은… 천하오사는 애초에 하나가 아니거늘. 설사 혈마
교와 본맹이 멸한다고 하더라도 싸움이 멈추지 않을 것이라는
걸 모른단 말인가?"

시벽군의 말에 양호영이 굳은 표정으로 입을 다물었다.

그때 악수라가 나서서 말했다.

"이대로 물러난다면 더 이상 두 사람을 해하진 않겠네. 천하오사의 음모를 주도한 것이 북천련이라는 것은 잘 알고 있네. 우린 악 련주의 목만 필요할 뿐이니 그만 포기들 하시게."

시벽군이 말을 보탰다.

"이미 혈마교에서는 오래전부터 아수환단을 파악하고 해법까지 마련해 두었지. 염마대환단이라는 것인데, 그것으로 자네 둘의 몸에 깃든 흡성고를 끌어냈네. 이제 아수환단도 통하지 않는단 말이지."

양호영과 상재율의 표정이 더욱 어두워졌다.

그때 악수라가 방점을 찍었다.

"한데 어째서 흡성고 수놈을 복용한 건가?"

양호영이 눈을 번쩍 떴다.

"수놈이라니? 무슨 말이냐?"

"귀마의 말을 들어보니 흡성고는 자웅동체가 있고 자웅이체가 있다더군. 아, 이미 알겠지만 우린 그 아수환단을 소화시키는 고를 흡성고라고 부르고 있네. 아무튼 수놈의 경우 암놈의 숙주가 정신을 지배하고 명을 내릴 수가 있다고 하던데 어째서 수놈을 복용했는지 묻는 걸세. 나는 당연히 자웅동체를 복용했으리라 짐작했네만."

"말도 안 되는 소리! 우리가 수놈을 복용했다고?"

"그렇네. 뭐, 지금은 다 부서져 버려 확인하기도 힘들지만. 분명 수놈이었지."

양호영은 충격 받은 기색이 역력했다.

그것이 사실이라면 악의명은 자신들조차 꼭두각시로 만들려고 했던 것이 아닌가?

사실 이는 사실이 아니었다.

양호영과 상재율의 몸에서 나온 것은 분명 자웅동체였다. 하지만 악수라가 두 사람의 마음을 흔들어놓기 위해 기만술을 쓴 것이다.

악수라가 말을 덧붙였다.

"그러고 보니 왜 흡성고를 복용했지? 그저 아수환단을 복용하면 되는 것을."

"그건… 악 련주의 권유로……."

"흐음. 이상하군."

악수라가 정말 이해가 안 된다는 듯 말했다.

사실 악의명이 권유한 이유는 단순했다.

흡성고는 아수환단을 세 개까지 복용할 수 있다. 즉, 혈을 찌를 때마다 아수환단 한 개의 양이 전신에 증폭된 내력으로 나타난다. 그렇게 총 세 단계까지 힘을 끌어올릴 수 있게 된다. 마지막으로는 폭발하는 단계다.

하지만 이를 환단으로 가지고 다니려면 아수환단 세 알을 한꺼번에 입에 넣고 다니기가 힘들다. 한 알 정도를 입에 겨우 숨겨놓을 수 있겠지만, 역시 불편한 점이 많다. 때문에 악의명은 흡성고를 복용하도록 권했던 것이다.

하지만 한 번 시작된 작은 의심은 마른 잎사귀에 떨어진 불씨와 같은 법. 불씨는 곧 불길로 일어나고 주변의 모든 것을 태워버린다.

악의명에 대한 의심은 점점 불같이 번져 확신에 차고 있었다. 원래 악의명에 대한 감정이 좋지 않았던 양호영이었기에 더욱 그랬다.

"이 개 같은 놈! 내 이럴 줄 알았지!"

양호영이 버럭 소리치며 이를 갈았다.

악수라가 말을 이었다.

"쯧, 내 듣기로는 탁 부주도 끝내는 흡성고 때문에 목숨을 잃었다고 들었네만. 자네마저 그런 일을 겪어서는 곤란하지 않겠나?"

이윽고 양호영의 눈에 눈물이 그렁그렁 맺히더니 주르륵 흘러내렸다.

사실 그녀는 오래전 탁문강과 정을 나누었던 사이였다. 이제는 완전한 남이라고 생각했지만, 탁문강의 죽음 소식을 들었을 때, 그녀는 하늘이 무너져 내리는 듯했다. 그녀가 악의명에게 유독 곱지 않은 시선을 보낸 것도 그때부터였다.

갑자기 모든 것이 허무해졌다.

천하지존이 다 뭐란 말인가?

원수를 도와가며 지존이 된다고 한들 어쩌란 말인가?

양호영이 자리에서 일어났다.

"떠나겠소."

"정말 이대로 돌아갈 텐가?"

"다 필요 없소. 떠나겠소."

양호영이 허망한 표정으로 밤하늘을 올려다보았다. 잠시 후 그녀가 훌쩍 몸을 날리더니 어디론가 사라졌다. 그녀가 사라진 방향을 보며 악수라가 내심 조소를 지었다.

"허허, 과연 무서운 사람이로고."

상재율이 껄껄 웃었다.

악수라가 그를 보았다.

"뭐가 말인가?"

"어쨌든 세 치 혀로 그녀를 돌려세우지 않았소. 논리와 기만과 감성을 적절히 이용해서 말이오."

"하면 자네는 끝까지 해볼 텐가?"

상재율이 고개를 설레설레 저었다.

"처음부터 똘똘 뭉쳐도 할까 말까였소. 이젠 의미가 없어졌지. 난 당신이 우릴 가만히 내버려 둘 거라고 믿지 않소. 하지만 더 이상 여기 있을 이유도 없으니 이만 가보겠소."

악수라가 싸늘히 웃었다.

"잘 생각했네. 되도록 멀리 가시게. 교주께서 반대하셔도 나는 자네들을 끝내 찾아내서 죽일 걸세."

"그러시겠지."

"오늘은 보내줌세. 잘 가시게."

상재율이 손을 흔들고는 걸어가 버렸다.

따악!

요란한 소리가 울리면서 장기말이 장기판에 놓였다.

"허억, 허억!"

악의명이 지옥수라도를 두 손으로 쥔 채 거칠게 숨을 내쉬었다. 처음에는 가볍게 손만 뻗어 장기말을 옮겼다. 하지만 시간이 지나면서 점점 힘이 들자 도를 이용했다. 지옥수라도는 그의 내력을 증폭시켜 장기말을 옮기는데 조금 더 수월했다. 하지만 야월에게도 염마검이 있었다. 결국 악의명은 아수환단의 힘을 빌릴 수밖에 없었다.

두 사람의 공력 대결은 그야말로 용호상박이었다.

잠시 숨을 고른 야월이 다시 염마검을 들었다.

"하앗!"

그가 기합성을 내지르며 검을 휘둘렀다. 그러자 장기말이 허공으로 떠올랐다.

찰나, 악의명도 지옥수라도를 휘둘렀다.

"이여업!"

장기말이 비틀거리며 다른 방향으로 움직였다. 야월이 염마검을 올려쳤다.

"하앗!"

장기말이 다시 제자리를 되찾았다.

그야말로 보이지 않는 치열한 싸움. 부딪치지 않지만 서로에게 치명상을 입힐 수 있는 괴이한 싸움이었다.

두 사람은 검과 도를 든 채 꿈쩍도 하지 않았다. 장기말 역시 허공에 비수처럼 박힌 달 조각처럼 꼼짝없는 모습이었다.

벌써 이걸로 일곱 번째였다.

야월과 악의명은 서로 마주보고 도검을 맞대지만 않았을 뿐, 실제 그것과 똑같은 상황이라고 할 수 있었다. 이렇게 공력 대결을 펼칠 때는 어린아이가 다가와 건드리기만 해도 죽을 수도 있는 상태였다.

두 사람의 옷자락이 크게 부풀어 올랐고, 이마에서는 땀방울이 송골송골 맺혔다. 수면은 격랑이 일었고, 나룻배는 연신 휘청거렸다.

누구 하나 발목이라도 삐끗했다가는 발목만 다치는 것이 아니라 목숨도 잃을 수 있는 상황.

"끄음……!"

지옥수라도를 든 채 꿈쩍도 하지 않던 악의명이 여린 신음을 흘렸다. 그의 코에서 뭔가 흘러내렸다. 코피였다.

같은 시각 야월의 입가에서도 피가 주룩 흘렀다. 지나친 내력 소모로 인해 입안의 혈관이 터져 피가 흐른 것이다.

한 치의 양보도 없는 상황.

이번 장기말은 가장 중요하다고 볼 수 있었다.

이번 한 수에 승패가 결정된다고 봐도 과언이 아니었다.

야월은 무슨 수를 써서라도 말을 옮겨야 했고, 악의명은 이를 막아야 했다.

그때,

푸욱!

"허억!"

악의명이 입을 쩍 벌렸다.

풍덩!

지옥수라도가 연못에 빠졌다.

만약 누군가 보았다면 수심 따윈 생각도 하지 않고 몸을 던지고 보았으리라.

악의명이라도 그래야 했다.

하지만 그는 그러지 못했다.

대신 경악에 찬 얼굴로 천천히 뒤를 돌아보았다.

검을 쥐고 악의명의 등을 깊이 찌른 방지약. 그녀의 두 눈은 벌겋게 충혈 되어 있었고, 표정은 독기라도 머금은 듯 매서웠다.

그녀가 내찌른 검신이 악의명의 심장을 뚫고 튀어나와 있었다.

"네, 네가… 왜?"

악의명이 이해할 수 없다는 표정으로 물었다.

방지약이 표독스럽게 악의명을 노려보았다.

"아버지를 만나면 물어보세요."

"네, 네가… 나를……!"

"이게 제 대의입니다."

방지약이 검을 뽑아내고는 다시 지체없이 휘둘렀다.

촤아악!

악의명의 가슴이 쪼개지며 피분수가 솟구쳤다.

풍덩!

이내 악의명도 연못에 빠지고 말았다.

방지약이 차가운 눈길로 악의명을 내려다보며 말했다.

"대의를 위한 희생이니 기뻐하시길."

말을 마친 그녀가 시선을 돌려 야월을 바라보았다.

야월과 초비향 역시 갑자기 벌어진 일에 놀란 표정이었다. 뭔가 심상치 않은 분위기를 눈치챈 초비향이 천천히 고개를 저었다.

하지만 방지약은 그녀의 뜻에 따르지 않았다. 검을 거꾸로 쥔
그녀가 망설임없이 자신의 목을 그었다.

촤아아악!

피가 솟구치며 방지약이 그대로 쓰러져 갔다.

풍덩!

차가운 물이 그녀의 전신을 엄습해왔다. 붉은 핏물을 퍼뜨리
며 그녀는 서서히 가라앉기 시작했다.

第十四章
늘 그 자리에

맑은 햇살이 눈썹을 간질였다.

야월은 천천히 눈을 떴다. 희뿌연 연기가 천장을 가득 메우고 있었다.

고개를 돌려보니 요타가 앉아서 꾸벅꾸벅 졸고 있었다. 밤새도록 간호를 해준 모양이었다.

야월이 천천히 몸을 일으켰다.

기척을 느꼈는지 요타가 움찔거리며 쳐다보았다.

"헉! 교주님!"

요타가 반색하며 소리쳤다.

야월이 그를 멀뚱멀뚱 바라보았다.

"예?"

야월이 이해할 수 없는 반응을 보이자 요타의 표정이 사색이 됐다.

"설, 설마……! 교주님?"

"저… 누구세요?"

야월이 어리둥절한 표정으로 물었다.

요타가 경악에 찬 표정으로 더듬거렸다.

"제, 제가 기억나지 않으십니까?"

"누구신지……."

"아아! 교주님! 어째서 또 이런 비통한 일이……! 엊그제 너무 많은 공력을 쓰셔서 기억에 장애가 있나봅니다! 잠, 잠시만 기다리십시오!"

요타가 헐레벌떡 일어나 방을 빠져나갔다.

그가 나가고 나자 야월이 기지개를 길게 켜고는 주위를 둘러보았다.

익숙한 방. 익숙한 내음이다.

그가 히죽 웃었다.

"이거 재미있는데? 비향이 오면 또 써먹어봐야겠군."

그의 표정에 장난기 어린 미소가 그려졌다.

하지만 그 계획은 반각도 지나지 않아 취소할 수밖에 없었다.

"이건……."

야월의 표정이 참혹하게 일그러졌다. 그의 시선은 초비향이 들고 있는 그릇에 고정되었다. 매우 고약한 냄새를 풍기는 탕이었다. 꼭 개구리 눈알 같은 것이 걸쭉한 액체 위에 둥둥 떠 다녔다.

'이걸 정말 사람이 먹을 수 있긴 한 거야?'

야월의 생각을 읽기라도 한 듯 초비향이 단호한 표정으로 말했다.

"반드시 드셔야 합니다! 이 영약을 드시면 분명히 기억이 돌아오실 겁니다!"

결국 야월이 이실직고했다.

"미안해, 비향. 장난을 좀 친 거야."

"뭐, 뭐라고요?"

"장난이었어."

야월이 고개를 푹 숙이고 초비향의 눈치를 살폈다.

그 장난이라 함은……

초비향이 소진풍, 사천홍 등과 함께 들어왔을 때, 야월이 헤벌쭉 웃으며 '누나, 예쁘다, 헤에' 라고 한 것.

그 순간 그들의 경악스러운 표정은…….

'끝내줬는데…….'

물론 저 정체불명의 탕을 마실 만큼은 아니었다.

초비향이 더듬거리며 물었다.

"정, 정말… 저 기억나세요? 그동안 무슨 일이 있었는지 빠짐없이?"

"그래. 정말이야. 그러니까 그거 안 먹어도 돼. 악 련주가 아수환단을 이용해서 강시들을 데리고 쳐들어왔었잖아. 다 기억한다니까. 그 강시들은 어떻게 됐어?"

"진법을 이용해서 모두 수라쇄혼진에 가둬 버렸습니다."

"수라쇄혼진이 완벽해진 셈이군."

그도 그럴 것이 죽지도 않는 강시들이 들끓는 곳이니 누가 그곳에 들어가고 싶을까?

그야말로 최악의 진이 된 것이다.

강시들을 유인해서 수라쇄혼진에 가두자는 것은 초비향의 머릿속에서 나온 것이었다. 적의 무기를 아군의 무기로 만드는 놀라운 계책이었다.

“팔한궁주들은?”

“두 명은 죽었고, 세 명은 실종 상태입니다. 염마대환단으로 구한 궁주는 세 명입니다. 현재 부상이 심각해 치료 중입니다.”

“건물은 많이 부서졌어?”

“외야의 건물 이 할 정도가 전파되어 복구가 불가능합니다. 완전히 철거하고 다시 세워야 하죠. 이 할 정도는 부분 파손으로 복구 작업을 펼치고 있습니다.”

“그렇군.”

“흡성고를 복용한 자들 중에 청옥검 유소옥도 포함되어 있었습니다.”

야월의 표정에 그늘이 졌다.

“그녀는 어떻게 됐지?”

초비향이 여린 미소를 머금었다.

“걱정 마세요. 사 궁주가 알아보고 염마대환단을 복용시켰으니까요.”

“다행이군.”

“그 외에 생포한 자들은 모두 옥에 가두었습니다. 염마대환단이 보충되는 대로 그들에게 복용시킬 생각입니다.”

“그렇군. 또 다른 문제는 없어?”

“정도맹 무인들이 현재 내야에 머물고 있는 실정입니다. 아직 교주님께서 깨어나시지 않아 기다리는 중이지만…….”

야월의 표정이 착 가라앉았다.

“제 발로 나갈 생각을 하지 않는단 말이군.”

“지금처럼 본교의 힘이 약해진 틈을 타서 꼼수를 부리려고 하겠지요. 어쩌면 이 상태로 본교와 전면전을 펼치려고 할지도 모르구요.”

“하여튼 잠시도 방심할 틈을 주지 않는 고마운 분들이군.”

초비향이 빙긋 웃었다.

“이미 예상한 일이었잖아요.”

“그래도 기분 나빠. 또 내가 알아야 할 건?”

“절 속인 벌을 받아야죠? 이 약. 다 드세요.”

“그건 더 기분 나빠.”

“그래도 드세요.”

“비향, 난 정말…….”

“드세요.”

야월은 입을 다물고 말았다.

초비향의 눈가에 맺힌 눈물을 본 것이다. 그녀가 애써 시선을 외면하며 말했다.

“제가 얼마나 놀랐는지 아세요? 다시는… 절대 다시는 그런 장난하지 마세요. 그럼 한 사발이 아니라, 한 독을 가져다 마시게 할 테니까.”

“그, 그래.”

　야월은 결국 그릇을 받아들고 심호흡을 했다. 그가 숨을 참고 약을 일시에 들이켰다. 물론 물컹한 개구리 눈알 같은 것도 목구멍을 타고 쭈욱 넘어갔다.
　"꺼억! 헉, 헉, 헉! 웩!"
　그릇을 비운 야월이 연신 헛구역질을 하며 속을 달랬다.
　"도대체 그 개구리 눈알 같은 건 뭐야?"
　"말씀하신 대로 개구리 눈알입니다."
　초비향이 활짝 웃으며 대답했고, 야월은 그대로 치밀어 오르는 구토를 참지 못했다.
　"우우웁!"
　"토하지 마세요! 토하면 전부 핥아먹게 할 거예욧!"
　야월은 목구멍까지 차오른 그것을 꾸역꾸역 되삼키며 생각했다.
　'저 여자가 혈마교 총군사라는 사실을 잊고 있었어.'

　또로로롱.
　맑은 소리를 울리며 찻잔이 채워졌다.
　시벽군이 찻잔을 들며 부드럽게 말했다.
　"쾌차하셔서 참으로 다행이오."
　"후후. 염려하신 덕분입니다. 그동안 협조해 주셔서 감사합니다."
　"별말씀을."
　"그동안 제가 몸을 회복하느라 환송이 늦어졌습니다. 돌아가셔서 정리하실 일도 많으실 텐데 내일쯤이 어떨지요?"

"허허허, 그건 걱정하지 않으서도 괜찮소. 그렇잖아도 우린 여기서 좀 더 머물면서 귀교의 일을 도와드릴 생각이었소."

"하하. 말씀은 감사하지만 그런 염치없는 부탁을 드릴 수는 없지요. 오늘 밤 연회를 열고 내일 환송해 드리겠습니다."

"허허, 정말 괜찮대도. 여러모로 피해가 막심하니 본맹이 귀교를 성심성의껏 돕겠소. 복구 작업이 끝난 다음에는 귀교의 안전을 위해 본맹의 고수들 일부를 이곳에 남겨둘까 하는데 어떻소?"

야월이 차를 한 모금 들이켜고는 시벽군을 물끄러미 바라보았다. 그가 찻잔을 내려놓으며 혼잣말처럼 중얼거렸다.

"여차하면 여기저기 물어뜯으려는 놈들밖에 없군."

시벽군이 눈살을 구겼다.

"지금⋯ 뭐라고 하셨소?"

야월이 시벽군을 가만히 노려보며 입을 열었다.

"단도직입적으로 말하겠소. 내일 가시오."

그의 말투가 완전히 바뀌었다.

시벽군이 콧잔등을 실룩였다.

"지금⋯ 내가 잘못 들은⋯⋯."

"제대로 들었소. 내일 여길 떠나시오. 본교는 그쪽의 도움이 필요 없으니."

쾅!

시벽군이 탁자를 내려쳤다.

찻잔의 물이 넘쳐흘렀다.

야월은 물끄러미 시벽군을 바라보았다.

“이제 써먹을 만큼 써먹었으니 본성을 드러내는 거요?”

“본성은 그쪽이 먼저 드러내지 않았나?”

야월의 말투가 점점 거칠어졌다.

시벽군이 눈을 가늘게 떴다.

“감히…….”

두 사람의 시선이 허공에서 복잡하게 뒤얽혔다. 시벽군이 느닷없이 웃음을 터뜨렸다.

“허허허헛! 좋소, 이렇게 된 것 까놓고 이야기합시다. 우린 이대로 물러나지 못하겠소.”

“어째서?”

“몰라서 묻소? 첫 번째는 귀교가 다시 크도록 내버려 둘 수 없소. 해서, 이곳에 본맹의 고수들 몇 명을 두고 지속적인 감시를 이어갈 생각이오. 둘째는 연못에 빠져버린 지옥수라도. 그것을 두고 갈 수는 없소. 만약 지옥수라도가 그대로 그대의 손에 들어가 버리면 강호의 안위는 큰 위협을 받지 않겠소?”

“갈 수 없는 이유가 그 두 가지요?”

“일단은.”

“그럼 답변 드리지. 첫째, 본교는 다시 크게 될 거요. 하지만 예전과는 달라진 모습일 테니 안심하고 가서도 좋소. 둘째는 지옥수라도를 발견하는 즉시 귀맹에 연락을 취해서 처리 문제를 두고 투명하게 논의하도록 하겠소.”

“흥! 네놈들을 어찌 믿고!”

시벽군이 자리에서 벌떡 일어나며 소리쳤다.

반면 야월은 느긋한 자세로 찻잔을 들었다. 그가 차를 한 모금 들이켜고 나서 말을 이었다.

"믿어야만 할 거요."

"뭣이?"

야월이 시벽군을 가만히 바라보다 입을 열었다.

"혹시 흡성고라고 들어봤소?"

"그야 당연히… 설마!"

시벽군이 흠칫거리며 경악성을 터뜨렸다.

야월이 희미한 조소를 머금고 말을 이었다.

"흡성고가 가장 좋아하는 환경이 어떤 환경인지 알잖소?"

"……."

"전장."

"네놈들이……."

"공력을 남발하고 시체가 넘쳐나는 곳. 후후. 바로 며칠 전 이곳이었지."

"비열한 놈들……!"

"정도맹 무인들이 정의를 내걸고 너무나 열심히 싸워준 덕분에 귀마가 만든 흡성고가 아주 포식을 한 모양이오. 아마 지금쯤 귀맹의 무인들 몸속에서 잘 지내고 있을 거요."

시벽군이 주먹을 꽉 쥔 채 부들부들 떨었다.

"아, 그런데 그 흡성고를 뺄낼 수 있는 염마대환단 말인데… 안타깝게도 지금은 하나도 남아 있지 않소."

쉬이이익! 꽈장!

시벽군이 휘두른 유령신검에 탁자가 절반으로 쪼개지며 무너졌다. 순간 천장에서 검은 비가 떨어지며 야월을 에워쌌다. 구비검을 비롯한 수라십이조였다. 그들 모두 시퍼런 안광을 뿜어내며 시벽군을 노려보았다.

야월이 손을 들어 그들을 등 뒤로 물렸다. 그리고 시벽군을 향해 웃으며 말했다.

"괜찮으시겠소? 이래도? 우리가 말 한 마디만 잘못하면 그쪽 무인들이 떼거지로 곤란한 일을 당할 텐데."

"노옴……."

시벽군이 유령신검을 쥔 채 부들부들 떨었다.

우우우우웅!

유령신검이 억눌린 울음을 토했다.

야월은 그저 시벽군의 눈을 가만히 마주 볼 뿐이었다. 이윽고 시벽군이 눈을 지그시 내려감으며 자리에 앉았다.

"원하는 것이 뭐요?"

"내일 떠나시오."

"염마대환단은?"

"귀맹이 무사귀환하면 그때부터 제조하여 보내드리겠소. 혹여나 귀마를 납치할 생각일랑 하지 마시오. 본교에 이상이 생기거나 귀마의 신변에 이상이 있을 시에는 자폭하도록 스스로 암시를 걸어놓았으니 말이오."

"끄음."

시벽군이 어금니를 꾹 깨물었다.

"알겠소."

잔뜩 억눌린 음성을 뱉은 그가 자리에서 벌떡 일어나 걸음을 옮겼다.

야월은 여유로운 표정으로 시벽군의 뒷모습을 지켜보았다.

*　　　*　　　*

혈마전 정문.

소진풍이 문 앞에서 파란 하늘을 올려다보았다. 이럴 때면 어김없이 나타나는 불청객.

따악!

"아얏!"

소진풍이 뒤통수를 감싸며 돌아보았다.

아니나 다를까 전횡이 다가와 히죽 웃었다.

"아씨! 그만 좀 때리십시오! 머리 나빠집니다!"

"욕 하지마라."

"제가 언제요! 그거 이제 재미도 없습니다!"

"히히. 그러냐?"

"아무튼 그만 때리세요. 이래 봬도 전 이제 어엿한 마경각 부각주라고요."

"마경각 부각주가 왜 우리 구역에서 얼쩡대?"

"여긴 뭐 수문 무사들만 지나다니는 곳이랍니까?"

"호오, 이놈 보게. 점점 입이 사는구먼. 그와 함께 네 명줄은 죽어가는 거지."

"근무 안 하십니까?"

"어제부로 정도맹 녀석들도 다 떠나갔으니, 모처럼 한가한 여유를 누리고 있다, 이놈아."

소진풍이 곁눈질을 했다.

"만날 한가했잖아요?"

"단언컨대 네놈의 주둥아리는……."

"매를 부른다고요?"

"잘 아는구나."

"눈치는 겁나 빠르죠."

전횡이 어이없다는 듯 쳐다보다가 이내 피식 웃고 말았다.

"뭘 그렇게 멍 때리고 있었냐?"

"그냥 생각 좀 하고 있었습니다."

"호오, 생각? 무슨 생각을 하셨을까? 요고 생각한 거냐?"

전횡이 새끼손가락을 흔들어 보이며 놀리듯 물었다. 소진풍이 피식 웃으며 고개를 끄덕였다.

"예."

"잉? 뭐라고?"

"맞다고요. 그거 생각하고 있었습니다."

"너, 설마! 설마! 생긴 거냐?"

소진풍이 고개를 저었다.

전횡이 이맛살을 찌푸렸다.

"뭐야? 그 어정쩡한 대답은."

"이제 생길 겁니다."

"흐음. 좋아하는 사람이 생겼나보군."

"예."

"호오, 순순히 인정도 하고. 그런데 너무 빠른 것 아니냐? 얼마 전까지만 해도 네놈은……."

소진풍이 활짝 웃으며 말했다.

"사랑은 움직이는 거니까요."

"하여튼 요즘 젊은 것들은 지조라는 게 없군."

"그래도 꽤 오래 끌고 온 짝사랑이었습니다. 이젠 움직여 버렸지만."

"후후. 그래서 언제 고백할 생각이냐?"

"지금요."

소진풍이 한곳을 빤히 바라보며 대답했다.

전횡이 놀라서 되물었다.

"으잉? 지금?"

그가 얼른 소진풍의 시선을 쫓았다. 마침 혈마전 앞으로 천천히 걸어가는 중년의 남성.

전횡이 경악해서 돌아보았다. 그의 눈동자에는 잔뜩 경계하는 빛도 어렸다.

"너, 너, 그런… 취향이었어?"

소진풍이 전횡에게 다가왔다.

주춤주춤 물러나는 전횡. 등이 벽에 닿자 더 이상은 물러나지 못하고 고개를 돌려 버렸다. 소진풍이 질겁하는 전횡의 귀에 대고 속삭였다.

"그녀는 제 눈에만 보입니다."

"그녀라니…?"

"아직도 모르시겠습니까? 하긴 모르시겠지요."

"도대체 무슨 말을……."

순간 전횡이 입을 다물고 아까 그 중년의 남성을 바라보았다.

그의 머릿속에 퍼뜩 스치는 생각이 있었다.

"설마… 저자가…?"

"예, 은혼귀령술. 모든 이를 속일 수 있지만, 자신을 정말 사랑하는 사람의 눈은 속일 수 없다는군요. 자신을 절대 해치지 않을 사람에게만은요. 전 그녀의 모습이 분명히 보입니다."

"정말… 저자가 웅천……?"

소진풍이 고개를 끄덕였다.

그가 상기된 표정으로 말했다.

"저, 오늘 고백할 겁니다! 이젠 바라만 보지 않을 겁니다."

소진풍이 몸을 홱 돌리고는 중년의 남성을 뒤쫓았다.

그제야 전횡도 몸을 추스르고 소진풍의 뒷모습을 멍하니 바라보았다.

한참 후 그가 피식 웃으며 혼잣말처럼 중얼거렸다.

"놈, 진심이구나. 이번엔 성공해라."

혈마전 지붕 위.

선남선녀가 나란히 앉아 있었다. 두 사람은 중년인을 뒤쫓아 가는 소진풍의 모습을 바라보고 있었다.

초비향이 야월을 돌아보며 물었다.

"들었어요?"

"안 좋아. 남의 이야기 엿듣는 것."

"치이. 엿들은 게 아니라, 그냥 들렸다구요."

"후후. 그래서?"

"성공할까요?"

“글쎄. 실패하더라도 진풍의 앞길이 밝다는 건 확실해. 적어도 좋은 변화가 일어났으니까.”

“뭐예요, 같이 들었으면서.”

“난 들은 것 아냐. 들렸을 뿐이야.”

“피이. 저도 그렇다구요.”

“하하하.”

야월이 웃음을 터뜨렸다. 결국 초비향도 같이 웃고 말았다. 그러다가 문득 생각난 듯 물었다.

“당신은… 어때요?”

초비향의 얼굴이 붉어졌다.

호칭 때문이다.

야월이 둘이 있을 때만큼은 ‘교주님’ 이라는 말을 사용하지 못하게 한 것이다.

야월이 빙긋 웃으며 되물었다.

“뭐가?”

“절 알아볼 수 있을까요? 제가 어떤 모습으로 변해도. 당신이… 절 알아볼 수 있을까요?”

“물론이지.”

“어떻게요?”

“그야 비향은 내게 항상 한결 같은 모습이니까.”

“그치만 제 모습이 변했을 때를 가정해서 물어본 거예요.”

“그럴 수가 없는 걸. 비향은… 언제나 비향이니까.”

초비향을 바라보는 야월의 눈동자가 그 어느 때보다 깊고 맑았다. 그녀가 야월의 품에 안겼다.

“정답이네요. 전 늘… 당신의 여자로 있을 테니까요.”
야월이 미소를 지으며 그녀의 어깨를 감싸 안았다.
따뜻한 햇살이 두 사람을 보듬었다.
좋은 날씨였다.

『가면의 마존』 완결

귀환병사
요람 新무협 판타지 소설
FANTASTIC ORIENTAL HEROES